时 习 文 库

汉魏六朝乐府诗选

王运熙 王国安 评注

齐鲁书社
·济南·

图书在版编目（CIP）数据

汉魏六朝乐府诗选 / 王运熙，王国安评注. — 济南：
齐鲁书社，2025.3. — ISBN 978-7-5333-5134-2

Ⅰ. I222.6

中国国家版本馆CIP数据核字第2025TN3086号

出 品 人：王　路
项目统筹：张　丽
责任编辑：李　珂
装帧设计：亓旭欣

汉魏六朝乐府诗选

HANWEILIUCHAO YUEFUSHI XUAN

　　王运熙　王国安　评注

主管单位	山东出版传媒股份有限公司
出版发行	齊魯書社
社　　址	济南市市中区舜耕路517号
邮　　编	250003
网　　址	www.qlss.cn
电子邮箱	qilupress@126.com
营销中心	（0531）82098521　82098519　82098517
印　　刷	山东华立印务有限公司
开　　本	710mm×1000mm　1/16
印　　张	19.75
插　　页	2
字　　数	210千
版　　次	2025年3月第1版
印　　次	2025年3月第1次印刷
标准书号	ISBN 978-7-5333-5134-2
定　　价	75.00元

《时习文库》
出版委员会

出版说明

　　文化乃国本所系，国运所依；文化兴盛则国家昌盛，民族强大。在源远流长的中华文化长河中，经典古籍宛如熠熠星辰，承载着先辈们的智慧、思想与情感，是中华民族精神内核的深厚积淀。

　　2017年以来，中共中央办公厅、国务院办公厅相继出台《关于实施中华优秀传统文化传承发展工程的意见》及《关于推进新时代古籍工作的意见》等重要文件，有力推动了大众对中华优秀传统文化的关注与重视，古籍事业亦借此良好契机，迎来了前所未有的跨越发展，步入了一个崭新的黄金时代。齐鲁书社作为文化传承的重要阵地，始终秉持对中华优秀传统文化的敬畏之心，肩负守正创新之使命，积建社四十余年之精华，汇国内学界群贤之伟力，隆重推出中华经典名著普及丛书——《时习文库》。

　　"学而时习之，不亦说乎？"文库之名，正是源自《论语》的这句经典语录。"时习"不仅是对知识的反复学习与实践，更是一种对中华优秀传统文化持续探索、深入理解的态度。文库共分为文化类和文学类两大辑，囊括了经史子集、诗词歌赋、戏曲小说等诸多经典，旨在为读者搭建一座通往中国古代文化瑰宝的坚实桥梁。文库的编纂宗旨在于，引导读者在阅读经典著作的过程中，将学习与思考深度融合，不断从古人的智慧海洋中汲取营养，从而得到心灵的润泽与智慧的启迪。通过对经史子集、诗词歌赋、戏曲小说等多元内容的系统整理与精良审校，让中华古籍真正成为可亲、可读、可传的"活的文化"。

为了确保文库的品质，我们除升级广受好评的原有经典版本作为开发基础外，亦精选其他优质底本，以确保版本选择的卓越性；文库会聚文史学界权威，如高亨、陆侃如、王仲荦、来新夏等学界大家，群贤毕至，各方咸集；文库延聘名家成立专家委员会，严格把控丛书质量，确保学术水准；文库针对不同层次读者，精心设计文化类与文学类品种：前者左原文右译文下注释，后者文中加简注评析，实用性强；文库采用纸面布脊精装，正文小四号字，双色印刷，装帧精美，版面舒朗，典雅大方，方便易读。

在习近平文化思想指导下，《时习文库》的出版是对中华优秀传统文化"两创""两个结合"的一次重要尝试。我们希望通过这套文库，让更多的人了解和喜爱中国古代典籍，让中华优秀传统文化在新时代焕发出新的生机与活力。同时，我们也期待广大读者在阅读文库的过程中，能够与古圣先贤进行跨越时空的对话，汲取智慧，启迪心灵，不断提升自我的文化素养和精神境界。让我们一起在经典的海洋中遨游，感受中华文化的博大精深，共同书写中华优秀传统文化传承与发展的新篇章。

齐鲁书社

2025 年 3 月

前　言

乐府诗的原来意义，是指由乐府机关负责采集、制作并配合音乐演唱的诗歌。在中国中古时期的汉魏两晋南北朝时代，中央政府一直设置着管理音乐和歌曲的专门官署乐府，负责搜集和编制各种诗歌、乐曲，配合演唱。这些配乐演唱的诗歌，就叫乐府诗，后人也简称为乐府。据《汉书》等史籍记载，西汉武帝时建立了一个乐府机构，着重从各地采集民间歌诗，配乐演唱，供皇帝与贵族们娱乐之用。这一由中央乐府机构采集各地歌谣的制度，被以后历朝所承袭，在中国诗歌史上起了积极作用。它使许多优秀民歌赖以保存和流传，为古代诗歌输送了新鲜血液，启迪和滋润了许多文人作品，促进了中国诗歌的繁荣和发展。现存乐府诗数量众多，其中有不少是被采录的民歌，更多的是文人作品，两方面均有不少优秀之作。汉代以后，有许多文人写作的乐府诗，只是运用乐府诗体的案头之作，并不配乐演唱，这是造成乐府诗数量众多的一个重要原因。

在中国文学史上，诗歌配合音乐的情况，大致可分为三个历史时期：一是先秦时期，以《诗》三百篇（主要是四言诗体）为代表；二是汉魏两晋南北朝时期，以乐府诗（主要是五言、七言诗体）为代表；三是唐宋元明清时期，以词、散曲（主要是杂言或长短句诗体）为代表。三个时期不但诗体有明显变化，所配合的音乐也有很大不同。中古时期的乐府诗，不但是该时期音乐文学的代表，而且在整个中国诗歌史以至中国文学史上，也具有十分重要的地位。

宋代郭茂倩所编的《乐府诗集》，共一百卷，搜集汉魏两晋南北朝隋唐五代的乐府诗最称详备。该书把乐府诗分为十二大类，下面按照其原来次序，分别作一点简括的介绍。

一、郊庙歌辞　是朝廷祭祀用的乐章。古代帝王以郊祭祭天地，于宗庙祭祖宗，郊庙歌辞便是郊祭、庙祭时歌颂天地、祖宗的乐章。汉代有《郊祀歌》十九首用于郊祭天地，《安世房中歌》十七首用于歌颂祖宗。这类郊庙乐章，以后历朝不绝，现存数量颇多。《乐府诗集》存诗十二卷。

二、燕射歌辞　是帝王用于宴会和大射（射箭的一种仪式）的歌辞。帝王召宴宗族、亲友、宾客和大射时，要奏乐曲，这是从周代传袭下来的制度。今存西晋至隋代歌辞。《乐府诗集》存诗三卷。

三、鼓吹曲辞　鼓吹曲原是军乐。其乐器主要有鼓、箫和笳，鼓吹就是击鼓吹箫笳的意思。汉代，鼓吹曲还用于朝廷节日大会和帝王出行道路等场合，借军乐以壮声威。汉鼓吹曲有《短箫铙歌》十八首，其中也有少数民歌，后代依汉《铙歌》旧题作诗者不绝。曹魏、孙吴以下各朝，亦各制鼓吹曲，其内容多数铺叙帝王的武功。《乐府诗集》存诗五卷。

四、横吹曲辞　从北方少数民族传来的军乐，其乐器有鼓、角，故后来又叫鼓角横吹曲。汉魏以来，流传的有《陇头》《关山月》等十八曲，今所存歌辞，均为南朝和唐代文人作品；又有《梁鼓角横吹曲》六十多首，是北方少数民族的歌辞。《乐府诗集》存诗五卷。

五、相和歌辞　原是汉代的民间歌曲，包含不少民歌，后来产生了大量受民歌影响的文人作品。相和，取丝竹相和之义，即用弦乐器、管乐器配合歌唱，声调清婉动听，因此受到社会各阶层的喜爱。相和歌中的平调、清调、瑟调三部类，称清商三调，曹魏开始特别发展，成为相和歌的主要部分。《乐府诗集》存诗十八卷。

六、清商曲辞　上述以清商三调为主的相和歌，后世亦属清乐。东晋南朝时代，利用发展汉魏清商旧曲，配合南方的民间歌曲和文人拟作，是为清商新声，其乐器仍以丝竹为主。《乐府诗集》称为清商曲辞，存诗八卷。

七、舞曲歌辞　即配合舞蹈演唱的歌辞。分雅舞歌辞和杂舞歌辞两种。雅舞歌用于郊庙朝会，性质与郊庙、鼓吹曲辞接近；杂舞歌用于朝会、宴会，性质与相和歌接近。《乐府诗集》存诗五卷。

八、琴曲歌辞　即用琴演奏歌曲的歌辞。琴曲起源很早，但现存歌辞，大都是南朝、唐代文人的作品。其中唐尧、虞舜、周文王以至汉代王嫱、蔡琰等人的作品，都出自后人假托。《乐府诗集》存诗四卷。

九、杂曲歌辞　这类歌辞所收曲调及配乐情况已不可考，有的可能只是文人案头之作，根本没有配乐。因其数量甚多，内容复杂，故称为杂曲歌辞。察其风格，多数与相和歌辞、清商曲辞相近。《乐府诗集》存诗十八卷。

十、近代曲辞　是隋唐时代配合新兴的燕乐演唱的歌辞。北宋郭茂倩编《乐府诗集》，距隋唐年代为近，故称之为近代曲辞。这类曲辞，是唐五代词的先驱。《乐府诗集》存诗四卷。

十一、杂歌谣辞　是不配合音乐的歌谣。因其风格与乐府所采民歌接近，故附列为一类。其中远古时代的作品，也多出于后代假托。《乐府诗集》存诗七卷。

十二、新乐府辞　唐代诗人学习汉魏六朝乐府诗（主要是相和、清商、杂曲三类），采用其体式，但题目、题材都出自创造，形成了"即事名篇"的新乐府辞。这类歌辞都不配乐，是文人案头之作。《乐府诗集》存诗十一卷。

以上十二类歌辞中，最有价值的是相和歌辞、清商曲辞两类，它们包含了许多优秀民歌和文人受民歌影响的大量好作品。鼓吹曲辞、横吹曲辞、杂曲歌辞三类中，有少量优秀民歌和不少文人佳作。新乐府辞都出自唐代文人之手，也有不少深刻反映现实的佳作。郊庙歌辞、燕射歌辞两类，内容大抵是为帝王歌功颂德、祈求福佑和祝颂、规勉等，是纯粹的贵族乐章，缺少文学价值。舞曲歌辞、琴曲歌辞两类，篇章较少，内容亦较平庸。近代曲辞配合燕乐，实际属于词的范围，因此一般谈乐府诗的都不予论述。杂歌谣辞不配乐，也不采用乐府体制，实际不是乐府诗，但它反映了社会各阶层对种种政治、社会现象的看法，内容值得重视。汉魏六朝的优秀入乐民歌和在不同程度上受民歌影响的历代文人佳篇，构成了乐府诗的主流。

统观乐府诗的发展过程，大致上可以分为汉魏西晋、东晋南北朝、唐代三个阶段。下面分别作一点简略介绍。

在相和、杂曲、鼓吹曲辞中，包含着汉代的五六十首无名氏作品，后世称为"古辞"。其中一部分是民歌，所谓"汉世街陌谣讴"（《宋书·乐志》），也有一些是文人作品。不少"古辞"反映了广阔的社会生活和下层人民的痛苦，"感于哀乐，缘事而发"（《汉书·艺文志》），如《战城南》《陌上桑》《陇西行》《东门行》《妇病行》《孤儿行》《艳歌行》《上山采蘼芜》《十五从军征》等，具有很强的现实性。在描写上多用叙事体，语言朴素生动，长于选择某一生活场景，通过人物的话语和行动进行描绘，富有戏剧情趣。句式有的是杂言，有的则为五言，后者是五言诗体的先驱。《古诗为焦仲卿妻作》（又题《孔雀东南飞》）描写男女爱情悲剧，控诉封建家长制的罪恶，更是一篇中国诗歌史上罕见的长篇叙事杰作。汉乐府民歌的深刻内容和生动新颖的艺术形式，为中国古代诗歌创立了一个新的优秀范式，对后世诗歌产生了深远的影响。

曹魏文人在汉乐府古辞影响下，写了不少乐府诗，有不少佳篇。曹操的《薤露》《蒿里》《苦寒行》，王粲的《七哀》等长于叙述汉末丧乱。曹丕的《燕歌行》写思妇怀念远游他乡的夫君，情辞凄婉，是现存早期完整的七言诗（东汉张衡《四愁诗》句中还多夹虚字）。陈琳的《饮马长城窟行》、阮瑀的《驾出北郭门行》、曹植的《泰山梁甫行》与王粲《七哀》（其一）等，都反映了下层人民的苦难。这些诗篇大多注意反映社会情况和人民生活，多用五言体，表现出作家努力学习汉乐府民歌的成绩。曹植的乐府诗篇数量颇多，在承袭汉乐府民歌风味外，有一部分注意对偶的工整和辞藻的华美，为以后文人所重视和学习。西晋主要乐府诗作家，有陆机、傅玄、张华等人。其作品或反映现实，或叙述故事，体制大致沿袭汉魏。但以陆机为代表的该时期作家，着重模拟前代作品，因袭多而创新少，语言又多注意对偶辞藻，缺少朴素生动之美，因此总的成就不及曹魏。以后南朝文人用汉魏乐府旧题写的诗篇，大多也存在这种缺点。

汉魏西晋的乐府诗，如上所述，以相和、杂曲、鼓吹曲中的民歌及曹魏西晋的一部分文人佳篇为最有文学价值。此外，汉代鼓吹曲辞《短箫铙歌》中的大部分，汉郊庙歌辞《郊祀歌》《安世房中歌》，虽然文学价值不高，但因都是这些类别乐府诗的首出者，在体制上有创新意义，因而受到后人的模仿和一些研究者的重视。

东晋南北朝是一个分裂的时代，南北方各有其乐府诗。南方以清商曲辞为主，其中以吴声歌曲、西曲歌两部分最为重要。吴声歌曲曲调有《子夜歌》《华山畿》等二十多种，歌辞有三百多首。西曲歌曲调有《石城乐》《乌夜啼》等三十多种，歌辞有一百多首。其曲调和歌辞有的出自民间，有的则出自贵族文人之手，但也富有民歌风味。其歌辞内容，绝大部分是抒写男女情爱，感情热烈而又缠绵，但显得狭窄单调。形式大抵为五言五句（但不调平仄），语言清新自然。这些歌辞对南朝文人的抒情小诗和唐代的绝句（特别是五言绝句）产生明显影响。南朝文人除写了不少清商曲辞外，还写了许多相和歌辞、杂曲歌辞。谢灵运、鲍照、沈约、吴均等著名作家，都有不少乐府篇章。其中鲍照的成就尤为杰出，他在民歌基础上创作的七言乐府《拟行路难》十八首，不但内容较为广阔深入，而且变过去七言诗句句用韵为隔句用韵，语言流畅奔放，对后来七言歌行的发展起了很大的推动作用。

横吹曲辞的鼓角横吹曲中，保存着北方的民歌二十多曲、六十多首。其曲调有《企喻歌》《陇头流水歌辞》《折杨柳歌辞》等。因其曾被南朝梁代乐府所采用，故称"梁鼓角横吹曲"。它们多数是北方鲜卑族的民歌，是中国文学史上值得珍视的文学遗产。其内容比较广泛，涉及战争、行役、婚姻、爱情、人民贫苦生活等各个方面。体式也很短小，多数为每首四句。句式除五言外，尚有四言、七言的。它们情调慷慨豪爽，语言刚健直率，风格与南方的吴声、西曲迥然不同，对唐代的绝句颇有启迪作用。《木兰诗》是鼓角横吹曲中的唯一长篇，它塑造了一个光辉的女性形象，艺术性也很强，因此为后代广大读者所喜爱。它与汉乐府《古诗为焦仲卿妻作》相媲美，被有的研究者称为南北两大民歌。

唐代配乐的近代曲辞，属于词史范围，这里不论。唐代的乐府诗除了郊庙歌辞与近代曲辞，都不合乐，是文人案头创作。它们可分为两大类。一类是古题乐府，根据鼓吹、相和、清商、杂曲等旧的曲调体式进行写作。这类作品数量颇多，其中一部分能冲破旧曲的题材限制，自出机杼，艺术上也富有创新意味，因而达到很高水平，成绩远远超过南朝许多文人的乐府古题作品。像高适的《燕歌行》，李白的《将进酒》《蜀道难》，杜甫的《前出塞》《后出塞》，李贺的《雁门太守行》等，都是明显的例子。另一大类便是新乐府，是根据内容自制新题的歌辞。这类歌辞唐初已有，到盛唐多起来，像王维的《桃源行》、李白的《横江词》，写得都很好。到杜甫继承汉乐府民歌和建安文人乐府注意反映社会现实的传统，写了《悲陈陶》《兵车行》等篇，更为新乐府创作开辟了一条大道。以后元结、白居易、元稹、张籍、王建以至唐末皮日休等都纷纷写作，成为唐代诗坛的重要现象，有的文学史研究者把它称为"新乐府运动"。其中白居易的《新乐府》五十首达到了这类作品的高峰。唐代的新乐府辞，其内容体式也是相当广泛复杂的，但这类着重反映弊政民瘼、立意在讽喻的新乐府，确是新乐府辞中最光辉的部分。唐代乐府诗很昌盛，佳作也多，但它们绝大多数出自著名文人之手，不像两汉南北朝时代多民歌与无名氏作品，因此一般文学史著作即把唐代乐府诗分别列入各作家名下，与其非乐府诗一并叙述，而不设乐府诗专门章节。有的乐府诗选本，也仅选录汉至南北朝作品。本书也据此例不选唐代乐府诗，以免与唐诗选本多所重复。

宋、元、明、清各代，写作乐府诗者不绝。其体制和唐人相仿，大致是古题乐府、新乐府两大类，都不合乐。虽然其中也不乏佳作，但总的说来，缺少创新意味，艺术成就也逊于唐人，这里不再介绍了。唐代以来配合燕乐的歌辞为词、曲（散曲）。词、曲有时也称乐府，如苏轼的词叫《东坡乐府》，马致远的散曲叫《东篱乐府》，其含义与乐府诗不同，这是应当注意辨别的。

在中国文学史上，一些新起的民间文学，由于具有真挚深刻的思想内容和活泼生动的艺术形式，虎虎有生气，因而对文人创作产生了深远的影响。两汉南北朝时期的乐府民歌，为中国中古诗坛输送了大量新鲜血液，哺育了建安以后世世代代的诗人。这种重要历史现象，便是民间文学在中国文学史上产生巨大作用的一个明证。

下面对本书的体例作几点说明。

（一）本书收汉魏六朝乐府诗共 190 首。既较多地选录了通常所说的乐府民歌，也选录了相当部分文人作品，以求使读者对乐府诗有较多的了解。

（二）所选作品按《乐府诗集》所分类别编排。其中选录较多的为相和歌辞、清商曲辞、杂曲歌辞、横吹曲辞；郊庙歌辞、鼓吹曲辞、琴曲歌辞和杂歌谣辞，亦有少量选录。燕射、舞曲、近代曲、新乐府一概不收，理由已见前。唐人古题乐府数量甚多，但因其名作大都见于一般唐诗选本，为避重复，故亦不选。

（三）每类作品的前后编排，据《乐府诗集》而略有调整。《乐府诗集》按不同具体曲调先列古辞，后附文人拟作；今则依大类悉以无名氏古辞居前，文人作品列于后，以清眉目。古辞的排列顺序，按《乐府诗集》。少数为《乐府诗集》未收的作品，则据曲调所属安排。

（四）作品文字悉依《乐府诗集》所载，而校以通行的优良排印本，综合各家之所长。重要的文字异同均作注释。取校各书，随注释注明。

（五）注释力求详明。乐府诗大都风格质朴，且较少背景资料，故评析主要就作品本身生发，围绕作品的思想主题、艺术特色等内容，但亦不面面俱到。

本书的选注评析工作，由复旦大学王国安教授承担，由我审阅。凡有错误和不当之处，恳请批评指正。

王运熙

1999 年 3 月

目 录
CONTENTS

郊庙歌辞

　　郊庙歌为古代帝王祭祀用的乐歌，分用于祭祀天地神祇的郊乐和用于祭祀祖先宗庙的庙乐两种。汉代有《郊祀歌》十九章用于祭天地，《安世房中歌》十七章用于祭祖宗。后者是因袭周代的乐歌，无甚新意。而《郊祀歌》则为当时之"新声曲"（《汉书·佞幸传》）。歌辞作者，今天知道的有司马相如；《青阳》《朱明》《西颢》《玄冥》四首，《汉书·礼乐志》题为"邹子乐"，梁启超以为当是邹阳作（《中国之美文及其历史》）。其余作品当亦皆出自赋家之手。故无不气势踔厉，辞彩缤纷而又深奥诘曲，以致"通一经之士不能独知其辞"（《史记·乐书》）。但部分作品，内容出自创撰，颇有新意，有的还写得情趣盎然。后世历朝都有郊庙乐章，但大都是颂美神灵祖先，写得死气沉沉，没有多大价值。

练时日

解题

　　本篇为汉《郊祀歌》十九章之一，《乐府诗集》收入郊庙歌辞。《郊祀歌》是一组祭祀天地神祇、记叙祥瑞的颂歌。《史记·乐书》："至今上即位，作十九章。"可知《郊祀歌》乃是武帝组织当时名家所创作，已知的作者有司马相如、邹子等，汉武帝可能也参与其中。用于祭祀天、地、泰一及五帝诸神，以及描述迎神送神的场面和记述祥瑞。虽文辞过于深奥，在当时却堪称鸿篇巨制。梁启超评之："镕铸三《颂》、《九歌》，别成自己的生命。"（《中国之美文及其历史》）在乐府诗史中自有其影响。《练时日》位列组歌首章，是一首迎神之曲。练时日，选择吉祥之日祭祀。练，选择。

【原文】

　　练时日，侯有望，爇膋萧，延四方①。九重开，灵之斿，垂惠恩，鸿祜休②。灵之车，结玄云，驾飞龙，羽旄纷③。灵之下，若风马，左仓龙，右白虎④。灵之来，神哉沛，先以雨，般裔裔⑤。灵之至，庆阴阴，相放佛，震澹心⑥。灵已坐，五音饬，虞至旦，承灵亿⑦。牲茧栗，粢盛香，尊桂酒，宾八乡⑧。灵安留，吟青黄，遍观此，眺瑶堂⑨。众嫭并，绰奇丽，颜如荼，兆逐靡⑩。被华文，厕雾縠，曳阿锡，佩珠玉⑪。侠嘉夜，茝兰芳，澹容与，献嘉觞⑫。

注 释

❶侯，发语辞。望，望祭；指祭祀日月星辰山川。爇（ruò），烧。膋（liáo）萧，牛肠油脂与艾蒿。古代祀神时焚之以散发馨香。延，引，迎接。四方，四方之神。这句意思是说，烧香以迎接四方之神。　❷九重，天之极高之处。古人以为天有九层。九重开，即指天门开。灵，神灵。斿，古同"旒"；古代旌旗上的飘带。鸿，大。祜，福。休，吉。这四句是说，九重天门开启，神灵之旗出现，普施恩惠，大赐幸福吉庆。　❸玄云，黑云。楚辞《九歌·大司命》："广开兮天门，纷吾乘兮玄云。"羽旄，古时常用鸟羽和旄牛尾为旗饰，这里指代旌旗。这四句是说，神灵之车，黑云蕴绕，飞龙为驾，旌旗纷展。　❹风马，御风之马，言其迅疾。仓，同"苍"。言左右以青龙白虎为护卫。　❺神，表情，神采。哉，表示惊叹的语气。沛，盛大的样子。般，通"班"，散布。裔裔，这里形容雨水不断飘洒。这四句是说，神灵来时，气势盛大，雨水为之清道，绵绵不绝洒落。　❻庆，犹"羌"，发语辞。阴阴，幽暗的样子。相，视。放佛，仿佛。震澹，震动。　❼饬（chì），整齐。旦，天明。亿，疑为"意"之借字。这四句是说，神灵既坐，五音齐奏，秉承神灵之意，娱乐直至天明。　❽茧栗（jiǎnlì），茧和栗，喻指祭祀用牲畜之小。粢盛（chéng），盛在祭器内以供祭祀的谷物。尊，酒器。宾，接引（客人）。八乡，八方；指八方诸神。　❾吟，吟唱。青黄，《汉书·礼乐志》颜师古注："青黄，谓四时之乐也。"眺，望。瑶堂，指华丽的厅堂。瑶，美玉。　❿嫭，指美女。《汉书·扬雄传》："知众嫭之嫉妒兮，何必飏累之蛾眉？"绰，舒缓柔美。荼（tú），古指茅草上的白花。兆，

众。《九章·惜诵》："行不群以巅越兮，又众兆之所咍也。"逐靡，谓追逐围观而表示倾倒。　❶被，同"披"。华文，华美的花纹。厕（cè），杂。雾縠，薄雾般的轻纱；縠（hú），轻薄的细纱。曳，拖引。阿锡（xī），精致的纱布；阿，精纱；锡，细布。　❷侠，通"挟"，夹持。嘉夜，良夜。苕，即白芷，香草名。澹，安静。容与，从容、悠闲。嘉觞，美酒；觞，酒器，借指酒。

评析

这首迎神之曲，统领组歌各章，可谓是拉开了《郊祀歌》十九章的序幕。开头四句写郊祀仪式迎接神祇的准备，选择好时日，准备好器物，然后启动祀神大典，恭迎诸神。随即九重天门开启，神灵在旌旗簇拥下出场，将普施恩惠于万民。歌辞主要采用铺叙手法，层层迭进，"灵之车""灵之下""灵之来""灵之至""灵已坐""灵安留"，一步步描摹神灵临飨的过程和恢弘壮阔的场面，将迎接神灵下界时君主与臣民恭敬而迫切的心理状态描绘得淋漓尽致。纷繁多样的祭品与礼器、绮丽缤纷的华服与饰品、轻摇脆响的珠玉与杯觞，都显示出诸神的赫赫威仪；伴随着雍和肃穆的乐声，恭迎神灵降临祭祀之坛。全章于层层铺叙之中融入屈骚意境，尤其全部采用三字句，其形式在当时也颇别开生面，显示出追求创新的艺术精神。梁启超对本篇极为推崇，认为十九章中"《练时日》《天门开》二章，想象力丰富，选辞腴而不缛，实诸章最上乘"（《中国之美文及其历史》）。但此歌章毕竟用于帝王祭祀神灵，刻意讲究诘屈古奥，以至于造成"通一经之士不能独知其辞"，词意颇晦涩，故就文学价值而言，仍不出应制之樊笼。

天　地

解题

本篇原列汉《郊祀歌》十九章第八。《练时日》后，诸神纷现，礼祭顺序先是中央黄帝、东方青帝、南方赤帝、西方白帝、北方玄帝和泰一，然后祭祀天、

地。本章就是祭天地之歌。

【原文】

天地并况，惟予有慕①，爰熙紫坛，思求厥路②。恭承禋祀，缊豫为纷③，黼绣周张，承神至尊④。千童罗舞成八溢⑤，合好效欢虞泰一⑥。九歌毕奏斐然殊⑦，鸣琴竽瑟会轩朱⑧。璆磬金鼓，灵其有喜⑨，百官济济，各敬厥事⑩。盛牲实俎进闻膏⑪，神奄留，临须摇⑫。长丽前掞光耀明⑬，寒暑不忒况皇章⑭。展诗应律铯玉鸣⑮，函宫吐角激徵清⑯。发梁扬羽申以商⑰，造兹新音永久长。声气远条凤鸟翔⑱，神夕奄虞盖孔享⑲。

注释

❶况，同"贶"，赐，恩赐。慕，仰慕，敬仰。首二句倒装，意谓：因我敬仰天地，故天、地一起赐福给我。《汉书·郊祀志》："古者天子三年一用太牢祠三一：天一、地一、泰一。"这章天地一起祭祀。　❷爰，于是。熙，兴。紫坛，紫色祭坛，祭祀大典用。《汉书·郊祀志》说，甘泉泰畤紫坛，八觚宣通，象八方。厥，其。这两句意思是，于是兴建紫坛，思求降神的通道。　❸禋祀，祭祀天地之礼。《周礼·春官·大宗伯》："以禋祀祀昊天上帝，以实柴祀日月星辰。"缊豫（yūnyù），细缊悦豫，指天地间阴阳二气交融和悦。纷，茂盛的样子。❹黼绣，指绣有黑白斧形花纹装饰。周张，四周张设。承神句，承奉至尊之神。❺千童，极言参与祭祀的童男之多。罗舞，罗列舞蹈。八溢，即八佾，周代天子用的舞乐。舞队由纵横各八人，共六十四人组成。张衡《东京赋》："冠华秉翟，列舞八佾。"　❻效，奉献。虞，同"娱"，欢娱。泰一，见前注。❼九歌，古乐曲名。屈原《离骚》："启九辩与九歌兮，夏康娱以自纵。"汉王逸注："九辩，九歌，禹乐也。"斐然，形容有文采韵味。殊，不同，特异。　❽会，合。轩、朱，指轩辕氏（黄帝）和朱襄。相传黄帝改造素女所鼓五十弦为二十五弦。朱襄氏制作五弦瑟。这句是说，用琴、竽、瑟合奏古之乐曲。　❾璆

（qiú），美玉。璆磬（qìng），以美玉制作的磬；磬，古代一种打击乐器，悬挂于架上，击之发声。　⑩济济，形容阵容盛大整齐。敬，谨慎恭敬对待。　⑪牲（shēng），特指祭祀用的牲畜。俎，祭祀时放祭品的器物。膏，溶化的肉脂；这里指肉膏之香味。这句是说，将牲置放于俎内，神降临歆享闻到其香味。　⑫奄留，淹留，久留，这里有徘徊之意。须摇，须史。这两句是说，神徘徊之间，居高临视了一会儿。　⑬长丽，应即指后句中的"凤鸟"。掞（yàn），《汉书·礼乐志》注："掞，即光炎字也。……长丽，灵鸟也。"　⑭寒暑不忒，四时运行正常。忒，差，差错。况皇章，赐皇以礼制法令，即授权于皇。　⑮展诗，呈诵歌诗。应律，应合乐律。锔玉鸣，玉器相击之声。锔，"琄"之借字，玉佩。这句是说，展诵歌诗配以乐律，其声如琄玉和鸣。　⑯函，同含，蕴含。吐、激，均指演奏乐曲。宫、角、徵（zhǐ），以及下句之"羽""商"，为古代的五音。其中"徵"音，古人认为最清越。　⑰发梁，歌声绕梁不绝，扬、申，同上句之函、吐、激，均指不同的演奏发音。　⑱条，达。　⑲奄，淹，久。虞，娱，欢娱。盖，发语辞，无义。孔，甚。这句是说，神逗留在这黄昏之际，甚为欢娱享受。

评析

古先民心目中的天、地之神灵，显然是至高无上的。乐章祭祀天、地，自然规模宏大，气势蹄厉。此章极力铺叙祭祀天、地"至尊"之神时的环境、排场，歌舞纷呈，群乐齐奏。全篇分三层，首层八句写敬慕于天、地之神，恭敬迎接；次层"千童"句起写神灵降临，描摹迎神之歌舞乐曲、供神之祭品牲畜和神灵降临赐福；最后一层"展诗"六句，是赞美祭祀之歌的新颖美好，神灵兴趣盎然，欢娱享受。歌辞没有像《诗·周颂》祭祀天地那样表达敬畏、祈祷国祚，笔墨全落在渲染娱神声伎上，朱乾谓之"今诗但云'天地并况，惟予有慕'而已，与天子所以祈天永命之本，绝无一语及之；而徒侈张乐舞声歌之盛，则何益于武帝之侈心哉"（《乐府正义》），对歌辞内容颇为不满，其实这正是汉祭祀歌承接楚辞《九歌》的特色所在。这首歌辞的形式也很有特色，四字句、三字句和七字句交互使用，以赋家铺扬之笔作歌，辞采缤纷而又古奥典重；取法诗骚，出于创撰，充分显示出"新变声"的文字特色，成为后世以七言为主的杂体诗的滥觞。

日出入

解题

本篇为汉《郊祀歌》十九章之一，《乐府诗集》收入郊庙歌辞。本篇赞颂的是太阳神。朱乾谓此诗"叹日之循环无穷，而人之年寿有限，因有乘龙上升之想"（《乐府正义》）。

【原文】

日出入安穷①，时世不与人同②。故春非我春，夏非我夏，秋非我秋，冬非我冬。泊如四海之池③，遍观是邪谓何④？吾知所乐⑤，独乐六龙⑥。六龙之调⑦，使我心若⑧。訾⑨，黄其何不徕下⑩！

注释

❶安穷，何有穷尽。安，何。穷，尽。　❷时世，犹时代。《荀子·尧问》："时世不同。"一说，指自然界之时序变化，与社会人事变化相对。　❸泊如，犹"泊然"，飘泊而无所附着的样子。四海之池，即谓四海。《史记·日者传》："地不足东南，以海为池。"　❹是，此。邪，语助词。谓何，还说什么呢。❺知，一说疑作"私"。　❻六龙，古代传说日车以六龙（龙马）为驾，巡行天下。日出日入，即为日神驾六龙巡天，以成昼夜。　❼调，发。一说为协调之意，指龙马步伐配合协调。　❽若，顺，此有愉悦之意。一说疑为"苦"字之讹，"以'苦'与末句'下'（古音虎）相叶，'若'字则不叶"（郑文《汉诗选笺》）。　❾訾（zī），嗟叹之词。　❿黄，指乘黄，传说中龙翼马身之神马名。《汉书》应劭注：乘黄，龙翼马身，黄帝乘之而仙。按，此即前所谓"六龙"。徕，同"来"。一说，"訾黄"当连读，同紫黄，即乘黄。

评析

　　这首祀日之歌，先凭空发问：太阳朝升夕降，出入天地，何有穷止之时？旋又笔势陡转，慨叹太阳之"时世"与人类决然不同。仅短短二句，即写出面对日神运行不息、亘古长存而产生的人类渺小、生命短促之感。"故春非我春"四句更将此感慨推向极致："世长寿短，石火电光，岂可谩谓为我之岁月耶？不若还之太空，听其自春自夏自秋自冬而已耳！"（陈本礼《汉诗统笺》）"泊如"二句，承前启后，四海之水，鼓荡不已，岂不就像人之寿命不断消逝，观此而岂不益增无奈之情？所"乐"者为"六龙"，正是感生命短促而盼求能如日神之永恒。然龙马却总是渺无踪影，不见降临。结尾处，企羡之意、失望之情交织融合，极耐咀嚼。《郊祀歌》十九章深奥奇崛，号称难读，此篇则较为畅达，思致悠邈，富于哲理。

鼓吹曲辞

　　鼓吹曲原为军乐，乐器主要有鼓、箫、笳等。鼓吹，即"击鼓吹箫、笳"之意。但汉代鼓吹曲使用范围甚广，无论朝会、道路、赏赐、宴乐，甚至大臣殡葬送丧都用之。汉鼓吹曲有《短箫铙歌》十八曲。庄述祖谓之"为军乐，特其声耳，其辞不必皆序战陈（阵）之事"（《汉铙歌句解》），内容比较繁杂。其中那些朝会、道路、狩猎之作，多颂美之词，艺术水平相对较低，字句亦难解；而描写战争之《战城南》和情歌《有所思》《上邪》等作品颇杰出，大约采自当时的民间歌辞，是乐府中的名篇。曹魏、孙吴以下各朝，亦各制鼓吹曲，但内容都铺叙帝王声威武功，殊无可取。后世文人则颇多拟《铙歌》旧题，历代不绝。

无名氏

朱　鹭

解题

　　本篇属《铙歌十八曲》，原列第一。《乐府诗集》收入鼓吹曲辞，是一篇咏谏鼓之作，"盖因饰鼓以鹭而名曲"（《乐府诗集·朱鹭》题注）。鹭，水鸟名，嘴尖而直，颈长而细，善捕。古时常用朱色鹭鸟作为鼓上的纹饰。

【原文】

　　朱鹭，鱼以乌①，路訾邪②鹭何食？食茄下③。不之食④，不以吐，将以问谏者⑤。

注 释

❶以，同"已"。乌，通"欤（wū）"，食而欲吐之意。一说，"鱼以乌"与下"路訾邪"皆为表声之词，无意义，见下注。　❷路訾邪，明徐祯卿《谈艺录》："乐府中有'妃呼豨''伊何那'诸语，本自亡（无）义，但补乐中之音。"此处"路訾邪"亦属此类。　❸茄，古"荷"字。　❹不之食，犹言"不食之"。　❺问，存问，赠送。谏者，向君王进言、规劝之人。

评 析

古时朝廷设有谏鼓，谏者击鼓以入。所谓"禹立建（谏）鼓于朝"（《管子·桓公问》）、"尧悬谏鼓"（孙楚《反金人铭》），可见此传统出现之早。至于谏鼓何以用鹭鸟为饰，其象征意义已难深究。《谭苑醍醐》谓"汉初有朱鹭之瑞，故以鹭形饰鼓"。而清陈沆则说："饰鼓以鹭，取其得鱼而能吐，犹直臣闻内外臧否，必入告其君也。"（《诗比兴笺》）虽属推测，但比照此诗，不能不承认其确有妙悟。然此诗写朱鹭含鱼，"不之食，不以吐"，显然已借题发挥，讽刺那些谏臣，"貌似欲言，实则不然"，"失谏者应尽之责"（郑文《汉诗选笺》）。诗虽为咏谏鼓，但通篇落笔全在鼓饰，紧扣图案中朱鹭之形状，抓住朱鹭吞食鱼儿之特征，达到既传鹭鸟之形，又见作者之意的目的。构思新颖曲折，词虽简古而意颇深刻，是一首成功的早期咏物之作。

战城南

解 题

本篇属《铙歌十八曲》，原列第六。《乐府诗集》收入鼓吹曲辞。是一首哀悼阵亡将士的悲歌。汉《铙歌》中"序战陈（阵）之事"（庄述祖《汉铙歌句解》）的仅此一篇。

【原 文】

　　战城南，死郭北①，野死不葬乌可食②。为我谓乌："且为客豪③。野死谅不葬④，腐肉安能去子逃⑤！"水深激激⑥，蒲苇冥冥⑦，枭骑战斗死⑧，驽马徘徊鸣⑨。梁筑室⑩，何以南，何以北⑪！禾黍不获君何食⑫，愿为忠臣安可得⑬！思子良臣⑭，良臣诚可思。朝行出攻⑮，暮不夜归。

注 释

❶郭，外城。按，此处"城南""郭北"互文，泛指城郊。　❷野死，死于荒野。　❸客，指战死者；因战死于异乡，故称"客"。豪，同"嚎"，号哭。❹谅，想必。　❺安能，怎么能。去子逃，离开你而逃走。子，此指乌鸦。❻激激，水深而清激。　❼冥冥，昏暗幽深。　❽枭骑，烈性马；此又兼暗喻勇猛之士。　❾驽马，劣马。　❿梁，指桥梁。筑室，此处当指构筑工事、堡垒。⓫这二句意指社会混乱，道路阻塞，行人又怎能南来北往呢！　⓬禾黍，泛指谷物。获，收获。　⓭安可得，不得为忠臣之意。　⓮子，此指战死者。良臣，犹言"国士"。　⓯出攻，出征。

评 析

　　此诗分两部分。前半部分是一幅血战过后尸横遍野、老鸦啄食的死寂画面；后半部分用一连串尖锐的责问宣泄将士们的愤激之情。构思颇新奇。写乌啄尸骸，不作正面描绘，而是突发异想，恳请乌鸦且慢啄食，先为这些异乡客号哭招魂，愈显沉痛。后半部分连用四句反诘，以见将士"饥困不能力战，虽愿为杀敌致果之忠臣，安可得耶"（王先谦《汉铙歌释文笺正》）。批判锋芒，直指最高统治者。全诗取材讲究，一概略去双方交战的激烈场面，而将笔触集中在精心选择的战后场景中。夹叙夹叹，以叙揭露战争恶果，以叹表达悲悼深情。汉代自武帝起，接连发动战争，"当此之时，寇贼并起，军旅数发，父战死于前，子斗伤于后，女子乘亭障，孤儿号于道，老母寡妇，饮泣巷哭"（《汉书·贾捐之传》）。本篇即从一个侧面为此写照，堪称千古诅咒战争之绝唱。

巫山高

解　题

本篇属《铙歌十八曲》，原列第七。《乐府诗集》收入鼓吹曲辞。写游子思乡欲归不得之情。诗言"巫山""淮水"，不过托言山高水深，以明不能归乡之由，非必人在巫山、淮水之地。巫山，山名，在今重庆巫山县东南，临长江。山形如"巫"字，故名。其江峡即为巫峡。

【原　文】

巫山高，高以大①。淮水深，深以逝②。我欲东归，害梁不为③？我集无高曳④，水何梁汤汤回回⑤。临水远望，泣下沾衣。远道之人心思归，谓之何⑥！

注　释

❶以，且。下同。　❷淮水，河流名，即今淮河。原为古四渎之一，源出河南桐柏山，东经安徽、江苏入洪泽湖，合运河汇长江入海。逝，指水流迅疾。❸害，读作"曷（hé）"，同"何"。梁，表声词，下同。此句意为既欲东归，又为何不如此做呢。　❹集，止，滞留。高曳，即"篙枻"（gāoyì），驶船用之长竹及楫。此泛指撑船工具。　❺汤汤（shāng），水势浩大的样子。回回，水流回旋的样子。　❻谓之何，还说它干什么。

评　析

　　古代交通不便，山川阻塞，故怀乡思归之作，随处可见。此诗首四句极言山高水深，两个"以"字递进连用，突出路途之艰难险阻，融入诗人面对险途之沉重心情。"我欲东归"，点出主题；"害梁不为"，引出不归的缘故：没有舟楫，安能渡过"汤汤回回"之洪流呢！他自然只能"临水远望"以当归。一个"望"字，透露出游子乡情之重、归心之切和心绪之悲。诗由山落笔，继之以水，后又集中笔墨于水，由景入情，层层深入，声情激荡。末以无可奈何的悲叹，折射出其无法用语言表达的痛苦。诗首四句写景皆用三言，十分齐整；后八句则随着感情的起伏，句式长长短短，错落使用，使全篇产生一种抑郁悲慨的旋律。胡应麟谓"《铙歌》陈事述情，句格峥嵘，兴象标拔"（《诗薮·内编》），于此诗颇可见一斑。

有所思

解　题

　　本篇属《铙歌十八曲》，原列第十二。《乐府诗集》收入鼓吹曲辞。本篇及《上邪》都是描写爱情之作。庄述祖认为两诗"当为一篇"，前后联系，是"叙男女相谓之言"（《汉铙歌句解》）。然闻一多则谓："细玩两篇，不见问答之意，反之，以为皆女子之辞，弥觉曲折反覆，声情顽艳。"（《乐府诗笺》）后人颇从其说，故仍视其为两首独立之作。此篇写一痴情女子在得悉情人变心后的心理变化。

【原　文】

　　有所思，乃在大海南①。何用问遗君②？双珠玳瑁簪③，用玉绍缭之④。闻君有他心，拉杂摧烧之⑤；摧烧之，当风扬其灰。从今以往,勿复相思!相思与君绝⑥。鸡鸣狗吠,兄嫂当知之⑦。妃呼豨⑧,秋风肃肃晨风飔⑨,东方须臾高知之⑩。

注　释

❶乃,竟。　❷何用,即"用何",用什么。问遗(wèi),二字同义,犹言赠与。为汉代习用联语。　❸玳瑁(dàimào),龟类,甲壳光滑而多文采,可制装饰品。簪,发簪。古人用以连接发髻和冠的饰物。　❹绍缭,缠绕。　❺拉,折断。杂,粉碎。摧,毁坏。　❻绝,断绝。指不再思念。　❼这句是说,当初私下幽会之际,惊动鸡狗,兄嫂难免有所察觉。言下之意是如今又当怎么办呢?　❽妃呼豨(xī),表声词,无义。徐祯卿《谈艺录》:"乐府中有'妃呼豨''伊何那'诸语,本自亡(无)义,但补乐中之音。"一说,女子叹息之声。按,陈本礼《汉诗统笺》:"妃呼豨,人皆作声词读。细玩其上下语气,有此一转,便通身灵豁,岂可漫然作声词读耶?"闻一多《乐府诗笺》则疑"妃呼豨"系"乐工所记表情动作之旁注",并谓:"'妃'读为'悲','呼豨'读为'歔欷'。……'悲歔欷'者,歌者至此当作悲泣之状也。"　❾肃肃,象声词,形容风声。晨风,鸟名,雉属。古人常以雉鸣喻求偶之义。飔(sī),疑为"思"字之讹。　❿须臾,片刻之间。高,同"皓",白。东方高,东方发白,天色渐明。

评　析

　　此诗写一痴情女子,心上人即使远在天涯,她仍念念不忘,精心饰簪以"双珠",还要"用玉绍缭之"而相赠,如此珍重,正显示出爱的深度。但是,一旦"闻君有他心",则将簪"拉杂摧烧",犹不解恨,更要"当风扬其灰"。诗用一支簪为道具,将女子爱和恨两个特写镜头缀联在一起,凸显出其爱憎强烈的性格,真是"不如此描写,不足以见儿女子一时憨恨之态"(陈本礼《汉诗统笺》)。然而焚簪扬灰,自当是初闻变故时的瞬间冲动,旧日情爱毕竟难以完全割断,回想起当初私下相恋,倍觉情长,更使她难以最终拿定主意。"东方须臾高知之"，左右两难，矛盾心态，昭然若揭。正如沈德潜所言："怨而怒矣，然怨之切，正望之深。"（《古诗源》）全诗情感一波三折，大起陡落，用富有表现力之细节揭示人物性格。用词组句亦颇为讲究。如起句一个"乃"字，就突出心上人相隔之远，暗示恋情之深，并为下文"闻"字作伏笔。又如"用玉绍缭之"一句，"意足上而韵却领下"，语意承补上句而押韵却启领下段，确属精心安排，"亦是一奇"（张玉谷《古诗赏析》）。

雉子斑

解题

本篇属《汉铙歌十八曲》，原列第十三。《乐府诗集》收入鼓吹曲辞。写雉鸟对雉子的爱护之情和死别之痛，是一首以人格化动物为描述对象的寓言诗。闻一多谓此篇及《圣人出》《石留》三篇，因"言字讹谬，声辞杂书"（《宋书·乐志》引《广乐记》），"最为难读"（《乐府诗笺》）。雉（zhì）子，野鸡雏。斑，纹彩。

【原文】

雉子，斑如此！之于雉梁①，无以吾翁孺②。雉子，知得雉子高蜚止③，黄鹄蜚之以千里④，王可思⑤。雄来蜚从雌，视子趋一雉⑥。雉子！车大驾马滕⑦，被王送行所中⑧。尧羊蜚从王孙行⑨。

注释

❶之，往。雉梁，野鸡寻觅梁粟之所。梁，同"粱"。 ❷无，同"毋"，戒禁之辞。吾，同"俉"，迎，接近。翁孺，老人和孩童，泛指人类。 ❸知得，犹言"得知"。蜚（fēi），同"飞"。止，语助词。此句意谓老雉得知雉子高飞出行。 ❹黄鹄，黄鹤。以千里，以千里计算，极言飞速之快。 ❺王

（wàng），旺盛。此是老雉赞其子飞行有力，如黄鹄一举千里，精力旺盛，令人美慕。按，唐吴兢《乐府古题要解》引此二句无"王可思"三字，于文理较易理解。　❻趋，靠近。一雄，这里的"雄"指雄媒。古时捕猎，常以笼养之同类相诱，谓之"媒"。　❼媵，通"腾"。　❽王送，疑作"生送"，犹今言"活的送往"。行所，即"行在所"，天子出行所往之处。　❾尧羊，当读作"翱翔"（áoxiáng），振翅飞翔。此句是说老雉追随王孙的车辆飞翔不止。

评析

　　此诗号称"难读"，然细寻脉络，大致可分三层。首层写老雉对雉子的疼爱。"斑如此"，赞雉子羽毛纹彩鲜艳；"无以吾翁孺"，戒雉子远离祸机，小心人类的残害：读来声情俱见。次层叙雉子觅食遇难。"黄鹄"句乃雉母对雉子的夸赞之词，喜其飞翔有力，犹如黄鹄。但就在雉雄亦欣欣然飞来观看雉子之时，雉子却上当受骗，为雉媒所诱，落入人手。末层写老雉悲痛之情。"车大""马媵"，是老雉的心理感受；"尧羊蜚从"，显出雉母哀痛不舍之状。诗以动物写人情，虽"难读"之处不一，但细细体味，融以想象，雉母之慈爱，雉子之无知，恍然如见。诗中三呼"雉子"，尤为感人，始为爱抚，继以叮嘱，最终是痛不欲生的哀呼，"尤能道出天下父母之心也"（郑文《汉诗选笺》）。至于诗中有无寄托，实难揣测。陈沆谓此诗"刺时也。上以爵禄诱士，士以贪利罹祸，进退皆不以礼，贤者思遁世远害也"（《诗比兴笺》）。释诗比附过实，曲意求深，忽视了此诗乃是民间歌辞，并不足取。

上　邪

解题

　　本篇属《铙歌十八曲》，原列第十五。旧说谓是"盟诅之词"，即结盟订约之际的誓言（参见朱乾《乐府正义》），今人大都视之为情歌，认为是一个女子所唱的爱情誓言。上邪，犹言"天啊"，庄述祖谓"指天日以自明也"（《汉铙歌句解》）。

【原 文】

　　上邪！我欲与君相知^①，长命无绝衰^②。山无陵^③，江水为竭，冬雷震震，夏雨雪^④，天地合，乃敢与君绝^⑤！

注 释

　　❶相知，相亲相爱。　❷长命，即长使、永教之意。命，令。　❸陵，山峰。❹雨雪，下雪。"雨"用作动词。　❺绝，断绝。

评 析

　　此诗写法十分奇特。开篇突兀而起，一声"上邪"，无端而来，一下子就把女主人公的激情推向高潮。她为何要激动得呼天呢？"我欲与君相知，长命无绝衰"，是神圣的爱情使她情感迸发。一个"欲"字，把她敢于大胆追求爱情幸福的性格表达得淋漓尽致。比较而言，这两句用的是陈述笔调，尽管感情强烈，但就全诗而言，仍只是铺垫之词，犹如浪峰迸发之际的稍作回落，紧接着更是一浪高于一浪，接连五个奇特想象一涌而出。"乃敢与君绝"，一笔收束全篇，真有力挽千钧之势。正如沈德潜所言："'山无陵'下共五事，重叠言之，而不见其排，何笔力之横也！"（《古诗源》）古今无数爱情诗，就表现之大胆炽烈而言，《上邪》堪称首屈一指，难怪胡应麟要惊叹："《上邪》言情……短篇中神品。"（《诗薮·内编》）

曹 丕

　　曹丕（187—226），即魏文帝。字子桓，沛国谯（今安徽亳州）人，曹操第二子。其兄曹昂早卒，故实为操长子。自幼兼习文武，稍长贯通经史诸子百家。

史称其"博闻强识，才艺兼该"（《三国志·魏书·文帝纪》）。建安十六年（211），为五官中郎将、副丞相。其时文人多集邺下，丕以世子之尊，俨然为之首，开文人唱和之风。建安二十二年（217），立为魏太子。二十五年（220）正月，操病卒，继位为魏王。十月，代汉称帝，国号魏。在位七年。曹丕颇重视文学，提出文学是"经国之大业，不朽之盛事"。所作《典论·论文》，为我国最早之单篇文论，为综评作家作品之防始。其乐府诗擅长吟咏离愁别绪和男女情爱，风格深婉细致。在形式方面颇有突破，四言、五言、六言、七言和杂言各体皆备。《燕歌行》两首更是现存最早的完整的七言诗。由于时代原因，其作品视野较曹操狭窄。沈德潜说："孟德诗犹是汉音，子桓以下，纯乎魏响。……子桓诗有文士气，一变乃父悲壮之习矣。要其便娟婉约，能移人情。"（《古诗源》）

钓竿行

解 题

本篇《乐府诗集》收入鼓吹曲辞。崔豹《古今注》谓此曲是："伯常子避仇河滨为渔父，其妻思之，每至河侧作《钓竿》之歌。后司马相如作《钓竿》之诗，今传为古曲也。"可见为相思爱情之曲。汉古辞无存。本篇描述一天真少女娇言婉拒他人的爱慕之情。

【原 文】

东越河济水①，遥望大海涯②。钓竿何珊珊③，鱼尾何簁簁④。行路之好者⑤，芳饵欲何为⑥？

注 释

❶河、济，指黄河和济水。　❷涯，边。　❸何，多么。珊珊，缓缓移动的样子；这里形容鱼儿上钩后，钓竿收拢时缓缓颤动。　❹筵（shāi），形容鱼尾湿润摆动的样子。　❺好（hào），爱悦。　❻芳饵，香饵，用以诱鱼上钩的食物。这两句意为：爱慕我的那个路人虽抛出香饵，但我是不会上钩的。

评 析

　　钓鱼，在古歌谣中常用来象征男女爱情。《诗·竹竿》云："籊籊竹竿，以钓于淇。岂不尔思，远莫致之。"《白头吟》中"竹竿""鱼尾"之喻亦是。但此两例不过是穿插在诗中的一个隐喻，本诗则通篇皆用钓竿、鱼儿为比喻。鱼儿穿越黄河、济水，眺望大海，她在寻求什么呢？从后两句看，显然在追求爱情幸福，有行路者向她抛出"芳饵"，表示爱慕，可她却一点也不动心。短短数句，生动地描绘出一个执着于爱情的天真少女形象。构思精巧，生动活泼。无一字提及男女情爱，字里行间却洋溢着爱的甜蜜。至于风格淡雅，尤令人称道。王夫之读此诗后，为之击节而叹曰："读子桓乐府，即如引人于张乐之野，冷风善月，人世陵嚣之气淘汰俱尽。古人所贵于乐者，将无在此？"（王夫之《古诗评选》）

谢　朓

　　谢朓（464—499），字玄晖，南朝齐陈郡阳夏（今河南太康）人。少有才名。始为豫章王太尉行参军，后在随王萧子隆、竟陵王萧子良幕下任功曹、文学等职。明帝时又任中书郎。建武二年（495）出为宣城太守，故后世称"谢宣城"。其山水名作，多作于此时。后告发岳父王敬则谋反，迁尚书吏部郎。齐废帝东昏侯即位，因拒绝参与始安王萧遥光篡位之谋，被诬下狱死。年仅36岁。谢朓为当时"永明体"代表作家。诗名卓著，与同族谢灵运先后媲美，世称

"小谢"。梁武帝极重其诗，至云："不读谢诗三日，觉口臭。"（《太平广记》）梁简文帝称之为"文章之冠冕，述作之楷模"（《与湘东王书》）。堪称齐、梁诗坛的"首杰"（陈祚明《采菽堂古诗选》）。其诗善写山水景物，风格清峻，声律谐协，尤长于五言诗，严羽称其诗"已有全篇似唐人者"（《沧浪诗话》）。乐府诗中亦可见此类作品。

临高台

解题

本篇《乐府诗集》收入鼓吹曲辞。《临高台》，汉《铙歌》十八曲旧题。此诗用旧题写登台怀乡、"临望伤情"（《乐府古题要解》）之意，是作者在荆州为随王萧子隆文学侍从时所作。

【原文】

千里常思归，登台临绮翼①。才见孤鸟还，未辨连山极。四面动清风，朝夜起寒色。谁知倦游者②，嗟此故乡忆。

注释

❶绮翼，华美的飞檐。　❷倦游者，倦于奔走求官之人。此为作者自指。

评析

诗首句即点出题旨——"思归"。"千里"言离乡之远，"常"字见得离乡时间之久及思归心切。因"思归"而登台，则登台为望乡不言而自明。三四句承登台写目之所见。然"孤鸟"倦飞尚能还巢，诗人却只能凭栏眺望，峰峦连绵，未能辨识家山何在。两句明是写景，实则寓情。五六句写身之所感：因是高台，故四周凉风习习；暮色降临，唯觉寒气袭人，暗示在台上徘徊已久。最后两句道出"思归"之因：倦于游宦。作者虽文才早露，但作此诗时仍屈居于卑微的诸侯王文学侍从，难怪他要发出"倦游"之叹。但这种心境，又能向谁去倾诉呢？"谁知""嗟此"，辛酸之情，难以自抑。此诗用乐府旧题，且借用旧题题面之意，此后王融、萧纲、沈约、陈后主诸人所作，或写登台远眺之景，或抒登台望远之情，均将"临高台"曲名视作诗题，都是受此诗的影响。

横吹曲辞

　　横吹曲本亦为军乐，主要以鼓角为乐器，故后来又称鼓角横吹曲。相传汉横吹曲始由张骞从西域传入，李延年据西域胡乐更造新声二十八曲，其歌辞久佚（或原有声无辞）。汉魏以来流传的有《陇头》《关山月》等十八曲，但歌辞亦无存，今存皆后世文人拟作。又有梁鼓角横吹曲二十余曲、六十余首，是十六国及北朝前期北方乐歌流传至南朝者。其中部分歌辞应是胡语，后译成汉语。反映社会生活较广阔，风格粗犷。后世文人亦时有拟作。

无名氏

企喻歌（二首）

解　题

　　《企喻歌》，《乐府诗集》收入横吹曲辞中梁鼓角横吹曲。共四首。据《古今乐录》，本是"燕魏之际鲜卑歌也。其词虏音，竟不可晓"。流传诸作，大约都经过翻译加工。兹选二首。原列第一、第四。

（一）

【原文】

　　男儿欲作健①，结伴不须多。鹞子经天飞②，群雀两向波③。

注　释

　❶作健，犹言"称雄"。健，即健儿，壮士、勇士之意，指军中士卒。

❷鹞子，猛禽，似鹰而略小，古人多蓄养之以捕鸟雀。　❸两向波，如同波浪向两边分开。一说，"波"为"播"的借字，即"逃散"之意。

评 析

此诗表现北方民族以雄武自夸的心理。"鹞子经天飞"，喻指男子的勇武。"群雀两向波"，是言群雀"两向分飞避之，如波之分散也"（张玉谷《古诗赏析》），比喻辟易万人的气势，极为形象生动。《企喻歌》在鲜卑歌谣中以"刚猛激烈"著称，于此篇亦可管窥一斑。

（二）

【原 文】

男儿可怜虫，出门怀死忧。尸丧狭谷中，白骨无人收①。

注 释

❶此两句，《古今乐录》曰："本云'深山解谷口，把（当作白）骨无人收'。"又曰："或云后又有二句：'头毛堕落魄，飞扬百草头。'"

评 析

本篇原列《企喻歌》第四。《古今乐录》谓或云是前秦苻融作。融，前秦皇帝苻坚弟，文武兼具，《晋书》有传。此诗粗直少文，恐未必出融之手，姑以存疑。对诗意的理解亦有分歧。或以为作者崇尚勇武，视"出门怀死忧"者为"可怜虫"，战士何妨弃尸荒野。理由是今存《企喻歌》四首，前三首均为豪放之词，此首当亦然。其实《企喻歌》非一时一人所作，对战争之看法亦不必一致。况当国势衰微、兵败如山倒之时，即使尚武民族，其观念也会随之改变。

此诗前两句谓男儿真"可怜虫"也，出门之际已担惊受怕，心知必死。后两句所展示的尸横遍野、白骨狼藉的惨景，正是造成男儿心理阴影的直接原因。于诗可见长期的战争给北方民族带来的深重灾难和沉重的心理压力。

琅琊王歌（二首）

解　题

《琅琊王歌》，《乐府诗集》收入横吹曲辞梁鼓角横吹曲。共八首。此选二首。本首原列第一，写爱刀之情。

（一）

【原　文】

新买五尺刀，悬着中梁柱。一日三摩挲①，剧于十五女②。

注　释

❶摩挲，用手抚摩，表示爱抚之意。原作"摩娑"，据《古乐府》改。
❷剧，甚，超过。

评　析

首句写买刀。"买"固然因为喜爱，何况是"新买"之物。次句写观刀。特意将其挂在最显眼的"中梁柱"，可见视之不同于一般。第三句写玩刀。"一日"而"三摩挲"，酷爱之至，不言自明。三句皆客观叙说，就全诗而言，尚处于"蓄势"阶段。最后一句则突然荡开："剧于十五女"，爱刀竟远胜于对青春少女之爱，这就把北方男子唯刀是爱，唯武是尚的风气表现得淋漓尽致。不独情真，抑亦语妙，把"尚武"这一北朝乐府中屡见的题材写得别开生面。

（二）

【原 文】

客行依主人，愿得主人强。猛虎依深山，愿得松柏长。

评 析

　　北朝战乱频仍，一般民众往往依附于土著豪强。诗中的"客"，当亦属此类。但此"客"显然又是一个胸怀壮志的豪客，他希望主人"强"，即实力雄厚，能成大事，这样自己岂不亦能一展宏图了吗？诗意简单明了，但结构很别致，与通常先以它物兴喻，再引出本意不同，而是"正意在前，喻意在后"（沈德潜《古诗源》），颇为罕见。而身在客中犹然自比猛虎，隐隐有自高身份之意。

紫骝马歌辞（二首）

解 题

　　《紫骝马歌辞》，《乐府诗集》收入横吹曲辞梁鼓角横吹曲。共六首。《古今乐录》曰："'十五从军征'以下是古诗。"则后四首为汉古诗而采入梁鼓角横吹曲且分割成四曲者。今选录其第二首及后四首（仍合之为一首）。

（一）

【原 文】

高高山头树，风吹叶落去。一去数千里，何当还故处！

评析

　　北朝长期兵连祸结，各少数民族军事集团为掠取兵源劳力，一再大规模迁移民众。后赵将石聪"虏寿春二万余户而归"（《资治通鉴·晋纪》），石勒"徙氐、羌十五万落于司、冀州"（《晋书·载记》），姚苌"徙安定五千余户于长安"（《晋书·载记》）。此诗很可能就是被迫迁徙的民众的哀歌。北歌皆率直倾吐，此诗却通篇比兴，大约是怕触怒那些凶残之辈。

（二）

【原文】

　　十五从军征，八十始得归。道逢乡里人，家中有阿谁①？遥望是君家，松柏冢累累②。兔从狗窦入③，雉从梁上飞④。中庭生旅谷⑤，井上生旅葵⑥。舂谷持作饭，采葵持作羹⑦。羹饭一时熟⑧，不知贻阿谁⑨？出门东向看，泪落沾我衣。

注释

　　❶阿谁，即"谁"。阿，语助词，无实义。这句是老军人的问话。　❷冢，坟。累累，通"垒垒"。两句是"乡里人"的答话。　❸狗窦，狗洞。　❹雉，野鸡。梁，屋梁。　❺中庭，庭中，院子。旅谷，野生的谷子。旅，寄生。下句"旅葵"之"旅"同。　❻葵，植物名，又名冬葵，嫩叶可食。　❼羹，汤。❽一时，即刻，很快。　❾贻，赠，给。

评析

　　老兵六十五年的从军生活，其间多少艰辛，多少思念，仅用开头两句加以概括。"十五""八十"两个数字，似乎随意，实则蕴含极深；而一个"始"字，更突出了他郁结心头的无限悲愤。接着将笔墨集中到归乡的瞬间，把一幕感人至深、惨绝人寰的画面展现出来。老兵"归"后的描述由三个场景有机组合：道逢乡里人的问答、家园满目凄凉的情景和煮羹做饭无家人共享的惨况。随着这三个场景的先后展开，老兵悲愤难抑的沉痛感情亦在不断加重。正因为裁剪得法，故在短小之篇幅内能作充分的叙说和渲染，从而使诗篇不但有完整的故事情节和具体的人物活动，且显得文笔充裕，从容不迫，绝无局促紧窄之感。全诗叙事言情，纯以白描出之，读来却撼人心绪，惊心动魄，难怪前人要称之为"悲痛之极辞"（陈祚明《采菽堂古诗选》）。

地驱歌乐辞（二首）

解 题

《地驱歌乐辞》，《乐府诗集》收入横吹曲辞梁鼓角横吹曲。共四首。前二首写老女不嫁之悲，后二首写女子炽烈的恋情。《古今乐录》谓后二首是"今歌有此曲"，则创作年代较前为晚。

（一）

【原 文】

驱羊入谷，白羊在前。老女不嫁①，蹋地唤天②。

注 释

❶老女，犹今言"老姑娘"。　❷蹋地，跺脚。

评 析

北朝兵祸绵延，人口锐减，丁壮大都临阵作战，甚至战死沙场，其时觅婿之难已不待言，封建家庭更将妇女作为可供驱使的劳动力，即《捉搦歌》所云

"老女不嫁只生口（奴隶）"是也。诗后两句就是一老姑娘的痴呼悲号，老女不得嫁人，怎教她不跺脚呼天呢？诗前两句是起兴，这亦是民歌常用手法。古代北方是游牧民族活跃之地区，民歌中出现的事物时或带有浓厚的北方色彩。"风吹草低见牛羊"（《敕勒歌》），"心中不能言，腹作车轮旋"（《黄淡思歌》），取状譬物，无不如此。"驱羊入谷，白羊在前"，亦是北方牧地常景，用以起兴，更增添了作品的地域色彩。

（二）

【原　文】

侧侧力力①，念君无极②。枕郎左臂，随郎转侧③。

注 释

❶侧侧、力力，均象声词。与"恻恻力力"（晋太宁童谣）、"敕敕何力力"（《折杨柳枝歌》）同，皆叹息之声。　❷无极，无有终止。　❸转侧，翻转，转身。

评 析

诗首两句是女子向情郎倾诉相思情怀；后两句写女子为情颠倒的痴情，即"无极"二字的注脚。这种大胆坦露心声的表达方式，在南朝姑娘看来或许会感到粗俗不雅，但这正是北朝女子的率直可爱之处。

地驱乐歌

解 题

《地驱乐歌》与前《地驱歌乐辞》不同，别为一曲。《乐府诗集》亦收入横吹曲辞梁鼓角横吹曲。

【原 文】

月明光光星欲堕^①，欲来不来早语我。

注 释

❶堕，坠落。

评 析

此为斥情郎爽约之歌。首句写景，暗示其伫待已久，情意之深。然当情郎久久不来时，她不是自怨自艾、悲感伤心，而是快人快语："欲来不来早语我。"短短一句话就生动地描绘出北朝姑娘爽快直率的性格特点。

雀劳利歌辞

解 题

本篇《乐府诗集》收入横吹曲辞梁鼓角横吹曲。劳利，"劳苦"之意。

【原 文】

雨雪霏霏雀劳利，长嘴饱满短嘴饥^①。

❶长嘴，喙长的鸟。

评　析

　　此诗与前篇《地驱乐歌》同为古乐府最短之篇章。仅二句十四字，活画出一幅大雪纷飞中鸟儿觅食之图景，影射社会上之不公平现象。其中"长嘴""短嘴"，显有所喻，前者当指钻营投机、手腕高明之辈，短嘴则是忠厚老实之人。前者"饱满"而后者"饥"，讽刺之意，皆在弦外。

隔谷歌（二首）

解　题

　　《隔谷歌》，《乐府诗集》收入横吹曲辞梁鼓角横吹曲。共二首。写战争年代兄弟俩的不同境遇及手足之情的寡薄。两首诗内容上似有联系。

（一）

【原　文】

　　兄在城中弟在外，弓无弦①，箭无栝②。食粮乏尽若为活？救我来！救我来！

注　释

❶无弦，指弓弦断。　❷栝（guā），本字作"栝"，箭末端扣弦处。无栝，

则箭无法扣上弓弦发射。

评 析

　　此首写被困危城的哥哥盼望弟弟来救援。危城破在旦夕，哥哥的唯一希望是"弟在外"。首句颇突兀，但从围城中人的心理状态去理解，则顺理成章。接着三句写形势之危急，弦断箭折，粮食乏尽，这正是兵家之大忌；"若为活"绝望之情，见乎言表。"救我来"三字重叠，泣血之呼，动人心魄，并留下了一个悬念：其弟是否来救他呢？

（二）

【原 文】

　　兄为俘虏受困辱，骨露力疲食不足。弟为官吏马食粟①，何惜钱刀来我赎②！

注 释

　　❶粟，小米。　❷钱刀，钱币；古时钱币有如刀状者，故称。来我赎，"来赎我"之倒装。

评 析

　　这一首写沦为俘虏的哥哥怨恨弟弟不来赎身。古代战争中的俘虏，实已变为奴隶，故而"受困辱"是必然之结果。次句"骨露""力疲""食不足"，极写俘虏生活之惨痛。然而，大权在握，在后方依然高官厚禄的弟弟却不顾前方之哥哥，根本没想到为其赎身。如果说前首之末句"救我来"，是呼救，是盼望的话，这里"何惜钱刀来我赎"，则是悲痛，是愤怒。反诘句式，表达了他对兄弟之情的绝望。两首诗形式不同，前一首三言、七言交错，节奏紧促，与战事危急相谐；后一首全用七言，节奏舒缓，和哥哥悲伤怨愤的心境相宜。

捉搦歌（二首）

解 题

《捉搦歌》，《乐府诗集》收入横吹曲辞梁鼓角横吹曲。共四首。是当时北方情人间相戏嘲谑之歌。兹选两首，原列第二、第四。捉搦（nuò），捉弄之意。

（一）

【原 文】

谁家女子能行步^①？反著夹禅后裙露^②。天生男女共一处，愿得两个成翁姬^③。

注 释

❶能行步，指步履快捷。　❷夹禅（dān），夹衣和单衣。北朝女子服饰，上身穿对襟大袖衫，下身穿长裙，如上衣反穿，后裙就会露出。　❸成翁姬，这里为结成夫妇、白头偕老之意。

评 析

这是一首带有戏谑色彩的求爱歌。诗中女子大约走路很快，穿着随便，故男子一上来就加以嘲笑。"谁家女子"，先用设问的方式以期引起对方注意；"能行步"，是夸赞，但不赞其美，反赞其擅长快步，岂不令人哭笑不得？次句嘲她衣衫穿着不合规矩，夹禅当正穿，她却"反著"，以致后裙外露，不合"服裙不居外"(江声《释名补遗》)之传统习惯。然而这里的嘲笑,实是引起对方关注的一种手段,也可以说是男子表达爱慕之情的一种曲折方式。故后两句一变而为直截了当的表白求爱。"天生男女"就是为了让他们成双结对,白头偕老,真堪称千古妙语,令人忍俊不禁。诗明白如话,幽默诙谐,于戏谑中见真情,在乐府中另创一格。

(二)

【原 文】

　　黄桑柘屐蒲子履①,中央有丝两头系②。小时怜母大怜婿③,何不早嫁论家计④。

注 释

　　❶黄桑柘屐(zhèjī),用黄桑制作的木鞋。柘,即黄桑,质坚硬细密,可制器物。蒲子履,用蒲草编制的草鞋。　❷丝,丝绳。原作"系",据左克明《古乐府》、《诗纪》改。木屐和草鞋中间都有丝带把两边系住。　❸怜,爱。婿,夫婿。　❹论家计,主持门户之意。

评 析

　　此首亦男子口吻,带有戏谑色彩。木屐草鞋,用作兴喻,一则以见人物的劳动者身份,再则屐鞋物物成双,容易引发婚配的联想。次句"丝",暗谐"思"。"两头系"自然是指下文的母亲和夫婿。三四两句是求爱,但不像前首那样直接表达,而是抓住姑娘随着年龄增长而产生的微妙心理变化加以引导;髫龄之际,女孩子自然依依恋母,然一旦长大,"有女怀春",岂不都渴慕着如意郎君?这样,"何不早嫁"就成了顺理成章的结论,而一个青年男子对姑娘的爱慕之情亦跃然而现。清人刘熙载说:"古乐府中至语,本只是常语,一经道出,便成独得"(《艺概》)。"小时怜母大怜婿"及前首之"天生男女共一处",皆足以当之。

折杨柳歌辞（四首）

解 题

《折杨柳歌辞》，《乐府诗集》收入横吹曲辞梁鼓角横吹曲。共五首。兹选四首，原列第一、第二、第四、第五。

（一）

【原 文】

上马不捉鞭①，反折杨柳枝。蹀座吹长笛②，愁杀行客儿。

注 释

❶捉鞭，拿起马鞭。捉，抓、拿。　❷蹀座，此为偏义复词，取"坐"义。蹀，行；座，同"坐"。长笛，指当时流行北方的羌笛。

评 析

"行客"告别亲友远行之际，"上马"理当挥鞭启程，可他却"不捉鞭"，反而探身去折一枝杨柳。柳者，留也，在古代习俗中是惜别的象征。这一细节，正表现出其依依惜别的心情。而此时更传来了悠悠长笛之声，岂不更令人怅惘，别情难抑！诗前三句纯用叙事代抒情，不明言离愁，而巧妙地用"柳枝""长笛"这种象征离情的事物意象作垫衬，逼出最后一句"愁杀"两字。

（二）

【原文】

腹中愁不乐，愿作郎马鞭。出入擐郎臂①，蹀座郎膝边。

注释

❶擐（huàn），系，拴。

评析

"愁不乐"，点出与"郎"经常离别，故女子大发奇想，希望成为心上人的马鞭，终日伴随情郎身边。诗蕴藉有致，颇带南方吴声西曲的柔情；但又颇有不同，"愿作郎马鞭"的痴想就明显带有北方器物的特征。诗以刚健之笔抒温婉之情，于爽健之中寓缠绵之情致。

（三）

【原文】

遥看孟津河①，杨柳郁婆娑②。我是虏家儿③，不解汉儿歌。

注释

❶孟津河，指孟津边的黄河。孟津，黄河古渡口名，在今河南孟州西南。
❷郁，树木茂密状。婆娑，盘旋舞动。此指杨柳随风摇曳的样子。　❸虏家儿，犹言"胡儿"，古代汉族对北方少数民族之贬称。

评 析

读此诗当注意两点。（一）作者当是北方少数民族，或为鲜卑，或为其他，虽已难深究，但其显然习惯于北方大漠生涯，来到中原沃土为时未久。故"遥看"之际，对"杨柳郁婆娑"之中原景物倍觉新鲜。"郁婆娑"三字十分传神，令人想见垂柳成行、依依摇曳之美景。此种景物描写，在北歌中极为罕见。（二）此诗当原用北族语言，经过汉译。"虏家儿"者，即出诸汉人译笔，北方民族断不会用此贬词自称。至于诗中透露出其时南北民族融合与文化交流之信息，亦颇值得重视。

（四）

【原文】

健儿须快马，快马须健儿。跋跋黄尘下①，然后别雄雌②。

注 释

❶跋跋（bìbá），快马飞奔时马蹄击地声。黄尘，指快马奔跑时扬起的尘土。
❷别雄雌，犹言"分高低""决胜负"。

评 析

此诗所写似是一场激烈的马赛前的情景。赛马场上，人强马壮，跃跃欲试。作者不禁感叹：健儿要获胜，必须依靠骏马；但快马要显示出其善奔，亦须依靠骑术高明的健儿。两个"须"字，突出了人马互相依赖的重要关系。"跋跋黄尘"，动人心魄，展示出万马奔腾的壮阔景象。这是作者的揣想之辞，故云"然后"才能决一雌雄。诗有议论，有描写，场景阔大，给人一种阳刚的美感。

折杨柳枝歌

解 题

　　《折杨柳枝歌》,《乐府诗集》收入横吹曲辞梁鼓角横吹曲。共四首。本篇原列第二,亦是写"老女不嫁"之怨。

【原 文】

　　门前一株枣,岁岁不知老。阿婆不嫁女①,那得孙儿抱。

注 释

　　❶阿婆,此指母亲。

评 析

　　女子迫切求嫁,但阻止她出嫁的却是亲生母亲,故只能委婉陈情。诗用门前枣树起兴,"岁岁不知老",言下自己却是"岁岁知老"。明是写树,实为写人。后二句表露求嫁心愿,但不直接申说,而以早日抱孙儿来打动母亲,显示出其聪明之处。

幽州马客吟歌辞

解 题

　　此曲原为一种北方歌谣,地域色彩极浓。《乐府诗集》收入横吹曲辞梁鼓角横吹曲。共五首，此首原列第一。

【原文】

快马常苦瘦，剿儿常苦贫^①。黄禾起羸马^②，有钱始作人。

注 释

❶剿儿，辛劳的人。剿，劳。　❷黄禾，谷物。此指喂马用的精饲料。起羸（léi）马，使瘦弱的马壮硕起来。羸，瘦弱。

评 析

此诗慨叹社会贫富不均。以快马苦瘦，兴剿儿苦贫；以黄禾能使羸马壮硕，兴有钱始能做人。错综安排，颇见匠心。似乎仅在叙说剿儿苦贫、有钱作人的必然性，然讥刺之意、愤慨之情，溢于言外。

陇头歌辞（三首）

解 题

《陇头歌辞》，《乐府诗集》收入横吹曲辞梁鼓角横吹曲。共三首。关于此曲产生年代，有两说。一说认为："《陇头歌》曲名，本出魏晋乐府，这篇风格和一般北歌不大同，或是汉魏旧辞。"（余冠英《乐府诗选》）一说谓："或亦参用汉古词，非尽作于北朝，亦如《紫骝马》之用《十五从军征》。"（萧涤非《汉魏六朝乐府文学史》）三首歌辞当属同一主题的一组组歌。或以为是军士度陇赴边之辞，但观"念吾一身，飘然旷野"语，似作背井离乡之流浪者更为妥帖。

（一）

【原文】

陇头流水，流离山下①。念吾一身，飘然旷野。

注　释

❶流离，犹"淋漓"。水由山顶四周淋漓而下，即《三秦记》所谓"上有清水四注下"。

评　析

此首用比兴手法，以陇头流水之"形"兴起，陇水淋漓"四注下"的特征，不就像流浪者飘然无依于旷野，四处流浪而无归宿吗？前两句是景物描写，后两句是心理刻画，插入一"念"字，将两者相连，极形象地写出流浪者孤独凄伤之感。

（二）

【原文】

朝发欣城①，暮宿陇头。寒不能语，舌卷入喉②。

注　释

❶欣城，地名。当与陇头相距不远。今址不详。　❷这句极言天寒地冻，舌头都冻得缩进喉咙。

评析

此首写陇头环境之恶劣。"朝发""暮宿"的句式在民歌中极常见，都是强调行程之长、赶路之急。"寒不能语"两句，笔墨夸张至极，堪称"奇语"（沈德潜《古诗源》）。此首纯用赋笔，与前一首在写法上亦颇有不同。

（三）

【原文】

陇头流水，鸣声幽咽①。遥望秦川②，心肝断绝。

注释

❶幽咽，形容流水不畅发出的声音。　❷秦川，指关中地区，今陕西中部一带。

评析

此首以陇头流水之"声"兴起。流水本无情之物，而"幽咽"一词，则"移情于物"，将情感赋予无情的流水，映衬出流浪者凄然的心绪。"秦川"当是流浪者家乡，有家难归，怎能不心肝断绝呢？此首直抒思乡之情，与第一首前后呼应。

这三首诗都是四言四句，篇幅短小而蕴含丰厚。内容各有侧重又互相关联，层层深入，通过特定环境的描写和心理刻画，构造出一种典型情感。萧涤非先生说："真情实景，最是动人。梁陈以还，陇头之作甚多，皆不及此。脚酸舌卷，行役之苦，心肝断绝，思乡之情，然终不以此，歔欷欲泣，故自尔悲壮。"（《汉魏六朝乐府文学史》）

高阳乐人歌（二首）

解 题

　　《高阳乐人歌》，《古今乐录》曰："魏高阳王乐人所作也。"故名。因此诗首句为"可怜白鼻䯄"，后世又名此曲为"白鼻䯄"。《乐府诗集》收入横吹曲辞梁鼓角横吹曲。共二首。皆写北人嗜酒之状。高阳王，北魏孝文帝拓跋宏之子拓跋雍，《洛阳伽蓝记》称其"贵极人臣，富兼山海"，"歌姬舞女，击筑吹笙，丝管迭奏，连宵尽日"，是一个酷爱音乐又极为奢侈的诸侯王。

（一）

【原 文】

　　可怜白鼻䯄①，相将入酒家②。无钱但共饮，画地作交赊③。

注 释

　　❶可怜，可爱。白鼻䯄（guā），白鼻黑嘴的黄马。　❷相将，结伴，相携。❸画地，未详。疑为画作记号，故陈祚明谓之"犹有结绳之风，北俗故朴"（《采菽堂古诗选》）。交赊，疑即为"赊欠"之意。

评 析

　　或以为此诗是暴露高阳王家奴"三五结伴，走街串巷，喝了酒不付钱的恶霸行径"（王汝弼《乐府散论》），恐怕过于深文周纳。诗所写不过是鲜卑族人的豪饮不羁之态。首句写马。马是骏马，人当亦不凡，故赞马即赞人。"相将"，自然不止一人，三三两两，互相挽扶，步履跟跄。什么原因呢？诗未作交代。但联系下文的"无钱"，或许是已在他处豪饮过一番，以致囊中空空如也。可即便如此，挂了账还要再喝，"画地作交赊"，活写出嗜酒者的豪爽情态。明钟惺评此诗"写得爽"（《古诗归》），当即指此而言。

（二）

【原文】

"何处碟觞来①？两颊红似火。""自有桃花容②，莫言人劝我。"

注 释

❶碟（tà）觞，指喝酒。碟，小口舐。觞，酒器。　❷桃花容，指泛红的脸色。

评 析

此篇在内容上与前篇似有一定联系，或许本来就是组诗。前篇写嗜酒之豪情，此篇写痛饮归家后与妻子的对话。前两句是妻子问，不满揶揄之意显然，但嗔怪中又蕴有体贴关怀之情。丈夫的答语更妙，全然回避"何处"饮酒的提问，反说自己生来脸色红润，一口否认有人请喝酒。一问一答，结构别致，情趣横生。

木兰诗

解 题

《木兰诗》，《乐府诗集》收入横吹曲辞梁鼓角横吹曲。古今不少选本都题作《木兰辞》，但最早著录此篇的《文苑英华》《乐府诗集》都作《木兰诗》，当以此为是。关于此诗创作年代，主要有北朝及唐代二说。据《古今乐录》

曾记录《木兰诗》（按，宋王应麟《玉海》引《中兴书目》："《古今乐录》十三卷，陈光大二年僧智匠撰，起汉迄陈。"），则当以北朝说为是。此篇是一曲传奇式的女性英雄的赞歌，是梁鼓角横吹曲中独有的篇幅较长的叙事歌辞。

【原　文】

唧唧复唧唧①，木兰当户织②。不闻机杼声③，唯闻女叹息。问女何所思，问女何所忆。女亦无所思，女亦无所忆。昨夜见军帖④，可汗大点兵⑤。军书十二卷⑥，卷卷有爷名。阿爷无大儿，木兰无长兄。愿为市鞍马⑦，从此替爷征。

东市买骏马，西市买鞍鞯⑧。南市买辔头⑨，北市买长鞭。旦辞爷娘去，暮宿黄河边。不闻爷娘唤女声，但闻黄河流水鸣溅溅⑩。旦辞黄河去，暮至黑山头⑪。不闻爷娘唤女声，但闻燕山胡骑声啾啾⑫。

万里赴戎机⑬，关山度若飞。朔气传金柝⑭，寒光照铁衣⑮。将军百战死，壮士十年归。归来见天子，天子坐明堂⑯。策勋十二转⑰，赏赐百千强⑱。可汗问所欲，木兰不用尚书郎⑲。愿借明驼千里足⑳，送儿还故乡㉑。

爷娘闻女来，出郭相扶将㉒。阿姊闻妹来，当户理红妆。小弟闻姊来，磨刀霍霍向猪羊㉓。开我东阁门，坐我西阁床。脱我战时袍，著我旧时裳。当窗理云鬓，对镜帖花黄㉔。出门看火伴㉕，火伴皆惊惶。同行十二年，不知木兰是女郎。

雄兔脚扑朔㉖，雌兔眼迷离㉗。双兔傍地走，安能辨我是雄雌㉘？

注 释

❶唧唧，叹息声。　❷当，对着。　❸杼，织机上的梭子。　❹军帖，犹"军书"，征兵的文书。　❺可汗（kèhán），古代西北地区少数民族对国君的称呼。大点兵，大规模征兵。　❻十二卷，极言军书之多。　❼为，为此（指代父从军）。市，买。　❽鞯（jiān），马鞍下的垫子。　❾辔（pèi）头，马笼头。　❿但，只。溅溅，水流迅急的声音。　⓫黑山，即今北京昌平之天寿山。　⓬燕山，指自河北向东绵延至辽西的燕山山脉。啾啾，形容马鸣声。　⓭赴戎机，奔赴战场。戎机，军机。　⓮朔气，北方的寒气。金柝（tuò），即"刁斗"，军中使用的铜器，锅形，三足，一柄，白天用以烧煮，晚上用以打更。据《博物志》载，番兵谓刁斗为金柝。这句是说从金柝声中传来阵阵寒气。　⓯寒光，指月光。铁衣，带有铁片的战衣，犹"铠甲"。　⓰明堂，皇帝祭祀祖先、接见诸侯、选拔人才的场所。　⓱策勋，记功。十二转，极言官爵之高。十二，泛言其多，与上文"军书十二卷"及下文"同行十二年"中之"十二"同，并非确数。转，当时勋位分若干等级，每升一等叫一转。　⓲百千，极言其多。强，有余。　⓳尚书郎，官名。古代朝廷设有尚书台，或称尚书省，其属官有尚书郎。⓴本句原作"愿驰千里足"，注云："段成式《酉阳杂俎》云'愿借明驼千里足'。"据改。明驼，指骆驼。《太平广记》说："驼卧，腹不贴地，屈足漏明，则行千里。"　㉑儿，木兰自称。　㉒郭，外城。将，亦为"扶"义。　㉓霍霍，磨刀迅速时发出的声音。　㉔对，原作"挂"，注："一作对。"据改。帖花黄，把金黄色的纸剪成星、月、花、鸟等形状贴在额上，或在额上涂点以黄色，是当时流行的一种面饰。帖，同"贴"。《谷山笔麈》："古时妇人之饰，率用粉黛，粉以傅面，黛以填额画眉。周天元时禁民间妇人不得施粉黛；自非宫人，皆黄眉墨妆。故《木兰词》中有'挂镜贴花黄'之句。"　㉕火伴，即"伙伴"。　㉖扑朔，（脚）伸缩不停。　㉗迷离，（眼）眯起的样子。　㉘安能，怎能。兔难辨雌雄，俗常提其耳，使其悬空，雄兔则四脚伸缩不停扑朔，雌兔则双眼眯起（迷离），因此辨之。兔儿奔跑时则无法分辨。

评 析

　　这首诗叙说少女木兰代父从军的故事。用引人入胜之笔墨，塑造了一个英勇的女性形象。其为普通女子，又是金戈铁马之英雄。不仅女扮男装，解除老父之忧患，而且"将军百战死，壮士十年归"，巾帼压倒须眉，建立赫赫战功。最后又鄙弃荣华，谢绝高官，毅然返回亲人身边，重叙家人团聚天伦之乐。其乔装十年，驰骋沙场之传奇经历和洋溢全诗的英雄主义精神，带有浓厚的浪漫主义色彩。诗的民歌风格极为浓厚。朴质俚俗之语调，读来朗朗上口；生动活泼的描写，更使人百读不厌。民歌常用之"起兴""顶真""复叠""比喻""夸张""问答"等修辞手法，都运用得妥贴恰当。"军书十二卷，卷卷有爷名"，"归来见天子，天子坐明堂"，"出门看火伴，火伴皆惊惶"，尾首蝉联，此为顶真。"问女何所思，问女何所忆。女亦无所思，女亦无所忆"，这是问答。"东市买骏马，西市买鞍鞯。南市买辔头，北市买长鞭"四句，分别嵌入"东""西""南""北"四字，流畅自然，使人想及汉乐府中"鱼戏莲叶东，鱼戏莲叶西，鱼戏莲叶南，鱼戏莲叶北"（《江南》）的写法。诗末雄雌双兔的比喻，诙谐新奇又具有地域色彩，与全诗格调相符，充满北方民众爽朗质朴之性格特点。诗中排比句运用得最为得心应手，全诗六十二句，连续四句排比者即占二十二句。内容多为情景之铺叙，以衬托人物之感情。众多的排比句，由于组织得妥当贴切，增添了语言的活泼和明快感，产生一种特殊的节奏美和音乐美。沈德潜曰："事奇，诗奇，卑靡时得此，如凤皇鸣，庆云见，为之快绝。"（《古诗源》）范文澜先生说，北朝有《木兰诗》一篇，足够压倒南北朝全部士族诗人。其对后世的影响，就家喻户晓流传之广言，可称首屈一指。

鲍　照

　　鲍照（约414—466），字明远，南朝宋人。祖籍上党（今山西长治一带），后迁于东海（今山东郯城一带）。出身寒微，"家世贫贱"（虞炎《鲍照集序》）。早年曾作古乐府，文甚遒丽。宋文帝元嘉中，先后任临川王刘义庆、始兴王刘濬国侍郎。孝武帝时，历官中书舍人、秣陵令、海虞令等职。孝武帝大明中，临海王刘子顼为荆州刺史，以照为前军参军，掌书记，故世称"鲍参军"。宋明帝立，孝武子晋安王子勋起兵争位，子顼响应之。兵败，鲍照死于乱军。有关鲍照之家世及生平事迹，史料较少，钟嵘已叹其"才秀人微，故取湮当代"（《诗品》）。善诗文，与谢灵运、颜延之并称"元嘉三大家"。其诗以乐府为最有特色，直追汉魏，在南朝文人乐府诗颓靡之际，犹如"高鸿决汉，孤鹊破霜"（王世贞《艺苑卮言》引郑厚语），唱出雄浑慷慨之调。尤擅七言歌行，内容丰富而形式新颖，突破陈规旧式，使七言诗臻于成熟。梁萧子显谓其失在"发唱惊挺，操调险急，雕藻淫艳，倾炫心魂"（《南齐书·文学传》），此亦正是其特色所在。

梅花落

解题

本篇《乐府诗集》收入横吹曲辞横吹曲。郭茂倩谓其"本笛中曲也"（《乐府诗集》）。汉古辞已佚，今存最早的即鲍照此首。诗借咏梅花赞颂品格坚贞之士，讥嘲缺乏节操之人。

【原文】

中庭杂树多，偏为梅咨嗟①。问君何独然②？念其霜中能作花③，露中能作实④。摇荡春风媚春日，念尔零落逐寒风⑤，徒有霜华无霜质⑥。

注释

❶咨嗟，赞叹。 ❷君，指作者。何独然，为何唯独赞美梅花。这是假托杂树的问话。 ❸其，指梅花。作花，开花。这句是作者回答杂树的话。 ❹作实，结实。 ❺尔，你，指杂树。 ❻华，同"花"。

评 析

　　在现存以梅花品格为象征的诗歌中，此首堪称是最早且最富特色的佳作。它是咏物诗，但又不像当时流行的咏物诗那样为咏物而咏物，而是借物喻人明志；它吟咏梅花，但又不单纯咏梅，而是拈出杂树作"衬醒"（张玉谷《古诗赏析》），通过有无"霜质"的对比，褒贬抑扬。特别是作者本人也进入诗中，与杂树对话，两个"念"字，分别写出梅花和杂树的不同之处，将诗人的感情取舍袒露无遗。短短八句诗，却糅合了多种表现手法：拟人、问答、对比、映衬；句法错落有致，用韵匠心独具。前半以"嗟""花"为韵，后半以"实""日""质"为韵，韵脚的变换打破一般的奇偶规则。故沈德潜赞之："以'花'字联上'嗟'字成韵，以'实'字联下'日'字成韵，格法甚奇。"（《古诗源》）

徐　陵

　　徐陵（507—583），字孝穆，南朝陈东海郯（今山东郯城）人。八岁能属文，十一岁通庄老。初为梁晋安王萧纲宁蛮府参军，时陵年十七。后历任东宫学士、尚书度支郎。太清二年（548），以兼通直散骑常侍使东魏，因侯景之乱，七年后始得归。入陈，历任要职，曾任吏部尚书、尚书左仆射、太子少傅。徐陵年轻时与其父徐摛一起出入萧纲门下，为"宫体"文学集团核心人物之一。曾奉萧纲之命编《玉台新咏》一书，选录自汉至梁诗歌，"撰录艳歌，凡为十卷"（《玉台新咏》序），不少名篇，如《孔雀东南飞》等，皆赖以保存。兼善诗文，与庾信并称"徐庾"。在当时有"一代文宗"（《陈书》本传）之称。《陈书》本传称"其文颇变旧体，缉裁巧密，多有新意。每一文出手，好事者已传写成诵。遂被之华夷，家藏其本"。其诗多艳歌及咏物，风格流丽；而所作乐府却"风华老练"（陈祚明《采菽堂古诗选》），几首乐府边塞诗尤为出色。

关山月

　　本篇《乐府诗集》收入横吹曲辞横吹曲。《关山月》属汉乐府横吹曲旧题，汉古辞未见，今存多为梁陈后拟作，主要抒写征夫思妇伤别怨离之情。本篇所写亦是这一传统主题，但个性鲜明，蕴涵丰厚，在同类作品中洵称佳作。

【原 文】

　　关山三五月①，客子忆秦川②。思妇高楼上，当窗应未眠。星旗映疏勒③，云阵上祁连④。战气今如此⑤，从军复几年。

注 释

　　❶三五月，指农历十五的月亮。　❷客子，此指出征之将士。秦川，以长安（今西安）为中心的关中平原，这里借指长安。　❸星旗，指旗星，其状如旗。《符瑞图》："旗星之极，芒艳如旗。"（《史记·封禅书》司马贞索隐引）古时以为此星与战事有关。疏勒，汉时西域国名。其都城故址在今新疆维吾尔自治区喀什。　❹云阵，指云形似兵阵。《史记·天官书》："阵云如立垣。"按，作者《出自蓟北门行》有"天云如地阵"句，正可为"云阵"注脚。祁连，即今新疆境内的天山。　❺战气，战争的肃杀气氛。

评 析

　　首句即切入题目，将曲名拆开，并嵌入"三五"两字。关山莽莽，一轮圆月高悬于空中，这自然会勾起征人的乡思，从而引出次句"忆秦川"。三四两句承次句"忆"字而来，但不说自己"忆"，反说家中娇妻正在遭受相思的煎熬，凭窗望月，彻夜未眠。笔势曲折，意味深长。后四句笔锋又折回，描述征夫眼前实景：疏勒城头，星旗映照；祁连山上，战云密布。战争气氛如此浓烈，征夫归家自然遥遥无期，难怪他要发出"从军复几年"的悲叹。诗中的场景组合十分巧妙，完全摆脱时空的羁绊，刻画出边关征夫和秦川思妇的两地相思，开启后世近体诗注重意象组合的契端。其形式亦已接近唐人律诗，平仄押韵初具五律规模，仅三四两句未用对偶，但这在唐人诗中亦时有所见。在乐府诗中颇给人以面目一新之感。唐李白《关山月》、杜甫《月夜》，都受到此诗意境及表现手法的影响。

相和歌辞

相和歌为汉代新兴俗乐，曲调源于民间，演唱时"丝竹更相和，执节者歌"（《宋书·乐志》），故名。其乐器主要有笙、笛、节、琴、瑟、筝等，声调清婉哀怨，十分动人。相和歌分为十类。其中合称清商三调的清调、平调和瑟调，以及楚调、相和调这五类，曲调最多，歌辞亦最繁富。《宋书·乐志》说："凡乐章古词，今之存者，并汉世街陌谣讴。"绝大部分都来自民间，以"感于哀乐，缘事而发"（《汉书·艺文志》）为其特色。今存大部分为东汉作品。曹魏时代，清商三调流传尤广，成为相和歌的主要部分。历代文人，于相和歌多有拟作。

无名氏

箜篌引（公无渡河）

解 题

本篇最早见于晋崔豹《古今注》："《箜篌引》，朝鲜津卒霍里子高妻丽玉所作也。子高晨起刺船而棹，有一白首狂夫，被发提壶，乱流而渡。其妻随呼止之，不及，遂堕河水死。于是援箜篌而鼓之，作《公无渡河》之歌。声甚凄怆，曲终自投河而死。霍里子高还，以其声语妻丽玉。玉伤之，乃引箜篌而写其声，闻者莫不堕泪饮泣焉。"《乐府诗集》收入相和歌辞相和六引。诗题一作《公无渡河》。是一篇老夫堕河而死，其老妻援救不及而作的悲歌。箜篌，乐器名，又作"空侯"或"坎侯"，由西域传入。其体长而曲，有二十三弦；抱于怀间，用双手或竹、木弹奏。

【原 文】

公无渡河①，公竟渡河。堕河而死，将奈公何②！

注 释

❶公，古时对年长男子的尊称。此老妻称其夫。无，同"毋"，不要。
❷奈公何，把你怎么办呢？

评 析

大河边这场怵目惊心的悲剧，《古今注》所载，对事件的前因后果虽语焉不详，但从诗意看，"白首狂夫"显然是有意识地结束生命。是不堪疾病折磨而自戕？是迫于贫困无以为生而寻觅绝路？抑或遭受恶势力迫害而自尽？都已无法知道。然而这惊心动魄的场面已经透露，直接吞没他的固然是滔滔江水，但其背后应该有着更深刻的社会原因。诗仅四句，句句是老妻的责怪怨恨，又句句蕴含着无限痛惜深情，三次出现人称代词"公"，"逐句停顿，一气旋转，尤妙在末四字，拖得意言不尽"（张玉谷《古诗赏析》），悲怆感人至极，难怪闻者要"莫不堕泪饮泣"了。

江 南

解 题

本篇为汉乐府古辞。《乐府诗集》收入相和歌辞相和曲。吴兢谓其"盖美其芳晨丽景，嬉游得时"（《乐府古题要解》），描写江南劳动人民采莲时的愉快情景。

【原 文】

江南可采莲，莲叶何田田①。鱼戏莲叶东，鱼戏莲叶西，鱼戏莲叶南，鱼戏莲叶北。

注 释

❶田田，形容莲叶圆碧挺拔。

评 析

　　这首民歌展现了这样一幅画面：碧波涟漪，一群少女泛动渔舟，游弋在荷叶丛中采莲。欢声笑语，人湖相依为景，清新活泼，兴趣盎然。首句用一"可"字先将采莲这一活动有趣而令人神往之意隐隐点出。次句正面写景。"何田田"，突出荷叶圆碧饱满，层层叠叠，令人赞叹。接着笔锋落到鱼儿身上，在构思时似乎受到《诗·小雅·鱼藻》"鱼在在藻，依于其蒲"的影响。尤其值得注意的是，后四句采用古歌谣常用之排比和嵌字结合使用的手法，句末一字，连读即为"东""西""南""北"四字，"文情恣肆，写鱼飘忽，较《诗》'在藻''依蒲'尤活"（陈祚明《采菽堂古诗选》）。

东 光

解 题

　　本篇为汉乐府古辞，《乐府诗集》收入相和歌辞相和曲。汉武帝元鼎五年（前112）四月，南越国相吕嘉反，杀南越王、王太后及汉使者。秋，朝廷"遣伏波将军路博德出桂阳，下湟水；楼船将军杨仆出豫章，下浈水；归义越侯严为戈船将军，出零陵，下离水；甲为下濑将军，下苍梧。……咸会番禺"（《汉书·武帝纪》）。元鼎六年冬，攻破番禺。本篇即写其时从军军士的厌战之情。

【原　文】

东光乎①？苍梧何不乎②？苍梧多腐粟③，无益诸军粮④。诸军游荡子⑤，早行多悲伤。

注　释

❶光，明，明亮。按，乎，左克明《古乐府》作"平"，故或以为"东光"为汉渤海郡属县，"平"为平定之意。朱乾谓"作'平'字者误，以东光为渤海之属县者，非也"（《乐府正义》）。朱说是。此诗末句谓"早行"，故首句有"东方明乎"之问。　❷苍梧，古地名，今广西梧州。不，古"否"字。　❸腐粟，腐烂的粮食。　❹益，助。诸军，指分兵出征的各路军马。　❺游荡子，即游子、荡子，背井离乡之人。

评　析

汉代南越之地，大都为亚热带的瘴疬丛林。此诗即"临军瘴地，军士苦早行而作"（朱乾《乐府正义》）。首二句突兀而起，东方已明，然苍梧之地却依然烟瘴弥漫，一片昏暗。虽是写景，但两个"乎"字连用，已将怨愤之情寓于反问之中。据史载，此次征战，曾截得"粤船粟"（《汉书·西南夷两粤朝鲜传》），缴获不少粮食，但潮气热湿之地，米粟易于腐变，虽得之又有何益？"孤人之子，寡人之妻，穷兵远方，藉此无用之地，亦独何哉！"（《乐府正义》）末二句呼应开篇，点出"早行"，直接倾吐怨伤之因，"一语点意，悲凉在目"（顾有孝《乐府英华》）。全诗写厌战之情，由隐至显，层层揭破。仅短短六句，每二句之间又皆以重复词语蝉联相接，文气脉络，一气呵成，真乃言"不必多，不必深，气自幽凉"（钟惺《古诗归》）。

薤　露

解　题

　　本篇为汉乐府古辞。《乐府诗集》收入相和歌辞平调曲。据崔豹《古今注》：
"《薤露》《蒿里》，并丧歌也。出田横门人。横自杀，门人伤之，为之悲歌。言
人命如薤上之露，易晞灭也。亦谓人死魂魄归乎蒿里。……至孝武时，李延年
乃分为二曲。《薤露》送王公贵人，《蒿里》送士大夫庶人，使挽枢者歌之，世
呼为挽歌。"可见原是哀悼之歌，武帝时为乐工采撷入乐。此诗写当时人们对于
死亡的忧患意识。薤（xiè），植物名，形似韭菜，叶细长，俗称小蒜。

【原文】

　　薤上露，何易晞①？露晞明朝更复落②，人死一去何时归？

注　释

　　❶晞，干。　　❷落，指水汽凝结成露珠而坠落。

评　析

　　生命短暂，实是人生最大的悲剧。而朝露与生命，在古人心目中早已成为
两而为一的意象。诗从朝露落笔，实已隐指人生，故而"何易晞"的喟叹，已
深切地包含了对人生短暂的感伤。但诗人没有将朝露与人生作简单比附，而是
笔锋突转，翻空出奇，强调朝露犹可"明朝更复落"，而人死却不能再生，岂非
人生不如朝露？立意更进一层。诗仅短短四句，却两用"何"字以感叹出之，蕴
含了一股悲慨凄伤的旋律，"不言心伤而心伤自在言外"（郑文《汉诗选笺》）。

蒿　里

解　题

　　本篇为汉乐府古辞。《乐府诗集》收入相和歌辞平调曲。与前篇《薤露》一样，也是写人生短促的悲哀。蒿里，即蒿里，又叫下里。古指人死后魂魄聚居之所。详参前篇《薤露》解题。

【原文】

　　蒿里谁家地？聚敛魂魄无贤愚①。鬼伯一何相催促②，人命不得少踟蹰③。

注　释

　　❶聚敛，搜纳。无贤愚，无论贤愚，即不分贤愚之意。　❷鬼伯，古代传说中勾人魂魄的鬼卒。一何，多么。　❸少（shāo），同"稍"。踟蹰（chíchú），犹豫徘徊的样子。

评　析

　　同样写人生短促的悲哀，《薤露》采用比兴手法，虽然"凄恻欲绝"，但毕竟比较含蓄。《蒿里》则直叙其事，更是"惨刻尽致"（张荫嘉《古诗赏析》）。诗先用疑问句式引起人们的注意，回答则斩钉截铁。"聚敛"，见得魂魄之多；"无贤愚"，突出人人如此，无一能幸免。《汉诗说》曰："《十九首》云'圣贤莫能度'，言'聚敛魂魄无贤愚'，使人意气都尽，要是汉人作诗语，皆断绝千古，不使后人有加。凡诗使后人有可加处，诗便不至。"此类直截痛快，透彻淋漓，率性而发的诗句，确是汉诗特点之一。诗前二句就死后落笔，后二句再追述临终之际说。"一何相催促""不得少踟蹰",乃极言鬼伯之冷酷无情,与首二句互为补充,表现出古人对于死亡畏惧而又无可奈何的心情。

鸡　鸣

解题

　　本篇为汉乐府古辞。《乐府诗集》收入相和歌辞相和曲。诗意比较曲折隐晦。李因笃谓"必有所刺"(《汉诗音注》)。陈祚明亦说:"当时必有为而作,其意不传,无缘可知。"(《采菽堂古诗选》)究竟针对何人所写已不得而知。但有汉一代,不少外戚重臣,本出身寒微,往往攀附姻亲,一朝贵幸,权重爵高,势焰熏天;然而冰山易倒,转眼间又身败族灭。诗疑是此类社会现象之艺术概括,而正不必坐实其事。

【原　文】

　　鸡鸣高树巅①,狗吠深宫中。荡子何所之②,天下方太平。刑法非有贷③,柔协正乱名④。

　　黄金为君门,璧玉为轩堂⑤。上有双樽酒⑥,作使邯郸倡⑦。刘王碧青甓⑧,后出郭门王⑨。舍后有方池⑩,池中双鸳鸯。鸳鸯七十二⑪,罗列自成行⑫。鸣声何啾啾⑬,闻我殿东厢⑭。兄弟四五人,皆为侍中郎⑮。五日一时来⑯,观者满路旁。黄金络马头⑰,颍颍何煌煌⑱。

　　桃生露井上⑲,李树生桃旁。虫来啮桃根⑳,李树代桃僵㉑。树木身相代,兄弟还相忘㉒。

注 释

❶巅，顶端。　❷荡子，游荡之人。此当指赴京钻营求宦之辈。之，往，去。❸贷，宽假，通融。　❹柔协，犹"柔服"，意谓用宽柔安抚人。正，制裁。乱名，违法乱纪。按闻一多说："正乱名，谓有乱名忤法者，则执而治其罪，即上文'刑法非有贷'之谓也。"（《乐府诗笺》）　❺璧玉，一作"碧玉"。闻一多说："碧以色言。'黄金''碧玉'对文。《相逢行》'黄金为君门，白玉为君堂'可资参证。……作'璧'，于义难通。"是。　❻樽，酒杯。　❼作使，犹言"役使"。邯郸倡，指著名女乐。邯郸，古赵国国都，相传赵地多美女。倡，女乐。　❽刘王，刘姓之王。汉法，非刘氏者不王，故云。碧青甓（pì），碧青色之砖。甓，砖的一种。一说，即琉璃瓦。朱嘉徵云："碧青甓，惟王家用之。"（《乐府广序》）　❾郭门王，郭门外之诸侯王，谓异姓诸侯王。郭门，外城之门。黄节谓此二句："黄金为门，璧玉为轩，同姓诸侯王放侈于前，异姓诸侯王继之于后。"（《汉魏乐府风笺》）按，此"郭门王"即指一朝得势之"荡子"，以下即详述其奢侈。　❿舍，屋舍。方池，大池。　⓫七十二，极言池中鸳鸯之多。　⓬罗列，排列。　⓭啾啾，象声词，此指鸳鸯之鸣声。　⓮殿，高大的堂屋。　⓯侍中郎，汉官名。按，据《汉书·百官公卿表》，此是在原官之外特加的荣衔。"入侍天子，故曰侍中"（《汉书》颜注引应劭说）。　⓰五日，汉制，朝官每五日可在私宅休息沐浴一次。一时，同时。　⓱络（luò），缠绕，亦指马笼头。《淮南子·原道训》："络马之口，穿牛之鼻者，人也。"　⓲颎颎，同"炯炯"，与"煌煌"，皆光彩鲜明之状。　⓳露井，无盖之井。　⓴啮（niè），咬。　㉑僵，指树木枯死。　㉒此二句谓树木尚肯以身相代，而兄弟之间却情义全无。

评 析

此诗分三段，因内容较为隐晦，故论者或谓其"前后辞不相属""错简紊乱"（冯惟讷《古诗纪》）；或疑是乐工将三段不相干之文字拼凑成章。但乐章歌诗（本篇文字即为晋乐所奏），有时章节之间跳跃极大，追求的是演奏效果，如仅从诗意之角度看，难免会因其缺乏联贯而感到突兀。此诗以一"荡子"为线索，首段戒其勿因"天下方太平"而胡作非为，实为全诗之总纲。次段极写"荡子"一朝得势，鸡犬升天，骄纵奢侈，炙手可热。末段讥嘲"荡子"一旦遭祸，亲属间立即互相推诿倾轧。三段文字，若断若连。或用铺叙，如次段，"虽仅写其豪侈生活与休沐盛况，未尝着一贬语，而贬抑之情自见"（郑文《汉诗选笺》）。或用比兴，如末段，李代桃僵，信手取譬，"比兴之旨，曲折入情"（陈祚明《采菽堂古诗选》）。刻画盛衰无常及倾轧丑态，可谓入木三分。汉乐府描写上层生活之作，颇多富贵祝颂之辞，如《相逢行》《长安有狭邪行》之类，本篇取材（包括不少字句）同《相逢行》，但题旨却大异其趣。讥刺之意，溢乎词表。

乌　生

解　题

本篇为汉乐府古辞。一名《乌生八九子》。《乐府诗集》收入相和歌辞相和曲。这是一首寓言诗，写乌鸦母子无端遭到弹杀，以及白鹿、黄鹄、鲤鱼等鸟兽，其离人虽远，亦为人得而烹煮的悲惨命运，借以寄托了作者对人生世路险恶、祸福无常的慨叹。

【原　文】

乌生八九子，端坐秦氏桂树间①。唶我②！秦氏家有游遨荡子③，工用睢阳强④，苏合弹⑤。左手持强弹两丸，出入乌东西。唶我！一丸即发中乌身⑥，乌死魂魄飞扬上天。阿母生乌子时，乃在南山□石间⑦。唶我！人民安知乌子处⑧？蹊径窈窕安从通⑨？白鹿乃在□林西苑中⑩，射工尚复得白鹿脯⑪。唶我！黄鹄摩天极高飞⑫，□宫尚复得烹煮之。鲤鱼乃在洛水深渊中⑬，钓钩尚得鲤鱼口。唶□！人民生各各有寿命，死生何须复道前后⑭。

注 释

❶端坐，正坐。　❷嗻（jí）我，此处状乌鸦的哀鸣。嗻，鸟鸣声。我，语气助词，无义。一说"我"字当连下读，"我秦氏""我一丸""我黄鹄"，汉人亦有此用法（萧涤非《汉魏六朝乐府文学史》）。　❸游遨荡子，浪荡子。"游""遨""荡"三字同义并列。　❹工，擅长。睢（suī）阳强，睢阳地方的强弓。睢阳，古宋国都城，在今河南商丘。相传古宋国善制强弓。《阙子》："宋景公使弓工为弓，九年来见公。公曰：'为弓亦迟矣。'对曰：'臣精尽于弓矣。'献弓而归，三日而死。公张弓东向而射，矢逾西霜之山，集彭城之东，其余力逸劲，饮羽于石梁。"　❺苏合弹，以苏合香和泥制作的弹丸。黄节曰："《西京杂记》云：长安五陵人以真珠为丸，以弹鸟雀。此言苏合弹，盖以苏合香为丸也。"（《汉魏乐府风笺》）苏合，西域香名。一说："合诸香草，煎为苏合，非自然一种也。"（郭义恭《广志》）　❻发，发射。中（zhòng），射中。　❼南山，指终南山，位于长安南部。　❽人民，此处犹言"人类"。安，怎。　❾蹊（xī）径，狭小之路。窈窕（yǎotiǎo），曲折幽深的样子。　❿上林，汉皇苑名，供天子射猎游玩之处。故址在今西安西。　⓫脯（fǔ），干肉。此指将白鹿肉制成肉干。　⓬摩，触及。汉高祖刘邦歌："鸿鹄高飞，一举千里。"（《汉书·高帝纪》）　⓭洛水，古水名。自陕西洛南流经洛阳，入黄河。　⓮死生，偏义复词，谓死。

评 析

　　一幕悲剧，震颤人心。老乌携儿将雏从南山迁至秦家桂树，自以为得其所哉！"端坐"二字，活现出一幅全家其乐融融，"自以为无患，与人无争"（陈祚明《采菽堂古诗选》）的情景。孰知祸从天降，竟惨遭一个"游遨荡子"的毒手，稚幼的生命瞬息之间便遭到戕害。老乌呼天抢地，痛悔不该从南山搬出。峰岩之间，有谁知乌子的居处？即便知道，山路险峻又该如何到达？真是字字泣血，摧肝断肠。至此，一幕悲剧似已收场，然而作者却意犹未尽，再翻波澜，又让老乌由悔恨自责转为自我宽慰。不是吗？上林白鹿、摩天黄鹄和深渊鲤鱼离人远矣，无不自以为安居无险，可谁又能摆脱悲惨的下场呢？陈祚明说："阿母生乌，故反言一段，若追怨乌不知避患；下乃引白鹿等畅言之，见患至本不可避。"（《采菽堂古诗选》）乌子之遭弹杀，绝非偶然，世路凶险，步步灾罗祸网。鸟兽如此，人又何能独免？结句貌似旷达，实则更悲，由鸟及人，至此而题旨顿出。诗以寓言之体，写现实之感，"奇横伸缩，妙不可言"（李因笃《汉诗音注》）。其中"喈我"一词，出现五次，反复穿插使用，加之句式长短错落，使全诗呈现出一种声情动荡的艺术效果。

平陵东

解　题

本篇为汉乐府古辞。《乐府诗集》收入相和歌辞相和曲。晋崔豹《古今注》谓是"翟义门人所作"。唐吴兢《乐府古题要解》亦言："义，丞相方进之少子，字文中，为东郡太守。以王莽篡汉起兵，诛之不克而见害。门人作歌以怨之也。"但翟义起兵讨伐王莽不胜而死之事，与诗意显然不合，可能另有古辞。闻一多谓："诗但言盗劫人为质，令其家输财物以赎，如今'绑票'者所为。"（《乐府诗笺》）今人大都从此说。平陵，西汉昭帝墓，在今陕西咸阳西北。

【原文】

平陵东，松柏桐①，不知何人劫义公②。劫义公，在高堂下③，交钱百万两走马④。两走马，亦诚难，顾见追吏心中恻⑤。心中恻，血出漉⑥，归告我家卖黄犊⑦。

注　释

❶松、柏、桐，古时墓地常植之树。仲长统《昌言》："古之葬者，松柏梧桐，以识其坟。"　❷义公，余冠英说："义是形容字，和《铙歌》里的'悲翁'

之'悲'，《孔雀东南飞》里的'义郎'之'义'用法相同。"（《乐府诗选》）
按，闻一多以为："'义'疑本作'我'，'我'以声近误为'义'，说者遂以为
翟义事也。"（《乐府诗笺》）亦可备一说。　❸在，疑为衍字。全诗均三三七句
式，而此句独多一字。　❹走马，犹言"快马"。《汉书·武五子传》注："走
马，马之善走者。"　❺顾，回视。恻，悲痛。　❻血出漉（lù），血已流尽。
❼犊，小牛。

评　析

　　此诗是受害者的悲愤控诉。"盗劫人为质"，然而"盗"又是谁呢？诗中没
有明言。但此"盗"能将人劫至"高堂"，勒逼财物时又能派出"追吏"，不是
威权在手的人物又何能如此？所谓"不知何人"，显是曲笔。证之史传，汉代宦
者、权贵"多放父兄、子弟、婚亲、宾客典据州郡，辜榷财利，侵掠百姓，百
姓之冤，无所告诉"（《后汉书·宦者传》），岂不昭然若揭。诗造句简练有力。
"松、柏、桐"三种树名并列，置于别处，极难独立成句，而在此不仅切合平陵
作为帝王陵墓之特征，更渲染出一种阴森可怕的气氛。诗中三、三、七言句式
反复使用，且每三句一"顶真"，尾首蝉联，更使节奏快捷而强烈，与歌辞抒泄
一腔悲愤正合拍。

陌上桑

解　题

　　本篇为汉乐府古辞。《宋书·乐志》题曰《艳歌罗敷行》，原注："三解，
前有艳词曲，后有趋。"属于大曲。《玉台新咏》又题为《日出东南隅行》。《乐
府诗集》作《陌上桑》，收入相和歌辞相和曲。崔豹《古今注》谓赵王家令王
仁妻，为赵王"见而悦之，因饮酒欲夺焉。罗敷乃弹筝，乃作《陌上》歌以自
明焉"。而吴兢《乐府古题要解》则说："案其歌词，称罗敷采桑陌上，为使君
所邀，罗敷盛夸其夫为侍中郎以拒之。"今人大都从后说。

【原 文】

　　日出东南隅①，照我秦氏楼②。秦氏有好女③，自名为罗敷④。罗敷喜蚕桑⑤，采桑城南隅。青丝为笼系⑥，桂枝为笼钩⑦。头上倭堕髻⑧，耳中明月珠⑨。缃绮为下裙⑩，紫绮为上襦⑪。行者见罗敷，下担捋髭须⑫。少年见罗敷，脱帽著帩头⑬。耕者忘其犁，锄者忘其锄。来归相怒怨⑭，但坐观罗敷⑮。一解

　　使君从南来⑯，五马立踟蹰⑰。使君遣吏往，问是谁家姝⑱？秦氏有好女，自名为罗敷。罗敷年几何？二十尚不足，十五颇有余。使君谢罗敷⑲，宁可共载不⑳？罗敷前置辞㉑：使君一何愚㉒！使君自有妇，罗敷自有夫。二解

　　东方千余骑㉓，夫婿居上头㉔。何用识夫婿㉕，白马从骊驹㉖，青丝系马尾，黄金络马头。腰中鹿卢剑㉗，可直千万余㉘。十五府小吏㉙，二十朝大夫㉚。三十侍中郎㉛，四十专城居㉜。为人洁白皙㉝，鬑鬑颇有须㉞。盈盈公府步㉟，冉冉府中趋㊱。坐中数千人，皆言夫婿殊㊲。三解

注 释

　　❶东南隅（yú），东南方。此处"东南"是偏义复词，实指东方。　❷秦氏，古乐府中常用的姓。如《乌生》"端坐秦氏桂树间"，左延年《秦女休行》皆是。按，这两句用第一人称歌者口吻。　❸好女，犹言"美女"。　❹自名，本名。罗敷，古乐府中常用的美女名字。如《焦仲卿妻》："东家有贤女，自名秦罗敷。"按，周寿昌《汉书注校补》："罗敷为古美人名，故汉女子多取为字也。"❺蚕桑，指养蚕采桑。　❻青丝，青色丝绳。笼，篮子。系，篮上的络绳。❼钩，篮上的提柄，可以挂在树枝上，故称"钩"。　❽倭（wō）堕髻，即

"堕马髻"，发髻偏在一侧，呈似堕非堕状，是其时一种流行发式。　❾明月珠，宝珠名。《释名·释首饰》谓"穿耳施珠曰珰"，此言"耳中明月珠"，即指以明月珠作耳珰。　❿缃绮，杏黄色有花纹的丝织品。　⓫襦，短袄。　⓬捋，抚摩。髭须，胡子。　⓭著，露。帩（qiào）头，即"绡头"，束发用的纱巾。古代男子先束发，再加冠，故此言脱帽而后整理发巾，以无意识之行为反衬少年为罗敷之美所吸引。　⓮来归，犹"归来"。相怨怒，指耕者、锄者互相埋怨。又，陈祚明说："缘观罗敷，故怨怒妻妾之陋。"（《采菽堂古诗选》）亦通。　⓯但，只。坐，因为，由于。　⓰使君，太守、刺史之称。最早见于《后汉书》。　⓱五马，太守所乘之车马。汉代太守外出巡行用五匹马拉车。踟蹰（chíchú），徘徊不前。　⓲姝（shū），美好。此指美女。　⓳谢，问，告。　⓴宁可，是否愿意。　㉑置辞，致辞，作答。　㉒一何，何其，多么。　㉓东方，指夫婿居官之地。千余骑，泛指夫婿的随从人马。　㉔上头，行列的前面。　㉕何用，何以，凭什么。　㉖骊（lí）驹，深黑色小马。　㉗鹿卢剑，古代长剑之柄首以玉作辘轳形，故称。鹿卢，同"辘轳"，井上汲水用的滑轮。　㉘直，同"值"。　㉙府小吏，太守府中的小吏。　㉚朝大夫，朝廷中的大夫。汉代有太中大夫、谏大夫等官职。　㉛侍中郎，官名，汉代用作在原官之外特加的荣衔。　㉜专城居，指一城的地方长官，如州牧、太守之类。　㉝皙（xī），白。　㉞鬑鬑（lián），形容须发稀疏。　㉟盈盈，缓步慢行的样子。公府步，犹今言"官步""方步"。　㊱冉冉，意与"盈盈"相通。府中趋，即前之"公府步"。趋，小步行走。两句均形容步履稳重而有气派。　㊲殊，特别；这里有"出众"之意。

评　析

　　这是一首汉乐府叙事名作，叙说采桑女子罗敷抗拒一个声威赫赫的太守无耻调戏的故事。诗分三解，亦即三章。首解写罗敷容貌之美，从不同侧面反复加以渲染烘托。陈祚明曰："写罗敷全须写容貌，今止言服饰之盛耳，偏无一言及其容貌，特于看罗敷者尽情描写，所谓虚处着笔，诚妙手也。"（《采菽堂古诗选》）次解写使君与罗敷相遇及对答。"立踟蹰"三字，言简意赅，活写出太守面对美丽动人的罗敷，垂涎三尺欲行又止的丑态。"使君自有妇，罗敷自有夫"，义正词严，斩钉截铁，显示出罗敷坚贞而又不畏权势的美德。第三解是罗敷夸夫，突出罗敷之机智聪明。萧涤非说："末段罗敷答词，当作海市蜃楼观，不可泥定看杀。以二十尚不足之罗敷，而自云其夫已四十，知必无是事也。作者之意，只在令罗敷说得高兴，则使君自然听得扫兴，更不必严词拒绝。"（《汉魏六朝乐府文学史》）。萧说甚是。其中"以二十尚不足之罗敷，而自云其夫已四十，知必无是事"，则当未必。但"夫婿"云云，极加夸饰，自是罗敷婉拒之托辞则毫无疑问，这正是民歌的特色所在。罗敷夸夫，看似离题，实质正是作者高明之处。沈德潜曰："末段盛称夫婿，若有章法，若无章法，是古人入神处。"（《古诗源》）全诗情节生动，叙述、对话、侧面烘托、正面描述，多种手法组合得极为和谐。语言活泼而富有幽默感。汉代权贵掠夺霸占妇女之事不绝史书，如梁节王刘畅即掠取小妻三十七人。有的甚至到了草菅人命的地步。如桓帝时徐璜兄子徐宣任下邳令，"先是，求故汝南太守下邳李暠女不能得，及到县，遂将吏卒至暠家，载其女归，戏射杀之"（《后汉书·宦者传》）。公然"妻略妇女"，是汉代最黑暗的社会现象之一。诗中的"使君"正是此类丑恶人物。诗虽以喜剧形式出之，实际上正寄托了人们对此种罪恶现象的憎恨和对坚贞不屈、反抗强暴的妇女的赞美。

长歌行

解题

　　本篇为汉乐府古辞。《乐府诗集》收入相和歌辞平调曲。共三首，此首原列第一。古乐府另有《短歌行》。崔豹《古今注》谓："《长歌》《短歌》，言人生寿命长短定分，不可妄求也。"李善驳之，谓是"行声有长短，非言寿命"（《文选注》）。按，古诗有"长歌正激烈"，魏文帝有"短歌微吟不能长"句，则长歌、短歌确当系按歌声长短而分，歌者利用歌声长短来表达不同思想感情。此诗劝勉世人趁少壮奋发努力，"当早崇树事业，无贻后时之叹"（《六臣注文选》）。

【原 文】

青青园中葵①，朝露待日晞②。阳春布德泽③，万物生光辉。常恐秋节至，焜黄华叶衰④。百川东到海，何时复西归。少壮不努力，老大徒伤悲。

注 释

❶葵，葵科植物。一说，即向日葵。　❷朝露，清晨的露水。晞，晒干。❸阳春，温暖的春天。布，布施。德泽，恩惠。　❹焜（kūn）黄，枯黄色。

评 析

汉乐府说理诗不多，也殊乏佳作，其内容大都为宣扬儒家安身立命之陈腐思想。而本篇却十分杰出。虽为说理，纯用比兴。以自然现象来启发人们悟出人生哲理。吴淇评此诗说："一日之时在朝，一年之时在春，一生之时在少壮。"（《六朝选诗定论》）诗紧扣"朝""春"入笔，一连八句比兴，由物及人，由景及意，反复运用意义相反的意象和词语，如"青青"和"焜黄"，"阳春"和"秋节"，"生光辉"和"华叶衰"，"东到海"和"复西归"，将枯燥的哲理表达得极为鲜明生动，而"少壮不努力，老大徒伤悲"的结论犹如水到渠成，堪称千古警句。

猛虎行

解 题

本篇为汉乐府古辞，见《乐府诗集》曹丕《猛虎行》解题所引，属相和歌辞瑟调曲。诗通过形象的比喻，赞美了游子能在困境中谨于立身的美德。

【原 文】

饥不从猛虎食，暮不从野雀栖。野雀安无巢①，游子为谁骄②？

注 释

❶安，怎么。　❷骄，自傲。此处有自重自爱之意。

评 析

　　诗前二句以"猛虎""野雀"起兴，下二句却单提"野雀"，使用双起单承的修辞结构。"猛虎"喻盗匪等以暴力害人之徒，"野雀"喻娼女荡娃以色相诱人之辈，比喻新颖贴切。两个"不从"，用排比否定之选择句式表达了诗人的处世原则。后二句写游子面对"野雀"诱惑，不屑一顾。游子为谁而"骄"呢？诗中虽未明言，但显然是为洁身自好的君子之道而骄，即便"饥无食处""暮无宿处"，也决不干违法或放荡之事。朱嘉徵说："《猛虎行》歌猛虎，谨于立身也。《记》（按，《礼记》）曰：'君子不失足于人，不失色于人，不失口于人。'咏游子，士穷视其所不为，义加警焉。"（《乐府广序》）字里行间，坦坦荡荡，正气凛然。

陇西行

解 题

　　本篇为汉乐府古辞。《乐府诗集》收入相和歌辞瑟调曲。一作《步出夏门行》。但朱乾说："《步出夏门行》者，即步出洛阳城门，为东京古辞，非陇西地也。"（《乐府正义》）本篇赞美一"健妇"善于操持门户，应对宾客。汉陇西地区，是通往西域的要道，沿途住户，颇多兼营客舍酒店生意，诗中"健妇"，可能就是此类家庭之主妇。陇西，郡名，今甘肃临洮西南。

【原文】

　　天上何所有？历历种白榆^①。桂树夹道生^②，青龙对道隅^③。凤凰鸣啾啾^④，一母将九雏^⑤。顾视世间人，为乐甚独殊！好妇出迎客，颜色正敷愉^⑥。伸腰再拜跪^⑦，问客平安不？请客北堂上^⑧，坐客毡氍毹^⑨。清白各异樽^⑩，酒上正华疏^⑪。酌酒持与客，客言主人持。却略再拜跪^⑫，然后持一杯。谈笑未及竟^⑬，左顾敕中厨^⑭。促令办粗饭，慎莫使稽留^⑮。废礼送客出，盈盈府中趋^⑯。送客亦不远，足不过门枢^⑰。取妇得如此，齐姜亦不如^⑱。健妇持门户，亦胜一丈夫^⑲。

注 释

　　❶历历，分明的样子。白榆，星名。《春秋运斗枢》："玉衡星散为榆。"（《太平御览》卷九五六引）　❷桂树，指星。《春秋运斗枢》："椒、桂生合刚阳。"注："椒桂，阳星之精所生也。"道，指黄道。古人想象中太阳运行的轨迹。《汉书·天文志》："中道者，黄道，一曰光道。……日之所行为中道，月、五星皆随之也。"　❸青龙，二十八宿中东方七宿之总称。隅，边。　❹凤凰，星名，即鹑火。《春秋元命苞》："火离为凤。"《鹖冠子·度万篇》："凤凰者，鹑火之禽，阳之精也。"啾啾，鸟鸣声。　❺将，携带。九雏，九子。《史记·天官书》："尾为九子。"《索隐》引宋均说："属后宫场，故得兼子。子必九者，取尾有九星也。"闻一多说："尾本东宫宿，当为龙尾，此云'凤将九雏'，盖与南宫朱鸟相乱。"（《乐府诗笺》）按，这里也是将星象想象成真实的动物。　❻敷愉，同"敷蒲"，花开的样子。颜色敷愉，形容容颜鲜艳如花。一说，犹"愈愉"。《方言》："愈愉，悦也。"和悦的样子。　❼拜跪，古时女子见客之礼。❽北堂，古时妇女常居之堂，北向，无墙，故云北堂。　❾氍毹（qúshū），粗毛毯，即毡。　❿清白，清酒、白酒。各异樽，指不同的酒分别盛放在不同的酒杯

中。　⓫华疏，指斟酒之际，酒入杯中涌生泡沫，随即又消散，犹如花之疏散。一说，柄上刻有花纹的勺。　⓬却略，稍稍后退。　⓭竟，终。　⓮左顾，转头。敕（chì），吩咐。中厨，内厨房。　⓯稽留，迟滞。耽搁时间。　⓰趋，小步快走。　⓱门枢，门槛。　⓲齐姜，本谓齐国姜姓女子。《诗·衡门》："岂其取妻，必齐之姜。"旧笺认为指春秋时晋文公夫人，她督促丈夫发奋，终于成就事业。后世因用作指代高贵女子。　⓳亦胜，原作"一胜"，据《古乐府》改。

评析

　　此诗前八句乃幻想之辞，写天上情景，似与诗之主旨无关。汉乐府多用于宴间演奏，取悦宾客，颇有拼凑割裂现象。此数句又见于《步出夏门行》末段。但乐工拼凑之时，应不会毫无理由，信手胡来。张玉谷谓"起八句言天上物物成双，凤凰和鸣，惟有将雏之乐，以反兴世间好妇不幸无夫少子，自出待客之不得已来"（《古诗赏析》），并指出其于后面写"健妇"一段有互相映衬发明之作用，"似与下文气不属，却与下意境相关"（《古诗赏析》）。可备一说。也有人认为此段是乐曲之"艳词"（前奏），亦属可能。诗描写"健妇"，取材于一次她接待宾客的全过程："迎客""问客"，热情有礼；"请客""坐客"，殷勤周到；然后酌酒与客、促令办饭等种种描述，不厌其烦。无一不反映出她举止得体，善主中馈。诗中之"客"，恐怕不是一般的亲友做客者，而是来自中原之过客，故有送客"废礼"之疑惑，"齐姜亦不如"之赞美。此诗写女子而忽略其容貌体态，专一述其"健"（才干），可谓别具只眼，亦可见西北地区之民俗。描述看似琐屑，然笔笔紧扣"健"字刻绘，因而人物形象，益见鲜明。

步出夏门行

解题

　　本篇为汉乐府古辞，《乐府诗集》收入相和歌辞瑟调曲。是一首游仙之作。汉乐府游仙诗颇多祝颂之辞，本篇大约也是宴席酣饮之际的祝颂之歌。诗语意似未完，《陇西行》中"凤凰鸣啾啾"四句，疑亦属于此篇，今补上备阅。

【原文】

邪径过空庐①，好人常独居。卒得神仙道，上与天相扶。过谒王父母②，乃在太山隅③。离天四五里，道逢赤松俱④。揽辔为我御⑤，将我上天游⑥。天上何所有？历历种白榆⑦。桂树夹道生，青龙对伏趺。　［凤凰鸣啾啾，一母将九雏。顾视世间人，为乐甚独殊。］

注 释

❶邪径，斜路，小路。邪，通"斜"。　❷谒，拜见。王父母，古代传说有东王父、西王母。《十洲记》："扶桑……上有太帝宫，太真东王父所治处。"《穆天子传》："天子觞西王母于瑶池之上。"　❸乃，竟然。太山隅，泰山脚下。❹赤松，赤松子。古代传说中的仙人。　❺御，驾车。　❻将，携带。　❼白榆，注见前《陇西行》。以下各句注同。

评 析

此诗写神仙之乐。首四句叙"好人"修仙得道，以下都是描述游仙之经历。"邪径""空庐""独居"，显出地处幽僻，修仙之不易。而一旦得道成仙，则可上游仙境。既可拜访"王父母"于泰山，又有神仙为之"揽辔"驾车。至于天庭更是风景独异，白榆成林，桂树夹道，青龙盘伏，凤凰和鸣。诗长于铺叙，星宿之名，径以动植物目之，妙语双关，天趣横生。"'与天相扶'，语奇；王父母即东公西母，乃在太山，荒唐可笑；天何可里计？乃言四五里，见极近。最荒唐语写著最真确，故佳。"（陈祚明《采菽堂古诗选》）诗中描述颇有不合记载之处，这正是民歌用笔诙谐，但求传神、不作拘泥的特点。

东门行

解 题

　　本篇为汉乐府古辞。《乐府诗集》收入相和歌辞瑟调曲。曲名又见于大曲。《宋书·乐志》所载晋乐所奏,文字与古辞略有不同,多"今时清廉,难犯教言,君复自爱莫为非"等数语,显出于后人增饰。诗描述一城市贫民,迫于饥寒,铤而走险,是一首饱蘸血泪的反抗之歌。东门,此当指洛阳上东门或中东门。

【原文】

　　出东门,不顾归^①。来入门,怅欲悲^②。盎中无斗米储^③,还视架上无悬衣^④。拔剑东门去,舍中儿母牵衣啼^⑤:"他家但愿富贵^⑥,贱妾与君共餔糜^⑦。上用仓浪天故^⑧,下当用此黄口儿^⑨。今非^⑩!""咄^⑪!行!吾去为迟^⑫!白发时下难久居^⑬。"

注 释

　　❶不顾归,一本作"不愿归"。皆可通。余冠英说:"'不顾'是对于东门决然离去,'不愿'是对于归家踌躇不前。"(《乐府诗选》)　❷怅欲悲,心情迷惘,悲从中来。　❸盎(àng),一种大腹小口的盛器。无斗米储,没有一斗米的存粮。　❹还视,回头看。悬衣,挂着的衣服。　❺儿母,孩子的母亲。❻但,只。　❼贱妾,谦辞,古代女子用以自称。餔糜(bū mí),食粥。餔,食。糜,稀粥。　❽用,因。仓浪天,犹言"青天"。仓浪,青色。　❾黄口儿,指幼儿。黄节说:"上为苍天,下为黄口儿,以天道人情动之,戒勿为非也。"(《汉魏乐府风笺》)　❿今非,指拔剑出行是错误的。又,余冠英说:"参看晋乐所奏,似两字中间有脱文。"(《乐府诗选》)按,吴兢《乐府古题要解》引作"今时清,不可为非"。　⓫咄(duō),呵斥声。丈夫呵斥其妻。　⓬去,离

开。此句意谓我现在走为时已晚。一说，此是嫌其妻劝阻而发出的怨言，意为我的行动被你啰唆得耽搁了。 ⓭时下，常常脱落。下，指白发脱落。

评 析

此诗犹如一场短小紧凑之独幕剧，情节简单，矛盾冲突却很尖锐。落笔入题，节奏紧促的三字句，出门"不顾归"和归家"怅欲悲"的对照描述，一开头就突出了主人公无限悲愤的情绪。随后，盘中无米、架上无衣两个细节，承上启下，回答了悲愤的原因，说明拔剑出走的必然性。其妻劝阻及毅然出走一段，写法一变，全用对话，如闻其声见其人，用笔极为经济，"情事展转如见"（沈德潜《古诗源》）。诗将主人公走上"违法"之路，放在"白发时下难久居"的典型环境中来描写，鲜明地表现出对他所持的同情态度。此诗晋代乐府演唱时，在"下当用此黄口儿"句下，增添"今时清廉，难犯教言，君复自爱莫为非"数语，把迫于生活而作出的反抗，变成"清廉"时代的犯上作乱，和民歌原作之意大相径庭。

饮马长城窟行

解 题

本篇为汉乐府古辞，一作《饮马行》。《乐府诗集》收入相和歌辞瑟调曲。徐陵《玉台新咏》题为蔡邕作，今人已辨其非。郭茂倩说："长城，秦所筑以备胡者，其下有泉窟可以饮马。古辞云'青青河畔草，绵绵思远道'，言征戍之客至于长城而饮其马，妇人思念其勤劳，故作是曲也。"（《乐府诗集》）但从本篇所述看，似属一般的思妇诗，与征戍之客饮马长城无关。吴兢谓是"伤良人流宕不归"（《乐府古题要解》），是。

【原 文】

青青河畔草，绵绵思远道①。远道不可思，宿昔梦见之②。梦见在我傍，忽觉在他乡。他乡各异县，展转不相见③。枯桑知天风，海水知天寒④。入门各自媚⑤，谁肯相为言⑥。客从远方来，遗我双鲤鱼⑦。呼儿烹鲤鱼⑧，中有尺素书⑨。长跪读素书⑩，书中竟何如？上言加餐饭⑪，下言长相忆⑫。

注 释

❶绵绵，延续不断的样子。语义双关，既状青草之绵延，又暗指相思之缠绵。　❷宿昔，昨夜。昔，通"夕"。　❸展转，即"辗转"。此指丈夫行踪不定。一说，指思妇梦醒后辗转反侧，不能再入睡。　❹这两句以枯桑、海水喻夫妻离别之苦。闻一多说："沧海桑田，高下异处，喻夫妇远离不能会合。枯桑喻夫，海水自喻，天风天寒，喻孤栖独宿，危苦凄凉之意。见叶落而知木受风吹，见冰结而知水感天寒。枯桑无叶可落，海水经冬不冰，一似不知风寒者，非真不知之，人不见其知之迹象耳。以喻夫妇久别，口虽不言而心自知苦。"（《乐府诗笺》）　❺入门，指回家。媚，爱悦。　❻言，指慰问。　❼遗（wèi），赠。双鲤鱼，指信。古代藏书信之木函呈鲤鱼形，一底一盖，打开即成双鲤鱼。❽烹鲤鱼，喻打开木函。　❾尺素书，书信。素，生绢，古人用作信笺。余参见《孤儿行》注。　❿长跪，古人席地而坐，两膝着地，臀部坐在脚跟上；臀部离脚跟，腰伸直，称"长跪"，以示敬意。　⓫上，前面。加餐饭，一作"加餐食"。　⓬下，后面。长相忆，一作"长相思"。

评 析

夫妇分别，自有各种原因。此诗略去其缘由，而集中刻画思妇对丈夫的相思。河畔草色青青，沿着蜿蜒之水伸向远方，如此情景，岂不撩起思妇对丈夫的忆念？起句以汉代早已成为别离意象的青草起兴，"绵绵"一词，既状青草之绵延不绝，更远更生，又写出思妇的情深意长。然而天涯隔远，相思无益，只能在梦中相聚，而一觉醒来，更觉惘然。知"不可思"而"梦见之"，梦中在身旁，而醒"在他乡"，正反对照，反差强烈，描绘思妇之心理过程极为细腻。"枯桑"二句，众说不一，实亦属比兴之辞，以反衬思妇之伶俜无依，苦况自知。远方来客，鲤鱼传信，就一事而铺叙，写法一变，栩栩生动，而仍归结到"长相忆"，前后呼应。全诗抒情、叙述有机融合，既有民歌的生动活泼，又有文人古诗之细腻婉转，"流宕曲折，转掉极灵，抒写复快，兼乐府古诗之长，最宜熟诵。子桓（按，曹丕）兄弟拟古，全法此调"（陈祚明《采菽堂古诗选》）。对后世文人五言诗，颇有影响。

妇病行

解　题

本篇为汉乐府古辞。《乐府诗集》收入相和歌辞瑟调曲。由于对"闭户塞牖舍孤儿到市"句的句读不同，此诗一向有两种解释。一说谓"刺人不恤其无母孤儿"（张玉谷《古诗赏析》），"诗中并无一语及后母，使人想见于言外"（朱乾《乐府正义》）。一说则谓诗描述一妇因病早逝，其夫及"两三孤子"贫困交加、生活无着的惨况。今人大都从后说。

【原　文】

妇病连年累岁，传呼丈人前一言①。当言未及得言，不知泪下一何翩翩②。属累君两三孤子③，莫我儿饥且寒④。有过慎莫笪笞⑤，行当折摇⑥，思复念之！

乱曰⑦：抱时无衣，襦复无里⑧。闭户塞牖⑨，舍孤儿到市⑩。道逢亲交⑪，泣坐不能起。从乞求与孤儿买饵⑫。对交啼泣⑬，泪不可止。我欲不伤悲不能已。探怀中钱持授交⑭。入门见孤儿⑮，啼索其母抱。徘徊空舍中，行复尔耳⑯，弃置勿复道⑰。

注释

❶传呼，呼唤。丈人，古时对年高男子的尊称，此指丈夫。前，上前。　❷一何，何其，多么。翩翩（piān），接连不断的样子。　❸属（zhǔ），同"嘱"，嘱托。累，牵累、拖累。孤子，孤儿。　❹莫我儿，不要让我的孩子。❺过，错，过错。箠笞（dáchī），两种打人用的竹器；这里作动词用，鞭打之意。　❻行当，即将，将要。折摇，犹"折夭"，夭折。　❼乱，乐章的最后一段，犹尾声。　❽襦，短袄。里，夹里，衬里。黄节说："无衣，无长衣，而有短衣；短衣又无里也。"（《汉魏乐府风笺》）　❾牖（yǒu），窗户。　❿舍，丢开、抛下。一说，此"舍"字当从上读，"即徘徊空舍之'舍'。'牖舍'连文，看似重复，但正是汉魏古诗朴拙处"（游国恩《中国文学史》）。按，倘从上读，则诗旨当从解题中第一说。　⓫亲交，亲属朋友。　⓬从乞求，拉着（亲交）请求。从，牵、拉。饵，指食物。　⓭交，即上"亲交"。　⓮探，掏、摸。持授，交给。　⓯入门，指回家。　⓰行，即将。复，又要。尔，如此，这样。⓱弃置，丢开。这两句说，不用多久，孩子的命运亦将如其母一样，又何必再多说呢？一说，末句为乐工口气，古乐府中亦常有此类例子。

评析

　　此诗分正曲和"乱"（即尾声）两部分。正曲着重描述病妇临终前的惨淡心情。"乱曰"以下，写病妇死后，孩子饥寒交迫、父亲一筹莫展的凄凉境地。诗的结构，看似松散，后一部分似乎与"病妇"无关；但父子在艰难中苦苦挣扎的惨景，不正是病妇临终之际所预料并为之担忧的吗？其反复叮嘱的"莫我儿饥且寒"，在"乱曰"部分得到了充分照应。对照读来，尤可见病妇弥留时"不知泪下一何翩翩"，盖有由也。朱乾说："读《饮马长城窟行》，则夫妻不相保矣；读《妇病行》，则父子不相保矣；读《孤儿行》，则兄弟不相保矣。'亡国之音哀以思，其民困。'元气贼矣，四体虽强健，一跌，殒耳！"（《乐府正义》）指出此类反映民生疾苦之作的不断涌现，是汉王朝腐朽没落、行将殒亡的征兆，甚有见地。

孤儿行

解　题

本篇为汉乐府古辞。《乐府诗集》收入相和歌辞瑟调曲。一名《孤子生行》，一名《放歌行》。清朱乾说："放歌者，不平之歌也。孤儿兄嫂恶薄，诗人伤之，所以为放歌也。"（《乐府正义》）诗写一孤儿，与兄嫂名为骨肉，实同主仆，倍受种种奴役，及其痛不欲生之情，揭露封建宗法制度之弊端。

【原　文】

孤儿生①，孤子遇生②，命独当苦。父母在时，乘坚车，驾驷马。父母已去③，兄嫂令我行贾④。南到九江⑤，东到齐与鲁⑥。腊月来归⑦，不敢自言苦。头多虮虱⑧，面目多尘。大兄言办饭，大嫂言视马。上高堂⑨，行取殿下堂⑩，孤儿泪下如雨。

使我朝行汲⑪，暮得水来归。手为错⑫，足下无菲⑬。怆怆履霜，中多蒺藜⑭。拔断蒺藜肠月中⑮，怆欲悲。泪下渫渫⑯，清涕累累⑰。冬无复襦⑱，夏无单衣。居生不乐⑲，不如早去，下从地下黄泉⑳。

春气动，草萌芽。三月蚕桑㉑，六月收瓜。将是瓜车㉒，来到还家。瓜车反覆㉓，助我者少，啖瓜者多㉔。愿还我蒂㉕，兄与嫂严，独且急归㉖，当兴较计㉗。

乱曰㉘：里中一何譊譊㉙！愿欲寄尺书㉚，将与地下父母㉛，兄嫂难与久居。

注 释

❶生，出生。　❷孤子，犹"孤儿"。遇生，指碰上不幸的处境。遇，逢。生，生活。　❸去，指去世。　❹行贾（gǔ），往来经商。汉代重农抑商，商贾地位卑贱，富贵人家常派遣奴仆经商。　❺九江，汉代九江郡。西汉时治寿春（今安徽寿县），东汉时治陵阳（今安徽定远西北）。　❻齐与鲁，泛指今山东境内之地。齐，西汉为郡，治所临淄（今山东淄博临淄区）；东汉时为诸侯国。鲁，汉县名，即今山东曲阜。　❼腊月，农历冬十二月。　❽虮虱（jǐshī），一种寄生在人畜身上的害虫。虮，虱卵。　❾高堂，房屋的正室、大厅。❿行，复，又。取，同"趋"，小步急走。殿下堂，指高堂下的另一处。殿，高大的房屋，即指前高堂。　⓫汲，从井里打水。　⓬错，通"皵"（què），皮肤冻裂。　⓭菲（fèi），通"扉"，草鞋。　⓮蒺藜（jílí），一种草本蔓生植物，果皮有刺。　⓯肠，腓肠，脚胫骨后的部位，俗称腿肚。月，古"肉"字。　⓰渫渫（dié），泪流不止。　⓱累累，接连不断。　⓲复襦（rú），短夹袄。　⓳居生，活在世上。　⓴下从地下，指追随死去的父母。黄泉，指地下。　㉑蚕桑，养蚕采桑。㉒将，推。是，此，这。㉓反覆，翻倒。㉔啖（dàn），吃。㉕蒂，瓜蒂。此句指孤儿求人归还瓜蒂，以便归家后有所交代。㉖独且，即将。㉗兴，生出。较计，犹"计较"。　㉘乱，乐曲的最后一段，尾声。㉙一何，多么。诙诙（náo），怒叫声。此句谓孤儿推车走近所居之地，已听到兄嫂怒骂之声。㉚尺书，书信。古代帝王诏板长一尺一寸，故称诏书为"尺一板""尺一牍""尺一书"。后世移用于普通书信的代称，称尺书、尺素。㉛将与，带给。

评 析

　　此诗可分三段。首段写孤儿行贾，次段写孤儿劳役，末段写孤儿贩瓜。笔笔环绕孤儿之苦展开：行贾奔波之"苦"，办饭喂马之"苦"，履霜汲水之"苦"，蒺藜刺足之"苦"，冬无复襦、夏无单衣之"苦"……但凡此种种苦况，大都又属虚写，至第三段收瓜贩瓜方始实写。陈祚明说："味通篇前后，将瓜车似是实事，诗正咏之。前此行贾、行汲，乃追写耳。不然何独于将车一小事如此细细咏叹耶?"(《采菽堂古诗选》) 确是味赏有得之见。诗叙述平直中见曲折，至"不如早去，下从地下黄泉"，似已终篇，却又另起一段。前人于此备极赞赏。贺贻孙曰："乐府古诗佳境，每在转接无端，闪铄光怪，忽断忽续，不伦不次。如群峰相连，烟云断之；水势相属，缥缈间之。然使无烟云缥缈，则亦不见山连水属之妙矣。《孤儿行》从'不如早去，下从地下黄泉'后，忽接'春气动，草萌芽'……语意原不相承，然通篇精神脉络，不接而接，全在此处。"(《诗筏》) 全诗对孤儿种种苦况，不是作流水式的堆砌，而是笔笔含情，笔笔有人，"极琐碎，极古奥，断续无端，起落无迹，泪痕血点，结掇而成"(沈德潜《古诗源》)。汉王褒《僮约》曾言及其时奴婢之种种苦役，"当从百役使，不得有二言"，本诗孤儿劳役之繁重，实有过之而无不及，真令人"每读一过，觉有悲风刺人毛骨。后贤遇此种题，虽竭力描邈，读之正如嚼蜡，泪亦不能为之堕，心亦不能为之哀也"(宋长白《柳亭诗话》)。

艳歌何尝行

解 题

本篇为汉乐府古辞。最早见于《宋书·乐志》，题为《白鹄艳歌何尝》，属大曲。《乐府诗集》收入相和歌辞瑟调曲，题一作《飞鹄行》。又，《玉台新咏》载有古乐府《双白鹄》，通篇五言，内容相近而少"念与君别离"以下八句。本篇正曲分四解 (按，乐歌的段落)，"念与"以下为趋辞 (按，乐歌的尾声)，借白鹄之口，表现人间恩爱夫妻生离死别之情。艳歌，指乐曲的序曲，多见于乐府大曲。

【原 文】

飞来双白鹄①，乃从西北来。十十五五②，罗列成行③。一解妻卒被病④，行不能相随⑤。五里一反顾⑥，六里一徘徊。二解吾欲衔

汝去，口噤不能开⑦。吾欲负汝去，毛羽何摧颓⑧。三解乐哉新相知，忧来生别离⑨。蹀躞顾群侣⑩，泪下不自知。四解

　　念与君别离，气结不能言⑪。各各重自爱，远道归还难。妾当守空房，闭门下重关⑫。若生当相见，亡者会黄泉⑬。今日乐相乐，延年万岁期⑭。"念与"下为趋辞。

注 释

❶鹄（hú），天鹅。按，"鹄"一作"鹤"。　❷十十五五，或十只一行，或五只一行。　❸此二句《玉台新咏》作"十十将五五，罗列行不齐"。　❹妻，指雌鹄。卒（cù），同"猝"，突然。被病，得病。被，遭、染上。　❺此二句《玉台新咏》作"忽然卒疲病，不能飞相随"。　❻反顾，回头看。　❼噤（jìn），口闭。　❽摧颓，损毁脱落。　❾来，与前句"哉"，皆为语助词。按，这两句用楚辞《少司命》"悲莫悲兮生别离，乐莫乐兮新相知"语意。　❿蹀躞，即"躞蹀"，徘徊犹豫。　⓫气结，哽咽。　⓬下重关，插上两道门闩。意指闭门独居，不与外界来往。关，门闩、门栓。　⓭会黄泉，在地下相见。黄泉，古指人死后的归宿处。　⓮这两句是当时曲末套语，与正文内容无必然联系，是乐工曲毕后面向听众的祝颂语。

评 析

　　据《宋书·乐志》和《乐府诗集》所载，本篇分正曲和趋辞两部分。正曲部分，纯用寓言体，写白鹄双飞，雌鹄中途抱病，雄鹄无法负之飞行而悲怆万分。"趋辞"部分则用拟人手法，直接以妻别夫的口吻倾诉诀别衷曲。虽前后角色变换，表述方式不同，但衔接自然，浑然融合，情深语至，缠绵悱恻。由于借白鹄来抒写人情，这就突破了单纯写人的生活所带来的某些限制。如"吾欲衔汝去""吾欲负汝去"，"衔""负"两字就非鹄不能道出，不仅切合鸟类的特性，更把人间夫妻间的真情挚意描绘得栩栩如生，哀惋动人。借禽言鸟语叙述故事，早在《诗经》中已经出现，如《豳风·鸱鸮》。本篇在写法上与其可谓一

脉相承，说明不同时期的民歌，在表现手法上也往往有着血肉相关的联系。

艳歌行（二首）

（一）

解 题

本篇为汉乐府古辞。《乐府诗集》收入相和歌辞瑟调曲。共二首。此首列第一，写流落他乡者因涉男女之嫌而触发思乡之情。艳歌，本为乐曲正曲前的序曲，多见于乐府大曲，但也有独立成篇的。

【原 文】

翩翩堂前燕①，冬藏夏来见②。兄弟两三人，流宕在他县③。故衣谁当补？新衣谁当绽④？赖得贤主人⑤，览取为吾绽⑥。夫婿从门来，斜柯西北眄⑦。语卿且勿眄⑧，水清石自见⑨。石见何累累⑩，远行不如归。

注 释

❶翩翩（piān），飞行轻快的样子。 ❷藏，指燕子冬天飞去南方。 ❸流宕（dàng），流落飘荡。宕，同"荡"。 ❹绽（zhàn），旧说为缝补之意。清吴兆宜注："缝补其裂亦曰绽。"按，此疑当作"缝制"解，两句谓旧衣无人为缝补，新衣无人为制作。一说，"'故衣''新衣'两句系连类偏举，'新衣'句是陪衬，没有意义"（余冠英《乐府诗选》）。 ❺贤主人，指贤惠的女主人。 ❻览，同"揽"，收。绽（zhàn），缝补。 ❼斜柯，敧侧、歪斜之意，此指侧身而立。按，柯，一作"倚"。西北，指其妻所坐之处。眄（miǎn），斜视。 ❽卿，你，尊称。 ❾见，同"现"。这句犹"水落石出"之意，指心迹终会明白。按，张玉谷谓此两句是"客晓其夫之辞，以喻出之，言简意括"（《古诗赏析》）。 ❿累累

(léi)，历历分明的样子。这两句是写流浪者内心的感慨。一说，谓两句是"其夫答辞"（张玉谷《古诗赏析》），萧涤非从之，谓"末四语对话，口角甚肖"（《汉魏六朝乐府文学史》）。

评 析

汉乐府中的游子思乡之作大都直接抒写愁思，此诗却显得颇为特别，围绕一戏剧性的场面表现游子之辛酸，引出"远行不如归"的主题。诗首两句比而兼兴，堂前之燕，冬去夏来，自有一定之时，而"兄弟两三人"流落他乡却久久不归，对比之下，岂不愈觉悲苦！言"冬藏夏来见"，可见已非一年半载，见得时间之长；而"流宕"更不同于一般的"客游"，蕴有被迫无奈、生计无着之意。古诗中思妇征夫之词往往提到"衣着"，只缘时移节换之际，客居异乡者最敏感的就是衣着的无从着落，故诗接着即以衣衫无人缝补来突出生活中的种种窘迫。"主人"而称"贤"，而言"赖得"，足见对女主人的尊敬感激。丈夫起疑一段，是情节高潮。但用墨仍十分经济，仅以其归家时瞬间的一个动作，就表现出心怀疑虑又不便发作的心态；羁旅者也未多作解释，仅用"水清石自见"之喻表明心迹。至此，误会或许已冰释，但流浪者心头之阴影却不易消去。李因笃说："'石见何累累'，承之曰'远行不如归'，接法高绝。非远行何以有补衣之举，故触事思归也。"（《汉诗音注》）诗将羁旅之悲隐寓于活泼生动、诙谐有趣的叙事之中，笔墨简练老到，往往一二字、一二句，便使人物神态如绘，声口毕肖，确属难能可贵。

（二）

解 题

本篇借南山之松的遭遇，表现道家鄙弃富贵、全身远害的思想。

【原 文】

南山石巍巍^①，松柏何离离^②。上枝拂青云，中心十数围^③。洛阳发中梁^④，松柏窃自悲^⑤。斧锯截是松^⑥，松树东西摧^⑦。持作四轮车，载至洛阳宫。观者莫不叹，问是何山材。谁能刻镂此^⑧？公输与鲁班^⑨。被之用丹漆^⑩，熏用苏合香^⑪。本自南山松^⑫，今为宫殿梁。

注 释

❶南山，即终南山，秦岭主峰，在长安（今西安）之南。一说，南山系泛指。巍巍（wéi），高高耸立的样子。　❷离离，形容树木林立。　❸中心，指树木的主干。围，古量词，通常以双手合抱为一围。　❹发，采伐。中梁，犹言"栋梁"。　❺窃，私下。　❻截是松，砍伐这棵松树。是，此，这。　❼摧，折，折断。　❽镂（lòu），雕刻。　❾公输、鲁班，即公输班，鲁国巧匠。《吕氏春秋》及《淮南子》高诱注：公输，鲁班之号也。按，朱乾说："公输、鲁班非误用，言更无第二人也。"（《乐府正义》）这里起强调作用，意谓此佳材只有名匠如公输班才配雕琢装饰之。　❿被，加。丹，朱红色。　⓫苏合香，西域香名。　⓬本自，叠义连词，"自"即"本"。

评 析

　　一棵普通的山木，经名匠刻镂雕琢，熏香涂漆，用作宫殿之栋梁，这在热衷富贵或"积极用世"者眼中，是何等荣耀之事，而诗中却以松树"窃自悲"三字加以点醒，揭示出荣禄无益而自然可贵之意。《庄子》中之神龟，宁曳尾于泥涂而不愿贮身玉盒，此诗取材虽异，立意则同。诗后半部分于"今为宫殿梁"一层，大加渲染铺叙，写得十分热闹，几令人艳羡不已，而松树本身之态度一经点出，映照之下，题旨更为醒豁，可见结构之妙。汉代初年，黄老之学盛行，武帝以后，尊崇儒术，人们之价值观也随之而变化。但道家思想仍未泯灭，此诗便是一例证。前人有误解此诗者，谓"凡歌辞出于男女夫妇者，皆谓之艳歌。……疑时朝廷采取民间女以充后宫，自伤离别，故以南山松相为比"（朱乾《乐府正义》），这显然是因曲名而产生的臆测之词。

古艳歌

解题

　　本篇为汉乐府古辞，《乐府诗集》未收。《太平御览》引作《古艳诗》。写的是天上的一次宴请盛况，这在汉代游仙诗中显得颇为别致。"艳歌"，参见前《艳歌行》解题。

【原文】

　　今日乐相乐①，相从步云衢②。天公出美酒，河伯出鲤鱼③。青龙前铺席④，白虎持榼壶⑤。南斗工鼓瑟⑥，北斗吹笙竽⑦。姮娥垂明珰⑧，织女奉瑛琚⑨。苍霞扬东讴⑩，清风流西歈⑪。垂露成帷幄，奔星扶轮舆⑫。

注释

　　❶乐相乐，欢乐无极之意。是乐府套语。一作"乐上乐"。　❷步云衢，踏上天路。衢，路。　❸河伯，传说中的黄河水神。　❹青龙，二十八星宿中东方七宿之总称。　❺白虎，二十八星宿中西方七宿之总称。榼（kē），酒器。　❻南斗，星名。鼓，弹奏。　❼北斗，星名。　❽姮（héng）娥，即嫦娥，传说中的月中女神，又名恒娥。《淮南子·览冥训》："羿请不死之药于西王母，姮娥窃以奔月。"高诱注："恒娥，羿妻。羿请药于西王母，未及服，恒娥盗食之，得仙，奔入月中。"珰，装饰物，这里大约指耳珰。　❾织女，星名，即河鼓星，

传说中演化为女神。瑛，美玉。琚，佩玉。　❿苍霞，青云。讴，齐地之歌。齐地在东，故云东讴。　⓫歈（yú），吴地之歌。　⓬奔星，流星。轮舆，指车辆。这两句是想象宴罢登车归去时的情景。

评 析

此诗描述一次天上的长夜之饮。赴宴者是人间凡人，能够"步云衢"，自然快乐无比。首句虽属乐府习用套语，但用在这里却也十分贴切。"相从"两字，见得登天者络绎而行，并非一人。随后具体描写宴请场面：席间美酒鲤鱼，佳肴杂陈；鼓瑟吹竽，乐曲悠扬；舞姿蹁跹，歌声悦耳。而奔走侍奉其间者，无一不是神话人物和天上星宿。作者大胆借助于想象，运用丰富的天文知识，使神祇星宿，各司其职，"肆意铺陈，淋漓尽致，用以渲染欢乐之况"（郑文《汉诗选笺》）。层次井然，纷繁而不乱，互文对偶，更使赋的笔法得以充分发挥。此诗虽属游仙，但诗中引以为豪奢的，皆是人间之物，可见种种描绘，均不过是人间盛宴的折射。此诗当时大约用于宴席之间娱宾佐饮，但其恢宏恣肆的气势，颐指群仙的意态，客观上也反映了汉代国力鼎盛时期人心昂扬自信的一面。

白头吟

解 题

本篇为汉乐府古辞。最早见于《玉台新咏》，题为《皑如山上雪》。《宋书·乐志》所录大曲《白头吟》与此内容大致相同而略长。两篇《乐府诗集》皆收入相和歌辞楚调曲，并名之《白头吟》，而以《玉台新咏》所载为古辞，《宋书》所载为晋乐所奏。《西京杂记》："相如将聘茂陵人女为妾，卓文君作《白头吟》以自绝，相如乃止。"谓是卓文君作，然恐为小说家之附会。此诗写女子向用情不专的丈夫表示决绝，篇名取意于诗中"愿得一心人，白头不相离"两句。

【原 文】

皑如山上雪①，皎若云间月②。闻君有两意③，故来相决绝。今日斗酒会④，明旦沟水头⑤。躞蹀御沟上⑥，沟水东西流⑦。凄凄复凄凄⑧，嫁娶不须啼⑨。愿得一心人，白头不相离。竹竿何袅袅⑩，鱼尾何簁簁⑪。男儿重意气⑫，何用钱刀为⑬！

注 释

❶皑（ái），《说文》："霜雪之白也。" ❷皎，明洁。 ❸两意，犹言"二心"，指男子负情。 ❹斗酒会，饮酒聚会。斗，盛酒之器。 ❺明旦，明天一早。 ❻躞蹀（xièdié），小步行走。御沟，流经宫苑或环绕宫墙的水沟。 ❼东西，偏义复词，这里偏指"东"。 ❽凄凄，悲伤的样子。 ❾嫁娶，偏义复词，这里偏指"嫁"。 ❿竹竿，此指钓竿。袅袅，柔长而轻轻摆动的样子。 ⓫簁簁（shī），形容鱼尾湿濡而摇摆的样子。按，古歌谣中常用钓鱼象征求偶，此亦暗喻男女情爱。 ⓬意气，此指情义。 ⓭钱刀，古代钱币有铸成刀形的，故称。

评 析

此诗写一女子毅然与负心男子决绝。诗意每四句递进一层。首四句开门见山，指出决绝的原因，乃是因为男子用情不专。"山上雪""云间月"之比喻，强调她的纯洁和忠贞，益显得男子之负情。次四句正面写决绝。但丈夫负心，毕竟令人痛心，接着四句便写她在万般伤心之际，对真挚爱情的憧憬。张玉谷说："盖终冀其变两意为一心，而白头相守也。妙在从人家嫁娶时凄凄啼哭，凭空指点一妇人同有之愿。不着己身说，而己身已在里许。"（《古诗赏析》）颇得诗人之旨。最后四句指出男女之间只有真心相爱，才能幸福快乐，男儿当重视真情，岂可为钱财而负心。此诗在弃妇诗中颇有特色。（一）辞情凄伤，婉转动人，但又义正词严，毫不含糊，显示出女主人公对爱情的执着忠贞和坚强个性。

与一般弃妇诗沦溺于哀伤，一味诉说悲怨不同。(二) 多处采用比兴手法，叙事中含有浓重的抒情意味，与一般汉乐府诗的客观叙事颇异其趣。(三) 语言通俗而略显文雅，诸如皑雪、皎月、蹀躞、袅袅、筵筵之类，都显示出书面语言的倾向，似出诸文人手笔或经文人润饰所致。徐师曾《文体明辨》赞之"格韵不凡，托意婉切，殊可讽咏。后世多有拟作，方其简古，未有能过之者"，甚是。

梁甫吟

解 题

本篇为汉乐府古辞。《乐府诗集》收入相和歌辞楚调曲。郭茂倩说："梁甫，山名，在泰山下。《梁甫吟》盖言人死葬此山，亦葬歌也。"(《乐府诗集》) 原先大约是古代民间葬歌。朱嘉徵谓本篇"哀时也，无罪而杀士，君子伤之"(《乐府广序》)，当是后人用葬歌哀伤之调以悼田开疆、古冶子、公孙接三勇士之作。《三国志·蜀书·诸葛亮传》载："亮躬耕陇亩，好为《梁父 (甫) 吟》。"后世因有附会为诸葛亮所作者 (《乐府诗集》亦题为诸葛亮作)，前人已辨其误。

【原 文】

步出齐城门①，遥望荡阴里②。里中有三墓，累累正相似③。问是谁家墓，田疆古冶子④。力能排南山⑤，文能绝地纪⑥。一朝被谗言，二桃杀三士。谁能为此谋? 国相齐晏子⑦。

注 释

❶齐城，指齐国首都临淄 (今属山东淄博)。　❷荡阴里，在临淄东南。《水经注·淄水》："淄水又东北，径阳阴里西，水东有冢，一基三坟，东西八十步，是列士公孙接、田开疆、古冶子之坟也。"　❸累累，即"垒垒"，坟丘堆积状。

❹田疆、古冶子，皆人名。《晏子春秋·谏下》载，春秋时齐国有公孙接、田开疆、古冶子三勇士，力能搏虎，勇冠三军，因得罪相国晏婴，晏婴向齐景公进谗言，称他们是"危国之器"，"不若去之"。齐景公怕他们勇力过人，"搏之恐不得，刺之恐不中"，晏子即设一计谋，让景公派人给三勇士送去两只桃子，要他们"计功而食桃"。三勇士果然中计，先是论功争桃，继而又为争桃而自愧，先后自杀身死。这里仅提田开疆、古冶子，实兼公孙接而言，因限于字数所致。　❺排，推倒。南山，指齐国境内的牛山，位于齐都之南，又名齐南山。一说，"南山"系泛指，非专名。　❻绝地纪，指尽知万物之理。绝，毕、尽。地纪，犹言"地纲"，与"天纲"一样，泛指天地万物事理。按，余冠英说："'文'，似当从《艺文类聚》（《西溪丛语》引）作'又'。三士以勇力出名，无所谓文。这两句诗，似本《庄子·说剑篇》'此剑上决浮云，下绝地纪'。《庄子》两句都说剑，这里两句都说勇。'地纪'，就是地基。"（《乐府诗选》）可备一说。　❼齐晏子，齐国相晏婴，历事齐灵公、庄公、景公三朝，为当时名相。

评 析

　　"二桃杀三士"，在《晏子春秋》中是作为赞美晏婴忠于齐室，足智多谋，除去祸根而记录下来的。此诗却一反旧说，对此事加以谴责，而给予三勇士以无限的同情。诗起笔平平叙来，"步出""遥望"，似乎偶然之间见到三勇士之墓冢。"问是"两句，一问一答，将时间一下子拉回遥远的过去，颇有似于电影的蒙太奇手法。三勇士何许人也？是否如晏子所说的"危国之器"呢？否！诗中"排南山""绝地纪"就是对他们的高度褒美；而晏子所云，则被斥为"谗言"，这就表明诗人对三勇士的景仰和对晏子的贬视。李因笃说："责晏子不能容贤。……云'谗言'，则三子死非其罪；曰'谁谋'，曰'国相'，乃深责之。"（《汉诗音注》）可谓深得诗旨。此诗虽咏历史往事，但显然又有借古讽今之意。作者谴责晏子，当是不满当世权臣不能容贤；凭吊三勇士，实也是感叹贤能之士生不逢世，报国无门。诸葛亮躬耕隐居之时"好为《梁父（甫）吟》"，或正是同诗中之寄托产生了共鸣。

怨歌行

解　题

　　本篇为汉乐府古辞。一作《怨诗》。最早见于《文选》及《玉台新咏》，皆题汉成帝妃班婕妤作。《玉台新咏》并有小序云："昔汉成帝班婕妤失宠，供养于长信宫，乃作赋自伤，并为《怨诗》。"今人大都据唐李善注《文选》引《歌录》"《怨歌行》，古辞"，视为无名氏作。《乐府诗集》收入相和歌辞楚调曲。诗以秋扇见捐为喻，写出封建时代宫中妃嫔始遭玩弄，终被遗弃的悲惨命运。

【原　文】

　　新裂齐纨素^①，鲜洁如霜雪^②。裁为合欢扇^③，团团如明月^④。出入君怀袖，动摇微风发。常恐秋节至，凉飙夺炎热^⑤。弃捐箧笥中^⑥，恩情中道绝。

注　释

　　❶裂，裁。纨素，泛指绢类丝织品。纨，素之精细者。古时以齐国所产为佳。　❷鲜洁，一作"皎洁"。　❸合欢扇，一种有对称图案花纹的双面团扇，象征"和合欢乐"。此处兼有以纨扇的精美比喻女子美丽之意。　❹团团，犹"圆圆"。一作"团圆"。　❺飙（biāo），疾风。一作"风"。　❻箧笥（qièsì），泛指箱子。箧，长方形的竹箱。笥，方形竹箱。

评　析

　　此诗从表现形式看，是一首咏物诗；从内容看，是一首宫怨诗。从咏物角度看，诗紧紧抓住了团扇的特征，将团扇的制作、外形、用途及秋凉见弃等刻画得十分具体形象。而且诗借物喻人，但又不是机械地比喻，而是用整体象征的手法，给予团扇这一物象以深刻的内涵。句句写扇，又句句在写人，实是咏物诗中的上乘之作。从宫怨诗角度看，诗写出了古代宫中女子忧惧失宠见弃的普遍心理，极具典型性。诗选用古代生活中常见之团扇为喻，别具只眼，不落窠臼，贴切自然；"用意微婉，音韵和平"（沈德潜《古诗源》），文句清丽而表达含蓄，实开后世咏物和宫怨诗之先声。钟嵘评曰："《团扇》短章，辞旨清捷，怨深文绮，得匹妇之致。"（《诗品》）确是一首文情并茂的佳作。而"团扇"一词，也成为后世妇女悲剧命运的象征语。

曹 操

曹操（155—220），字孟德，沛国谯（今安徽亳州）人，东汉末年杰出政治家、军事家。少有权谋，举孝廉，任洛阳北部尉，转顿丘令。汉献帝初平元年（190），参加讨伐董卓之战。初平三年，率兵击败黄巾军三十余万，并收其精锐，号为"青州兵"。此后实力逐渐壮大，建安元年（196），奉迎献帝定都许昌，"挟天子以令诸侯"。建安五年（200），官渡一战，击败袁绍，逐步统一了中国北方，成为北方实际的最高统治者。建安十三年（208），封丞相。同年，赤壁之战失利，从而形成与刘备、孙权鼎足对峙的局面。后进爵魏公，封魏王。死后其子曹丕代汉称帝，追尊其为武帝。曹操为魏王朝实际创始人，又是其时文坛领袖。于文学、书法、音乐都有很深的修养。"登高必赋，及造新诗，被之管弦，皆成乐章"（《三国志·魏书·武帝纪》裴注引）。其诗现存二十余首，皆为乐章歌诗，率用汉乐府旧曲，"但取声调之谐，不必词义之合"，开创了文人古题乐府的创作风气。题材多样，叙时事、记离乱、言志趣、写理想，悯时悼乱，歌以述志，内容颇为丰富。熔两汉乐府古诗叙事、议论、写景之长于一炉，风格慷慨悲凉，时代气息浓郁。敖陶孙《诗评》曰："魏武帝如幽燕老将，气韵沉雄。"刘熙载《艺概·诗概》曰："曹公诗气雄力坚，足以笼罩一切，建安诸子未有其匹也。"皆非过誉。鲁迅誉其为"改造文章的祖师"（《魏晋风度及文章与药及酒之关系》），于乐府创作亦可见一斑。

薤露行

　　本篇《乐府诗集》收入相和歌辞相和曲。东汉中平六年（189），大将军何进谋诛宦官，密召董卓带兵入京。谋泄，反被宦官张让等所害。卓乘机独揽朝政，废少帝刘辩，立献帝刘协，肆意残杀异己。初平元年（190），东方州郡起兵讨伐董卓。卓焚烧洛阳，胁迫天子、百官和民众数百万人西迁长安。此诗采用汉旧曲哀伤的声调，叙说这一历史事件，表达作者对汉室覆灭的感伤之情。

【原 文】

　　惟汉廿二世①，所任诚不良②。沐猴而冠带③，知小而谋强④。犹豫不敢断⑤，因狩执君王⑥。白虹为贯日⑦，己亦先受殃⑧。贼臣持国柄⑨，杀主灭宇京⑩。荡覆帝基业⑪，宗庙以燔丧⑫。播越西迁移⑬，号泣而且行⑭。瞻彼洛城郭⑮，微子为哀伤⑯。

注 释

　　❶惟，句首语助词。汉廿二世，指东汉灵帝之世。汉王朝自高祖刘邦至东汉灵帝共二十二代。廿二世，原作"二十二世"，黄节《魏武帝诗注》："按石经，凡经传中'二十'字皆作'廿'，然则此诗'二十二世'，当作'廿二世'也。"据改。又，一作"二十"，举其成数，亦通。　❷所任，所任用之人。指何进辈。《后汉书·何进传》载，中平六年（189），汉灵帝死，少帝刘辩即位，何太后听政。其兄大将军何进秉朝政。　❸这句讥嘲何进犹如穿戴衣冠的猴子，缺乏智慧，不成大事。《史记·项羽本纪》："人言楚人沐猴而冠耳。"沐猴，猕猴。❹知，同"智"。谋强，图谋大事。此指谋诛宦官之事。《三国志·魏书·武帝纪》："大将军何进与袁绍谋诛宦官，太后不听。进乃召董卓，欲以胁太后。"注

引《魏书》："太祖（曹操）闻而笑之曰：'阉竖之官，古今宜有，但世主不当假之权宠，使至于此。既治其罪，当诛元恶，一狱吏足矣，何必纷纷召外将乎？欲尽诛之，事必宣露，吾见其败也。'"　❺"犹豫"句，据《后汉书·何进传》，主簿陈琳曾谏何进当果断行事，不必聚召外兵。又，其时宦官头目曾去何进处假意谢罪，袁绍劝他乘机下手，何进犹豫不决，又失去时机。不敢断，不敢决断。　❻"因狩"句，中平六年八月，中常侍张让、段珪杀何进。袁绍等即勒兵入宫诛杀宦官。张、段等挟持少帝至小平津（在今河南洛阳孟津区）。追兵至，张、段投河死，宦官专权至此结束。董卓乘机迎归少帝而擅政。见《后汉书·灵帝纪》。狩，帝王出巡。此指少帝被劫持，为帝王隐讳而用"狩"。
❼"白虹"句，《后汉书·五行志》："虹贯日……天子命绝，大臣为祸。"这是古代迷信说法。又，《后汉书·五行志》："初平元年二月壬辰，白虹贯日。"这里是指董卓入京后，废少帝，立献帝，随即又毒死少帝事。白虹，天上白色云气。贯，穿过。　❽已，指何进。先受殃，何进时已先少帝被害。　❾贼臣，指董卓。持国柄，把持国家政权。　❿杀主，指毒死少帝。灭宇京，指焚毁洛阳。初平元年二月，董卓胁献帝迁都长安，悉焚毁洛阳宫室。　⓫荡覆，毁灭倾覆。⓬宗庙，帝王的祖庙。古代视作政权的象征。燔（fán）丧，烧毁。　⓭播越，流离跋涉。　⓮且，通"徂"，往，去。《后汉书·董卓传》载，董卓"尽徙洛阳人数百万口于长安，步骑驱蹙，更相蹈藉，饥饿寇掠，积尸盈路"。　⓯瞻，眺望。洛城郭，泛指洛阳城郊。城，内城；郭，外城。　⓰微子，商纣王的庶兄。《尚书大传》载微子在商亡后，一次路经商故都，见宫室毁坏，禾黍杂草丛生。悲慨之余，作《麦秀歌》以寄托对故国的哀思。按，《史记·宋微子世家》以此事属箕子。

评 析

　　"借古乐府写时事，始于曹公"（沈德潜《古诗源》），这是乐府诗的一个创新。此诗及后篇《蒿里行》皆取材于"董卓之乱"，但着眼点有所不同。此首着重写汉王朝的覆灭。任贤授能是治国之本，故诗一开始就"直探乱源"（张玉谷《古诗赏析》），指出汉室倾覆的根本原因为所任不良。沐猴冠带、智小谋强，嘲讽辛辣。后半部分直斥董卓弑君乱国，毁城迁都，造成帝室蒙难、生灵涂炭，义正词严，措辞激烈。诗于千头万绪中拈出何进、董卓两人，一侧重写其无能，一侧重写其凶残，分别以"不良""贼臣"领起而后加以落实，章法严谨缜密。虽重在叙事，但并非单纯作客观述说，而是寓入论断，显示出卓越的政治识见，故后世赞之"汉末实录，真诗史也"（钟惺《古诗归》）。

蒿里行

解 题

本篇《乐府诗集》收入相和歌辞相和曲。东汉初平元年（190），关东各州郡联合起兵讨伐董卓，推袁绍为盟主。但又各怀异心，拥兵观望，旋更互相火并，对社会经济造成极大的破坏。此诗即记述这一段史事，抒写作者悯时哀民的情怀。本诗与《薤露行》是姐妹篇，在内容上有承接关系。

【原 文】

关东有义士①，兴兵讨群凶②。初期会盟津③，乃心在咸阳④。军合力不齐，踌躇而雁行⑤。势利使人争，嗣还自相戕⑥。淮南弟称号⑦，刻玺于北方⑧。铠甲生虮虱⑨，万姓以死亡。白骨露于野，千里无鸡鸣。生民百遗一⑩，念之断人肠。

注 释

❶关东，指函谷关（今河南灵宝西南）以东地区。义士，指讨伐董卓的各州郡将领。　❷群凶，指董卓等一伙。　❸初期，原先期望。会盟津，相传武王伐纣，曾与各路诸侯会合于孟津。盟津，即"孟津"，古黄河渡口，在今河南孟州西南。　❹乃心，指思念、怀念。《尚书·康诰》："虽尔身在外，乃心罔不在王室。"咸阳，秦都城，在今陕西咸阳东。"乃心咸阳"犹"乃心王室"之意。这

两句都是用典，意谓原先期望各路军队团结结盟，忠于国事，平定董卓之乱。❺踌躇（chóuchú），犹豫徘徊。雁行，指讨伐董卓的各路军队彼此观望，如雁飞成行，排成一字，不敢率先出击。《三国志·魏书·武帝纪》载，其时"卓兵强，绍等莫敢先进。太祖曰：'举义兵以诛暴乱，大众已合，诸君何疑？'"又载："太祖到酸枣，诸军兵十余万，日置酒高会，不图进取。"❻嗣还，随即，不久。还，同"旋"。自相戕（qiāng），自相残杀。❼"淮南"句，指建安二年（197）袁术在淮南寿春（今安徽寿县）称帝。袁术，袁绍堂弟。割据淮南。淮南，今安徽六安、巢湖等地，汉初为淮南国。❽玺（xǐ），皇帝的印。初平二年（191）袁绍谋立幽州牧刘虞为帝，私刻金玺。后因曹操反对及刘虞推辞，未能实现。时袁绍屯兵河内（治今河南武陟西南），故称"北方"。❾铠（kǎi）甲，护身战袍。金属制的叫铠，皮革制的叫甲。这句说连年征战，将士铠甲不离身，以致长出虮虱。❿生民，人民。百遗一，极言死亡之多。

评　析

　　这亦是一首汉末"实录"，重点在写军阀混战及其恶果。全诗"欲抑先扬"（张玉谷《古诗赏析》），贯穿着作者强烈的爱憎。情感起伏变化：先为"兴兵"而振奋，称之"义士"，赞之"讨群凶"；继为自相残杀、称王称霸而失望；最终"结到感伤，重在生民涂炭"（《古诗赏析》）。汉末诗人对社会动乱引起的灾难有过许多真实的描绘："中野何萧条，千里无人烟"（曹植《送应氏》），"出门无所见，白骨蔽平原"（王粲《七哀》）等，但如作者把批判锋芒直指造成惨剧的军阀之作却不多见，表现出其"看尽乱世群雄情形"（钟惺《古诗归》）的政治家气魄。故而虽"极言乱伤之惨"，风格则"真朴雄阔远大"（方东树《昭昧詹言》）。此诗与前篇《薤露行》都借用汉代挽歌旧曲，不仅声调悲怆和谐，而且"上章执君杀主，意重在上之人，下章万姓死亡，意重在下之人，又恰与《薤露》送王公贵人，《蒿里》送士大夫庶人两相配合"（《古诗赏析》）。

短歌行

解题

　　作者《短歌行》共二首,《乐府诗集》收入相和歌辞平调曲。本篇原列第一。大约作于建安十三年（208）作者为丞相之后。其时由于赤壁之战失利,一统大业受阻,此诗即表达了他"叹流光易逝,欲得贤才以早建王业"（《古诗赏析》）的愿望。"短歌",参见前《长歌行》解题。

【原文】

　　对酒当歌①,人生几何②?譬如朝露③,去日苦多④。慨当以慷⑤,忧思难忘。何以解忧?唯有杜康⑥。青青子衿,悠悠我心⑦,但为君故⑧,沉吟至今⑨。呦呦鹿鸣⑩,食野之苹⑪。我有嘉宾,鼓瑟吹笙⑫。明明如月,何时可辍⑬?忧从中来⑭,不可断绝。越陌度阡⑮,枉用相存⑯。契阔谈䜩⑰,心念旧恩。月明星稀,乌鹊南飞。绕树三匝⑱,何枝可依⑲?山不厌高,海不厌深⑳。周公吐哺,天下归心㉑。

注释

　　❶当,与"对"同义,面对。张正见《对酒》"当歌对玉酒",与此意同。一说,作"应当"解。　❷几何,多少。　❸朝露,古人常以朝露易干喻生命短促。　❹去日,已逝去的岁月。苦多,苦于太多。　❺慨当以慷,即"慷慨"之意。当以,无实际意义。这句是指宴间歌声慷慨激昂,但亦兼心情而言之。　❻杜康,传说中最早造酒的人,这里借代酒。　❼子,你。衿,衣领。青衿,周代学子的服饰。这两句系《诗·郑风·子衿》成句,接下两句是"纵我不往,

子宁不嗣音"。此处虽仅用前两句，亦兼含后两句之意，但与原诗写女子思念情人不同，此处是借以表示对贤才的思慕。　❽但，只。君，指所思慕之贤才。❾沉吟，低头沉思、小声念叨的样子。这两句本辞无，据晋乐所奏及《文选》补。　❿呦呦（yōu），鹿鸣声。　⓫苹，艾蒿。据说鹿找到艾蒿会呦呦而鸣，互相召唤。　⓬这四句系用《诗·小雅·鹿鸣》成句。接下四句是"吹笙鼓簧，承筐是将。人之好我，示我周行"。此处虽引用前四句，亦包含了后四句之意，表示作者渴望礼遇贤才的心情。　⓭辍（chuò），停止。一作"掇"。按，郑玄《论语》注曰："辍，止。掇古字通。"（《文选》左思《魏都赋》李善注引）⓮中，指心中。　⓯陌、阡，都是田间小路。东西叫"陌"，南北叫"阡"。古谚："越陌度阡，更为客主。"（见应劭《风俗通》）　⓰枉，屈驾。相存，相问，拜访。这两句意为客从远道屈驾来访。　⓱契阔，久别之意。谈宴，谈心饮宴。⓲匝（zā），圈。　⓳依，此指鸟儿栖息。这四句写眼前景物，以鸟儿择枝而栖，想到贤士正择主而事。　⓴厌，嫌弃。《管子·形势解》："海不辞水，故能成其大；山不辞土石，故能成其高；明主不厌人，故能成其众。"这两句语本此，以山海为比，说明接纳贤才越多越好。　㉑周公，西周初杰出政治家。姓姬，名旦，周武王之弟，助武王灭殷，后又辅佐成王，建立周朝典章制度。吐哺，《史记·鲁周公世家》载，周公尝言："我一沐三握发，一饭三吐哺，起以待士，犹恐失天下之贤人。"作者这里以周公自比，表示要礼贤下士。

评　析

　　这首发自深心之咏叹调，笔笔紧扣"忧思"两字。先从人生短促如朝露寄慨，直写"忧思"难忘；继以唯有痛饮方能解忧，映衬"忧思"之重；然后借《诗经》成句点出"忧思"之具体内容：盼望得到贤才，拨乱返治。"月明"四句，隐喻四海流溃之际，贤才亦正在择主而从，故最后表明要效法周公，吐哺下士，以求"天下归心"，从而根绝"忧思"。陈沆说："天下三分，士不北走，则南驰耳。分奔吴、蜀，栖皇未定，若非吐哺折节，何以来之？"（《诗比兴笺》）联系作者建安十五年所作之《求贤令》所谓"天下尚未定，此特求贤之急时也"，此诗实亦堪称是一篇艺术化的"求贤"之作。诗气势磅礴，慷慨深沉，意曲情密。生命短促和事业艰难，离情烦愁和欢聚酣畅，求贤若渴和贤士难得等矛盾而复杂的感情错综交织，形成跌宕起伏的旋律。诗的起首部分微吟低唱，颇带伤感，但此低沉，正是为了衬托后面的高昂，故尽管"跌宕悠扬，极悲凉之致"（陈祚明《采菽堂古诗选》），却不使人产生感时伤怀的消极情绪，正如吴闿生所云："此诗音响发越，情韵之美，慷慨激昂四字可以尽之。"（《古今诗范》）诗引用《诗经》成句，词如己出，入于化境，丝毫不露斧凿痕迹；用四言形式，却与《诗经》风格迥异，"于《三百篇》外，自开奇响"（沈德潜《古诗源》）。

苦寒行

解 题

本篇《乐府诗集》收入相和歌辞清调曲。汉古辞已亡佚，本篇是现存最早之作。一说，此曲为作者所创制。建安十一年（206）正月，作者亲率大军征讨叛将并州刺史高干。时高干屯兵壶关口，曹军从邺城出发北上，绕道太行进击。此诗大约作于行军途中。

【原 文】

北上太行山①，艰哉何巍巍②。羊肠坂诘屈③，车轮为之摧④。树木何萧瑟，北风声正悲。熊罴对我蹲⑤，虎豹夹路啼。溪谷少人民⑥，雪落何霏霏⑦。延颈长叹息⑧，远行多所怀⑨。我心何怫郁⑩，思欲一东归⑪。水深桥梁绝⑫，中路正徘徊⑬。迷惑失故路，薄暮无宿栖⑭。行行日已远，人马同时饥。担囊行取薪⑮，斧冰持作糜⑯。悲彼《东山》诗⑰，悠悠令我哀⑱。

注　释

❶太行山，绵延于山西、河北、河南三省交界处的大山脉。　❷何，多么。与下文"雪落何霏霏"之"何"意同。巍巍，高耸的样子。　❸羊肠坂，地名，在壶关（今山西长治东南）东南，以坂道盘旋弯曲如羊肠而得名。坂，斜坡。诘（jié）屈，曲折盘旋。　❹摧，毁坏、折断。　❺罴（pí），熊的一种，又叫马熊或人熊。　❻溪谷，山中低洼有水处。山中居民往往聚居溪谷，此处说"少人民"，言山中人烟稀少。　❼霏霏，雪下得很盛的样子。　❽延颈，伸长脖子（远眺）。　❾怀，怀恋，有心事。　❿怫郁，愁闷不安。　⓫东归，指归故乡谯郡。作者谯（今安徽亳州）人，在太行之东，故云"一东归"。　⓬绝，断。　⓭中路，中途。　⓮薄暮，黄昏。　⓯担囊，挑着行李。行取薪，边走边拾柴。　⓰斧冰，以斧凿冰取水。糜，稀粥。　⓱《东山》，《诗经》篇名。据毛序，本篇为周公东征，战士离乡三年，在归途中思念家乡而作。这里作者隐然有自比周公之意。　⓲悠悠，忧思绵长的样子。

评　析

　　诗落笔就是一声深沉的唱叹，"艰哉"两字实乃全诗之总枢。以下围绕之而分两层。第一层写环境之艰险。山路险峻，狂风怒号，猛兽出没，大雪纷飞，人迹罕见：选择典型景物加以客观描绘。第二层写行军之艰难。迷失路途，水深桥断，栖宿无所，人马饥渴：结合主观感受，糅合情景，手法一变。就题材而言，并不新奇，但由于是亲身经历，叙情绘景，情真景真，"淋漓尽情，笔调高古"（陈祚明《采菽堂古诗选》）。且诗"极写苦寒，原是收拾军士之心，却把自己平生心事写出"（吴淇《六朝选诗定论》）。诗中有"我"，倍觉感人。至于诗中流露出的对士兵的强烈同情，即所谓"犹有悯劳恤下之意"（真德秀《文章正宗》），这在视士卒生命如草芥的当时，即使英雄欺人，亦属难能可贵。方东树说："《苦寒行》不过从军之作，而取境阔远，写景叙情，苍凉悲壮，用笔沉郁顿挫。"（《昭昧詹言》）就风格之沉郁悲壮言，确堪称独步建安诗坛。

步出夏门行

观沧海

解　题

　　本篇《乐府诗集》收入相和歌辞瑟调曲。《步出夏门行》，汉旧曲，详见前《步出夏门行》（邪径过空庐）解题。建安十二年（207），曹操北征乌桓。五月，率军出击；九月，胜利回师。本篇即写其北征归途中的见闻感想。前有"艳辞"（序曲）云："云行雨步，超越九江之皋。临观异同，心意怀游豫，不知当复何从。经过至我碣石，心惆怅我东海。"叙说出征前众人意见分歧及遭大水阻隔而引起的惆怅心情。全篇分《观沧海》《冬十月》《土不同》《龟虽寿》四解。但这"四解"与其他古乐府一章几个层次之"解"似稍有不同，每"解"内容完全独立，故通常视之为一组组诗。《观沧海》原列第一，写登临碣石远眺大海，是古代出现较早的描写自然的名作。沧海，大海，这里指渤海。

【原　文】

　　东临碣石①，以观沧海。水何澹澹②，山岛竦峙③。树木丛生，百草丰茂。秋风萧瑟④，洪波涌起。日月之行，若出其中；星汉灿烂⑤，若出其里。幸甚至哉⑥，歌以咏志⑦。

注　释

　　❶碣石，山名。在今河北昌黎北十五里，主峰离海约十五公里，有巨石矗立山顶，高数十丈，故名。按，旧说谓是《汉书·地理志》所载骊成（今河北乐亭西南）的大碣石山，六朝时沉陷到海面以下。　❷澹澹，水波荡漾的样子。❸竦，同"耸"。峙，屹立。　❹萧瑟，形容秋风吹拂树木发出的声响。　❺星汉，银河。　❻幸，庆幸。至，极。　❼咏志，犹"言志"。《尚书·舜典》：

"诗言志，歌永言。"这两句是乐歌结尾时套语，每解后都有，与正文内容无关。

评 析

　　此为历代传诵的写景名篇。首两句交代观海地点后，即描述眼前实景：海波荡漾，山岛耸立，草木青葱，生机无限。"秋风"两句，由静及动，展现的是另一番景象：阵阵秋风吹来，顿时涌起滔天巨浪。"日月之行"四句，是作者飞驰想象：东升西落的日月，繁星闪烁的银河，似乎就在大海里运行，从波涛中涌出。诗把眼前实景与想象融为一体，准确地抓住最富表现力的事物形象，略貌取神，从大处着墨，"直写其胸中眼中一段笼盖吞吐气象"（钟惺《古诗归》）。像这样通篇景语，在此前从未有过，堪称破天荒之作。

龟虽寿

解 题

　　《龟虽寿》原列第四解，是一首闪烁朴素唯物论和辩证思想的说理诗。

【原 文】

　　神龟虽寿①，犹有竟时②；腾蛇乘雾③，终为土灰。老骥伏枥④，志在千里；烈士暮年⑤，壮心不已⑥。盈缩之期⑦，不但在天。养怡之福⑧，可得永年⑨。幸甚至哉，歌以咏志。

注 释

　　❶神龟，古有"龟号千岁"之说，把龟看作神奇动物。《庄子·秋水》："吾闻楚有神龟，死已三千岁矣。"虽然活到三千岁，仍不免一死，故下句说"犹有竟时"。　❷竟，终，此指死去。　❸腾蛇，传说中一种能兴云驾雾的蛇。《韩非子·难势》："飞龙乘云，腾蛇游雾。"　❹老骥，原作"骥老"，据《诗纪》互

乙。栃，马棚。　❺烈士，胸怀壮志的人。暮年，晚年。　❻不已，不止。
❼盈缩，此指"寿夭"，生命的长短。盈，满。缩，亏。　❽养怡，犹"养和"，
修养身心。　❾永年，长寿。

评　析

　　诗托物说理，以神龟、腾蛇作喻，揭示出世上万物有盛必有衰，有生必有
死的自然规律。中四句是全诗核心，"老骥""烈士"，既是泛写，亦暗比作者本
人"虽暮年而壮心不已"（朱乾《乐府正义》）。据《世说新语·豪爽》载，晋
王敦每酒后辄吟唱这四句诗，"以如意打唾壶，壶口尽缺"，可见其感染力之强。
"名言激昂，千秋使人慷慨"（陈祚明《采菽堂古诗选》）。首尾两解对照读来，
尤可见这位古代英雄叱咤风云的襟怀。诗一扫说理诗常易犯的干巴巴说教之弊
病，寓理于象，寄情于物，使哲理与诗情交汇融合。梁启超评《短歌行》及本
篇说："大抵两汉四言，过于矜严，遂乏诗趣。或貌袭《三百篇》，益成陈腐。
魏武此两篇，以当时五言的风韵入四言，遂觉生气远出，能于《三百篇》外别
树一壁垒。"（《中国之美文及其历史》）

陈　琳

　　陈琳（？—217），字孔璋，东汉广陵射阳（今江苏宝应东北）人。建安七
子之一。早年曾为大将军何进主簿。何进与袁绍等谋召董卓入京尽诛宦官时，
他进言力谏："大兵合聚，强者为雄，所谓倒持干戈，授人以柄，必不成功，只
为乱阶。"（《三国志·魏书·王粲传》）颇有见识。何进被害后，琳归袁绍，曾
为袁绍作檄文斥曹操，并诋毁曹操父祖。袁氏败，曹操爱其才而用之，任司空
军谋祭酒，管记室，迁门下督。陈琳以章表书檄驰誉当时。谢灵运《拟魏太子
邺中集诗八首序》独称其"述丧乱事多"，可惜作品散佚甚多，乐府诗今仅存
《饮马长城窟行》，被视为"可与汉乐府竞爽"（沈德潜《古诗源》）。

饮马长城窟行

解 题

本篇《乐府诗集》收入相和歌辞瑟调曲。汉古辞"青青河畔草"仅"伤良人流宕不归",而未涉及饮马长城题意;后世同题乐府亦大都泛写行役艰苦或思妇相思。此篇则切题直咏,直接取材于秦筑长城事,描摹戍卒的悲惨生活及征夫思妇的相思之情。

【原 文】

饮马长城窟,水寒伤马骨。往谓长城吏①:"慎莫稽留太原卒②。""官作自有程③,举筑谐汝声④。""男儿宁当格斗死⑤,何能怫郁筑长城⑥!"长城何连连⑦,连连三千里。边城多健少,内舍多寡妇⑧。作书与内舍⑨:"便嫁莫留住。善侍新姑嫜⑩,时时念我故夫子⑪。"报书往边地⑫:"君今出语一何鄙⑬!""身在祸难中,何为稽留他家子⑭?生男慎莫举⑮,生女哺用脯⑯。君独不见长城下,死人骸骨相撑拄⑰?""结发行事君⑱,慊慊心意关⑲。明知边地苦⑳,贱妾何能久自全㉑?"

注 释

❶长城吏,监修长城的官吏。 ❷慎,千万。此有表示恳请的语气。稽留,延滞,滞留。太原卒,从太原征调来服役的民工。太原,秦置太原郡,治所在晋阳(今山西太原西南)。 ❸官作,官府的劳作。此指修筑长城。程,期限。❹筑,用以夯实地基的工具,犹今夯土的"夯"。谐汝声,齐声哼唱夯歌。即要戍卒不得妄言,努力筑城。谐,合,谐调。以上两句是官吏的训斥之辞。

❺格斗，短兵相接的搏斗。格，击。　❻怫（fú）郁，心情不舒畅，愤懑。这两句是戍卒的回答。　❼何，多么。连连，绵长不断的样子。　❽内舍，犹言"内室"。寡妇，古时亦可指虽有夫而独居者。顾炎武《日知录》卷三二："寡者，无夫之称，但有夫而独守者，则亦可谓之寡。《越绝书》'独妇山者，句践将伐吴，徙寡妇独山上，以为死士，示得专一'，陈琳诗'边城多健少，内舍多寡妇'是也。"　❾作书，写信。　❿侍，侍奉。姑嫜（zhāng），古时妻称丈夫之母为姑、父为嫜。　⓫故夫子，犹言"前夫"。古时妇女称丈夫为"夫子"。⓬报书，回信。　⓭一何，多么。鄙，粗陋，指不明事理。　⓮他家子，别人家的女子。古时亦可称女子为"子"。此指戍卒之妻。　⓯举，指养育成人。⓰哺，喂养。脯，干肉。　⓱骸骨，尸骨。相撑拄，互相交叉支撑。按，据《水经注》引杨泉《物理论》："秦始皇使蒙恬筑长城，死者相属。民歌曰：'生男慎勿举，生女哺用脯。不见长城下，尸骸相支拄。'其冤痛如此。"这数句正借用秦代民歌。　⓲结发，指成婚。古时成婚之夕，男女共誓束发，后遂用作成婚的代称。事，侍奉。　⓳慊慊（qiàn），心不满足的样子。关，连。　⓴明知，原佚此两字，据《诗纪》补。　㉑自全，指独自活下去。以上四句是妻子再告其夫之语。

评 析

　　此诗写"秦人苦长城之役"，是一首据题立意，意在讽今的"筑城怨曲"（朱嘉徵《乐府广序》）。梁启超氏深赞其"纯然汉人音节"。甚至说："窃疑此为《饮马长城窟》本调，前节所录'青青河畔草'一首，或反是继起之作。辞沉痛决绝，杜甫《兵车行》不独仿其意境音节，并用其语句。"（《中国之美文及其历史》）可谓推崇备至。诗前半部分是戍卒和长城吏的对话，表现被逼筑城的愤激。"长城何连连"四句，是承前启后的转折，引出后半部分戍卒和内舍的书信往来，赞美了劳动人民的高尚爱情。诗略去"作书""报书"的经过，而把两地书中的话语紧紧衔接，既写出他们相隔之远，又把夫妻生离死别的惨淡心理抒写得格外强烈，"无问答之痕，而神理井然"（沈德潜《古诗源》）。诗中五处出现"长城"一词，"生男"四句原是秦时民谣，用以入诗，贴切自然，更给人以强烈的时代感。全诗几乎是将人物对话及书信中的话缀连成章，所谓

"借口言事，作者言在言外"，真乃"古色奇趣，即在汉古辞中亦推上乘"（张玉谷《古诗赏析》）。其形式亦不采用其时流行之五言体，而以"长短句行之，遂为鲍照先鞭"（宋长白《柳亭诗话》），开后世杂言歌行之先声。

王　粲

　　王粲（177—217），字仲宣，东汉山东高平（今山东微山西北）人。汉名公王龚裔孙。十四岁时遭董卓之乱，由洛阳迁居长安。旋又因避董卓余党李傕、郭汜作乱，流寓荆州，依附刘表达十六年之久。其间所作《登楼赋》抒怀才不遇之感，为汉末小赋名作。后归曹操，历任丞相掾、军谋祭酒等职。曹操进魏公，魏国建，授粲侍中。史称"时旧仪废弛，兴造制度，粲恒典之"（《三国志·魏书·王粲传》）。建安二十二年（217），病亡于随曹操东征孙权归邺途中。王粲在建安作家中负有盛名，被誉为"七子之冠冕"（刘勰《文心雕龙》）。钟嵘《诗品》列之于上品，谓"发愀怆之词，文秀而质羸，在曹刘间别构一体"。所作乐府诗苍凉悲慨，颇能反映动乱社会的残破面貌，犹如"天宝乐工，身经播迁之后，作《雨淋铃》曲，发声微吟，觉山川奔迸，风声云气与歌音并至。只缘述亲历之状，故无不沉切"（陈祚明《采菽堂古诗选》）。

七哀诗（二首）

解题

　　唐吴兢曰："《七哀》，起于汉末。"（《乐府古题要解》）《乐府诗集》未收。然其相和歌辞楚调曲中有曹植《怨诗行》（按，即《七哀》"明月照高楼"），《宋书·乐志》楚调《怨诗》亦载："《明月》，东阿王词，七解。"似亦当属相和歌一类。所谓"七哀"，吕向云："谓痛而哀，义而哀，感而哀，怨而哀，耳目闻见而哀，口叹而哀，鼻酸而哀也。"（《六臣注文选》）元李冶《敬斋古今注》、何焯《义门读书记》亦各有说法，然皆臆测之辞。但意指哀思之多则无疑问。王粲《七哀诗》共三首。此选二首，原分列第一、第三。本篇作于初平三年（192），遭李催、郭汜之乱赴荆州途中。

（一）

【原文】

　　西京乱无象①，豺虎方遘患②。复弃中国去③，委身适荆蛮④。亲戚对我悲，朋友相追攀⑤。出门无所见，白骨蔽平原⑥。路有饥妇人，抱子弃草间。顾闻号泣声⑦，挥涕独不还⑧。"未知身死处，何能两相完⑨？"驱马弃之去，不忍听此言。南登霸陵岸⑩，回首望长安。悟彼下泉人⑪，喟然伤心肝⑫。

注 释

　　❶西京，指长安（今陕西西安）。东汉都洛阳，长安在洛阳之西，故称之为西京。　❷豺虎，指董卓余党李催、郭汜等人。方遘患，正在制造祸乱。遘，同"构"。据《三国志·魏书·董卓传》，董卓被司徒王允用计诛杀后，其部将李催、郭汜继续兴兵作乱，"围长安城，十日，城陷"。　❸中国，此泛指北方中原地区。　❹委身，托身、寄身。适，往。荆蛮，指荆州（治所在今湖北襄阳）。荆州本楚国之地，楚本名"荆"；古人又称南方民族为"蛮"，故旧称荆州为蛮荆或荆蛮。时荆州未遭兵祸，荆州刺史刘表又曾就学于粲祖父王畅，故赴荆避难。　❺攀，谓攀拉车辕，表示恋恋不舍。　❻蔽，遮蔽。此句可见其时战乱饥馑造成的惨况。　❼顾，但，只。《礼记·祭统》郑玄注："顾，但也。"一说，顾，回头。　❽挥涕，洒泪、流泪。李善曰："言回顾虽闻其子号泣之声，但知挥涕独去，不复还视也。"（《六臣注文选》）两句写饥妇无奈弃子之状。　❾两相完，两者都得以保全。　❿霸陵，汉文帝刘恒墓，地处长安东南。（见《三辅黄图·陵墓》）岸，高地。　⓫下泉人，指《下泉》诗的作者。刘履曰："下泉人，谓赋《下泉》之诗，而思念周京之治者也。"（《选诗补注》）。《下泉》，《诗·曹风》篇名。《毛诗序》："《下泉》，思治也。曹人……思明王贤伯也。"下泉，即"黄泉"，指地下。　⓬喟（kuì）然，叹息的样子。这四句意为登霸

陵而回望长安，思及汉文帝时之太平治世，从而领悟《下泉》诗作者怀念明君，渴求治世之心情，不由伤心感叹。

评 析

　　此为身处离乱而思治之作。首两句交代其时背景。"乱无象"，是对局势混乱、民不聊生的高度概括，而其形成则是"豺虎"遘患所致，这正是"复弃中国去"之由。王粲本从洛阳流离长安，今又要赴荆，故云"复弃"。"荆蛮"是远离长安僻远之地，特加拈出，以示此番"委身"，情非得已，故亲友追攀，悲伤至极。"出门"以下，具体写"乱无象"，"无所见"，正是为了突出下句"白骨蔽平原"。其时乱军"放兵略长安老少，杀之悉尽，死者狼籍"（《三国志·魏书·董卓传》），此为兵祸；关中饥荒，民众饿死无数，"流入荆州者十万余家"（《三国志·魏书·卫觊传》），此为天灾。累累白骨遍地，正是兵祸天灾造成的惨景，堪称实录。至此，诗人笔锋一转，插入一饥妇弃子悲剧。吴淇曰："兵乱之后，其可哀之事写不胜写，但用'无所见'三字括之，则城郭人民之萧条，却已写尽。复于中单举妇人弃子而言之者，盖人当乱离之际，一切皆轻，最难割者骨肉，而慈母于幼子尤甚。写其重者，他可知矣。"（《六朝选诗定论》）末四句归结到思治。"霸陵者，汉文之所葬也；长安者，汉文之故都也。使在长安者犹汉文也，岂有白骨蔽野、母子不相顾之事，而己亦何至舍弃中国而去哉！故《下泉》伤天下之无主，盖有今日之乱罪累上之意。"（《六朝选诗定论》）方东树评此诗曰："沉痛悲凉，寄哀终古。其莽苍同武帝而精融过之。其才气喷薄，似犹胜子建。感愤而作，气激于中而横发于外，后惟杜公有之。"（《昭昧詹言》）

（二）

【原　文】

　　边城使心悲①，昔吾亲更之②。冰雪截肌肤③，风飘无止期。百里不见人，草木谁当迟④？登城望亭燧⑤，翩翩飞戍旗⑥。行者不顾反⑦，出门与家辞。子弟多俘虏⑧，哭泣无已时⑨。天下尽乐土⑩，何为久留兹⑪？蓼虫不知辛⑫，去来勿与谘⑬。

注　释

❶边城，据《三国志·魏书·武帝纪》载，建安二十年（215）王粲随曹操西征张鲁，五月至金城，十二月自南郑还。所言"边城"，可能即指金城（今甘肃兰州西南）。　❷更，经历。《汉书》颜师古注："更，历也。"　❸截，断。此处有"割""刺"之意。　❹迟，与"治"同，料理。一说，迟与"夷"通，犹"薙（剃）"，除草。颜师古《匡谬正俗》："迟即夷也。"古者迟、夷通用。　❺亭燧，古代筑于边塞的烽火亭。遇有敌情即报警，白天举烟曰燧，夜间举火曰烽。　❻戍旗，驻守边塞军队的旗帜。　❼行者，指出征之人。反，同"返"。　❽子弟，对后辈青年的统称。此似指当地军中之青壮者。　❾已，止。　❿乐土，安乐太平之地。《诗·魏风·硕鼠》："逝将去汝，适彼乐土。"　⓫兹，此，指边城。　⓬蓼虫，生长于水蓼上的一种昆虫。水蓼味苦，但蓼虫不知迁移。楚辞《七谏》："蓼虫不知徙乎葵菜。"王逸注："言蓼虫处辛烈，食苦恶，不能知徙于葵菜，食甘美，终以困苦而癃瘦也。"这里喻指边城人民已为艰难的生活折磨得麻木了。　⓭谘，询问、商量。

评　析

首句"边城使心悲"即点出题旨。接着具体描述"心悲"之原因：其一是环境之荒寒，其二为战争之苦难。曹操军队尽管是所谓"王者义师"。其西征更是一统中原之必要手段，但占领此座"边城"的战争，显然仍使当地民众蒙受巨大苦难。作者将天道（自然）之"悲"与人事（战争）之悲糅合，体现出情与景的交融统一。诗末指出边城民众对此地狱般的生活已然麻木，以反语道出其苦难之深重，令人倍觉心酸。全诗情调悲抑，但笔力相当雄健。方东树曰："'边城'六句，即以实叙论之，何等莽苍雄阔，笔势浩荡。'登城'句，回转抗坠，得画意，笔势飞鸣。后惟杜公有之。"（《昭昧詹言》）诗中所写之景，所抒之悲，皆作者"亲更之"所得，非出诸想象，故而笔无虚落，撼人心魄，"苍凉悲慨，才力豪健，陈思而下，一人而已"（《昭昧詹言》）。

曹　丕

燕歌行

　　作者《燕歌行》共二首，《乐府诗集》收入相和歌辞平调曲。本篇原列第一。清朱乾谓乐府诗题冠以不同地名，是表示此曲"以各地声音为主。后世声音失传，于是但赋风土"。燕地因"地远势偏，征戍不绝，故为此者往往作离别之辞"（《乐府正义》）。

【原　文】

　　秋风萧瑟天气凉①，草木摇落露为霜②。群燕辞归雁南翔③，念君客游多思肠④。慊慊思归恋故乡⑤，君何淹留寄他方⑥？贱妾茕茕守空房⑦，忧来思君不敢忘⑧。不觉泪下沾衣裳。援琴鸣弦发清商⑨，短歌微吟不能长⑩。明月皎皎照我床⑪，星汉西流夜未央⑫。牵牛织女遥相望⑬，尔独何辜限河梁⑭？

注　释

　　❶萧瑟，秋风拂树发出的声响。　❷摇落，凋谢零落。宋玉《九辩》："悲哉秋之为气也，萧瑟兮草木摇落而变衰。"　❸雁，原作"鹄"，据《文选》《玉台新咏》改。　❹思肠，相思愁绪。多思肠，《文选》作"思断肠"。　❺慊慊

(qiàn)，憾恨、空虚的样子。　❻淹留，久留。君何，一作"何为"。　❼贱妾，古代妇女的自我谦称。茕茕（qióng），孤独的样子。　❽不敢忘，不能忘。
❾援，取。琴，原作"瑟"，据《艺文类聚》改。鸣弦，使弦发出声响，即弹奏之意。清商，汉代开始流行的新兴曲调，主要有平调、清调、瑟调等，以悲惋凄清为特色。　❿短歌，音节短促的乐歌。故而谓之"微吟不能长"。微吟，轻声低唱。　⓫皎皎，洁白明亮。　⓬星汉，银河。夜未央，夜深而未尽之时。
⓭牵牛，即河鼓星，在银河南。织女，织女星，在银河北。传说牵牛、织女结成夫妇，为银河所隔，"盈盈一水间，脉脉不得语"（《古诗十九首》）。　⓮尔，指牵牛、织女。辜，罪。限河梁，意为银河之上无桥可通，为此所限。限，险阻。河梁，河上之桥。

评　析

　　此诗笔触委婉细腻，将一个少妇缠绵悱恻的相思情愫刻画入微。诗首两句为凄清秋景，自宋玉首唱"悲秋"，秋景本已易引起人们的悲感，更何况燕雁南归，岂不益发牵动少妇之愁肠。"念君"以下，由景入情。先不说自己思夫，反说丈夫在思乡，"文势一曲"；继而直接倾吐哀怨，又"文势一展"（张玉谷《古诗赏析》）。"援琴"两句写她弹琴作歌，排遣苦闷，然而清商调悲，短歌微吟又有何用呢？诗最后又撇情入景，明月照床，星汉西流，一则暗示时辰迁移，由昼入夜，而少妇之绵绵相思仍难终止；再则引出牵牛、织女隔河遥望，以陪衬她独守空房的悲伤。"尔独何辜限河梁"，是痴问，也是怨叹，更是无限愁绪郁结心头的迸发。诗用思妇口吻，如泣如诉，情景相融，精美和谐，含蕴不尽，"百十二字，首尾一笔不断，中间却具千曲百折，真杰构也"（吴淇《六朝选诗定论》）。王夫之更击节叹赏，称之"倾情、倾度、倾色、倾声，古今无两"（王夫之《古诗评选》）。诗的形式在当时亦极新颖。乐府七言句虽早在西汉《铙歌》中已有所见，《郊祀歌》用得更多，但西汉一代始终未有完整的七言诗。东汉张衡《四愁诗》初具规模，然每段首句均带"兮"字，未脱骚体痕迹。故此诗历来被誉为"七言之祖"（何焯《义门读书记》）。

曹　植

　　曹植（192—232），字子建，沛国谯（今安徽亳州）人。曹操第四子，曹丕同母弟。幼兼习文武，年十余岁即能诵读诗文、论及辞赋数十万言。建安十五年（210）起，居邺下凡八年之久，与曹丕同为邺下文人集团之领袖人物。建安十六年（211），封平原侯，徙封临淄侯。以才学见宠于曹操，几欲立为太子。后因放纵不羁而失宠。建安二十五年（220），曹丕继位后，曹植倍遭猜忌打击，居地迁徙无定。魏明帝时，曾多次上疏求自试，终不允所请。太和三年（229），徙封东阿王；六年，徙封陈王。郁郁无欢，病卒，年四十一。谥思，后世习称"陈思王"。曹植是其时最负盛名的作家，尤以诗歌成就为最高。其乐府诗呈现出一种变化之倾向，大都"事谢丝管"，与一般徒诗并无区别，把乐府诗从音乐的束缚下解放出来。在内容方面亦一变汉乐府重在叙事的传统，专用以抒发个人的情感，表现其强烈的个性和自我形象。诗歌语言融华美精警和清新自然于一体，与汉乐府之质朴自然相比，亦有较大的变化，胡应麟谓其"辞极赡丽，然句颇尚工，语多致饰，视东西京乐府天然古质，殊自不同"（《诗薮·内编》）。

鰕䱇篇

解　题

　　本篇《乐府诗集》收入相和歌辞平调曲。《乐府古题要解》谓曹植以《长歌行》为《鰕䱇》，篇名即取篇首两字。魏明帝太和二年（228），魏将曹休与吴军交战，全军覆没。作者上疏求自试，盼能"乘危蹈险，骋舟奋骊，突刃触锋，为士卒先""虽身分蜀境，首悬吴阙，犹生之年也"（《求自试表》），未获所愿。作者亦知"冒其丑而献其忠，必知为朝士所笑"（《求自试表》），此诗写对世俗之士的蔑视和胸怀壮志而无人理解的苦闷，大约即作于此期间。鰕，即鳝，一种小鱼，常见于溪涧中。一说通"虾"。䱇，即鳝。"鰕䱇"，这里泛指小鱼。

【原 文】

　　鰕鮔游潢潦①，不知江海流②。燕雀戏藩柴③，安识鸿鹄游④。世士此诚明⑤，大德固无俦⑥。驾言登五岳⑦，然后小陵丘⑧。俯视上路人⑨，势利是谋雠⑩。高念翼皇家⑪，远怀柔九州⑫。抚剑而雷音⑬，猛气纵横浮。泛泊徒嗷嗷⑭，谁知壮士忧！

注 释

　　❶潢潦，小水池。潢，积水池。潦，雨后道路上的积水。　❷这两句化用宋玉《对楚王问》"夫尺泽之鲵，岂能与之量江海之大哉"句意。　❸藩柴，篱笆。　❹安识，怎知。鸿鹄，天鹅。这两句从《史记·陈涉世家》"燕雀安知鸿鹄之志哉"化出。　❺此句一作"世士诚明性"。　❻固，必定。无俦，无比。黄节谓此两句意为："诚能明乎上之所云，则游江海不游潢潦，为鸿鹄而不为燕雀，德大无比匹也。"（《曹子建诗注》）　❼驾，驾车。言，语助词，无义。五岳，古五大名山的总称。通常指东岳泰山、南岳衡山、西岳华山、北岳恒山、中岳嵩山（见《史记·封禅书》）。《尔雅·释山》则以南岳为霍山。　❽小陵丘，以陵丘为小。小，用如动词。陵丘，犹丘陵，小山。《孟子·尽心上》："孔子登东山而小鲁，登太山而小天下。"扬雄《法言·吾子》："升东岳而知众山之峛崺也。"这两句犹此意也。　❾俯视，登山而观故曰"俯"。上路人，指奔走仕途之人。　❿势利，权势利益。是，此，指"势利"。谋，图。雠，犹"售"。按，《三国志·魏书·董昭传》载董昭疏："国士不以孝悌清修为首，乃以趋势游利为先，合党连群，互相褒叹。"可见"势利是谋雠"正切中时弊。　⓫高念，崇高意愿。翼，辅助。"翼"字原无，据宋本《曹子建文集》补。　⓬远怀，远大抱负。柔，安定。九州，古代中国分为冀、兖、青、徐、扬、荆、豫、梁、雍九州（见《尚书·禹贡》）。此泛指中国。　⓭"抚剑"句，《庄子·说剑》："诸侯之剑，以知勇士为锋，以清廉士为锷，以贤良士为脊……此剑一用，如雷霆之震也，四封之内，无不宾服而听从君命者矣。"此用其典。　⓮泛泊，

此指世上轻浮游荡之徒。嗷嗷，众口喧杂。《汉书·楚元王传》：“无罪无辜，谗口嗷嗷。”此指小人叽叽喳喳的议论。

评析

　　此诗前半部分设喻比兴，潢潦和江海，燕雀和鸿鹄，五岳和丘陵，相对以出，对比鲜明，褒贬之意，不言自明。后半部分亦用对比手法，但不用兴喻，而是直赋其事。世俗之徒惟谋“势利”，而“翼皇家”“柔九州”，壮士之志何等高远！再次表明作者之褒贬立场。最后“谁知壮士忧”，以反诘作结，一个“忧”字收束全篇，所谓“举世皆浊我独清，众人皆醉我独醒”也，壮士之高蹈独立和爱国激情，于此可见。诗连连设比，多处用典。“笔仗警句，后惟韩公常拟之”（方东树《昭昧詹言》）；而抒慨咏怀，“太冲（左思）《咏史》所自出也”（胡应麟《诗薮·内编》）。

吁嗟篇

解题

　　本篇《乐府诗集》收入相和歌辞清调曲。《乐府古题要解》谓曹植拟《苦寒行》为《吁嗟》。取篇首两字为题。由于曹丕父子的猜忌，作者长期离开国都，置于监国使者的监控之下，且经常改换封地。丁晏说：“《魏志》本传：‘（植）十一年中而三徙都，常汲汲无欢，遂发疾薨。’此诗当感徙都而作也。”（《曹集铨评》）诗借咏蓬草，中述屡遭转徙的痛苦心情。吁嗟，叹词。

【原文】

　　吁嗟此转蓬①，居世何独然②。长去本根逝③，夙夜无休闲④。东西经七陌⑤，南北越九阡。卒遇回风起⑥，吹我入云间。自谓终天路，忽然下沉渊⑦。惊飙接我出，故归彼中田⑧。当南而更北，谓东而反西。宕宕当何依⑨，忽亡而复存⑩。飘飙周八泽⑪，连翩历五山⑫。流转无恒处⑬，谁知吾苦艰。愿为中林草⑭，秋随野火燔⑮。糜灭岂不痛⑯，愿与根荄连⑰。

注　释

❶蓬，菊科植物，秋季开白色球状小花，遇风即离枝飞旋，故称"转蓬"。❷居世，犹"处世"。独然，唯独如此。　❸长去，一直离开。逝，往，去。❹夙夜，犹言"早晚"。休闲，犹言"休息"。《国语·晋语》韦昭注："闲，息也。"　❺陌，和下句"阡"均指田间小路。南北曰阡，东西曰陌。"七陌""九阡"，极言路途之遥。　❻卒，同"猝"，忽然。回风，《尔雅·释天》："回风为飘。"飘，旋风。起，扬起。　❼渊，一作"泉"。按，"泉"，系唐人避高祖李渊讳改，作"渊"是。　❽中田，田中。　❾宕宕，犹"荡荡"。飘忽不定的样子。　❿亡，消失。　⓫飘飙，飞扬不定的样子。八泽，古代八大水泽，即大泽、大渚、元泽、浩泽、丹泽、泉泽、海泽、寒泽。见《淮南子·地形训》。又《尔雅·释地》所载不同，谓是大野、大陆、杨陓、孟诸、云梦、具区、海隅、昭余祁等。　⓬连翩，连续飞翔的样子。五山，指五岳，谓泰山、衡山、华山、恒山、嵩山。两句形容流离播迁，几遍全国各地。　⓭恒处，固定的处所。⓮中林，林中。　⓯燔，焚烧。　⓰糜灭，犹言"糜烂"。《汉书·贾山传》："万钧之所压，无不糜灭者。"糜，原作"麋"，据《诗纪》改。　⓱根荄，《后汉书·鲁恭传》："养其根荄。"章怀注："荄，草根也。"根荄，原作"林叶"，据《诗纪》改。按，作者在《释思赋》《七步诗》中都以"同根"喻骨肉之亲，此处亦然。

评　析

　　蓬草的特点，古人早已注意。《说苑》曰："秋蓬恶于根本而美于枝叶，秋风一起，根且拔矣。"曹操亦云："田中有转蓬，随风远飘扬。长与故根绝，万岁不相当。"（《却东西门行》）作者借蓬草喻象，写徙移无定之苦，确是恰到好处。诗首两句一声叹息、一句反诘，愤然不平之气已然笼罩全篇。接着一连十八句极力铺写转蓬之坎坷经历。"长去"两句，总写"吁嗟"之因。以下四句一层，皆前两句骈行偶句，后接以两单句，层层展开。"经""越""遇""吹""入""下""出""归""亡""存"等一连串动词，将秋蓬"流转无恒处"之意，反复强调，曲折尽致。诚如陈祚明所评："写转蓬飘荡，淋漓生动，笔墨飞舞，千秋绝调。"（《采菽堂古诗选》）作者自黄初二年（221）贬安乡侯，其年改封鄄城侯，四年徙封雍丘，太和元年（227）徙封浚仪，二年复还雍丘，"号则六易，居实三迁，连遇瘠土，衣食不继"（《迁都赋》），流离播迁，道路艰苦，非如此描写岂能尽意。诗末表示甘愿为秋火所焚，只求与根荄相连。痛心之愿，与篇首"吁嗟"之叹、"独然"之愤遥相呼应。此诗通篇用比，托物寄意，以第三人称起咏，随即转为第一人称，蓬即人，人即蓬，物我合一，咏物抒感而不露痕迹。隋王通谓"'萁豆'之吟，'吁嗟'之歌，令人惨不忍读"（李梦阳《评点曹子建集》引）。唯《七步诗》言简意赅，此诗铺写尽致，为托物寄意的上乘之作。

野田黄雀行

解　题

本篇《乐府诗集》收入相和歌辞瑟调曲。黄初元年（220），曹丕即帝位后，即诛杀作者密友和支持者丁仪、丁廙兄弟。朱乾以为此诗为"自悲友朋在难，无力援救而作"（《乐府正义》）。近人黄节据《魏略》所载丁仪被收入狱中之前，曾"对中领军夏侯尚叩头求哀，尚为涕泣，而不能救"（《三国志·魏书·陈思王传》裴注引），提出："诗中少年，疑即指尚。……植为此篇，当在收仪付狱之前，深望尚之能救仪，如少年之救雀也。"（《曹子建诗注》）详诗意，黄节说近是。

【原 文】

高树多悲风，海水扬其波①。利剑不在掌②，结友何须多③！不见篱间雀④，见鹞自投罗⑤？罗家得雀喜⑥，少年见雀悲。拔剑捎罗网⑦，黄雀得飞飞⑧。飞飞摩苍天⑨，来下谢少年。

注 释

❶扬，掀起。　❷利剑，比喻权柄。　❸结友，一作"结交"。　❹不见，这里是"难道没有看见"之意。　❺鹞（yáo），一种像鹰而体较小的猛禽。自投罗，谓雀见鹞而惊慌失措，自投罗网。　❻罗家，张设罗网之人。　❼捎，削拂、挑破之意。　❽得，能够。飞飞，形容雀飞轻快之状。　❾摩，迫近，接触。按，汉铙歌《艾如张》有"山出黄雀亦有罗，雀以高飞奈雀何"句，此段似受其影响。

评 析

此诗十二句，前四句比兴象征，后八句寓言寄托，比较隐晦曲折，当同面对曹丕的无情打击，作者亦身处危境有关。吴汝纶评前四句说："高树句，言高位者竟为不善也；海水句，言天下骚动也；利剑句，言己无权，不能去恶也；结友句，言同心虽多，而无益也。"（《汉魏乐府风笺》引）似乎过于坐实，但作者在借自然景象暗示政治形势凶险，抒写手无权柄而无法援救友人的悲愤，则毫无疑义。后八句叙说一少年救雀故事，显然希冀有力者为之营救。诗的基调虽属忧伤，但感情由篇首的悲慨一转而为企盼，篇终处更见亢奋，使之波澜起伏。"不见"两字，承前启后，衔接自然，"尤妙在平叙中入转一结，悠然如春风之微歠"（王夫之《古诗评选》）。末两句"以雀知感谢，为人必知恩写影，而己之不能如此，更不缴明，最为超脱"（《古诗赏析》），结尾悠悠不尽。

傅　玄

　　傅玄（217—278），字休奕，魏晋间北地泥阳（今陕西铜川耀州区东南）人。少孤贫，潜心于学。魏末，举为秀才，历任郎中、安东参军、弘农太守等职。咸熙元年（264），封鹑觚男，次年任散骑常侍。司马炎代魏称帝，傅玄进爵为子。曾上疏言：“近者魏武好法术，而天下贵刑名；魏文慕通达，而天下贱守节。”（《晋书·傅玄传》）后又上疏议尊儒术。累迁至侍中、司隶校尉等职。玄天性峻急，敢于直言。每有奏劾，或值日暮，常衣冠端坐，不寐待旦，“贵游慑伏，台阁生风”（《晋书·傅玄传》）。善属文，工音律。晋初庙堂乐章多出其手。所作诗亦大都用乐府体，“长于乐府而短于古诗”（沈德潜《古诗源》）。玄对妇女抱有较大同情，乐府涉及妇女题材最多。叙事诗较有特色。语言质朴雄健，部分作品又清丽婉转，与同时作家之妍丽雕琢，颇异其趣。其形式在时人流行之五言外，兼用当时较少使用的四言、六言、七言、杂言及楚辞体。是有晋一代最致力于乐府诗创作的作家之一。

豫章行苦相篇

解　题

　　本篇《乐府诗集》收入相和歌辞清调曲。汉古辞写豫章山上白杨遭人砍伐，根株分离，是悲剧性的内容。本篇即用旧曲写妇女所遭受的不幸命运。所谓“苦相”，本指预兆命苦之长相。此处则谓凡女子皆“苦相”，揭露了封建时代男女不平等的事实。

【原　文】

　　苦相身为女，卑陋难再陈①。男儿当门户②，堕地自生神③。雄心志四海，万里望风尘。女育无欣爱④，不为家所珍。长大逃深室，藏头羞见人。垂泪适他乡⑤，忽如雨绝云⑥。低头和颜色⑦，素齿结朱唇⑧。跪拜无复数，婢妾如严宾⑨。情合同云汉⑩，葵藿仰阳春⑪。心乖甚水火⑫，百恶集其身。玉颜随年变⑬，丈夫多好新。昔为形与影，今为胡与秦⑭。胡秦时相见，一绝逾参辰⑮。

注 释

❶陈，陈说。　❷当门户，主持门户。　❸堕地，指出生。　❹育，养育。❺适，往，此处指出嫁。　❻雨绝云，雨点离开云层，比喻女子出嫁后很难再回娘家。　❼和颜色，犹"和颜悦色"。　❽素齿，洁白的牙齿。结朱唇，指闭口不语。朱唇，女子的红唇。　❾这句是说，对夫家的婢妾也要像对待贵客那样恭敬。　❿云汉：银河。这句说与丈夫感情好时如同牛郎织女相会银河时那样欢洽。　⓫葵藿，这里单指葵，葵性向日。阳春，春天的太阳。这句比喻女子仰赖丈夫，有如葵藿仰赖太阳。　⓬乖，背离。甚水火，甚于水火之不相容。　⓭玉颜，美丽的容貌。　⓮胡，古代对北方少数民族的统称。秦，古代西域人称中国为秦。古人常以"胡秦"比喻相隔遥远，关系疏淡。《别诗》："昔者常相近，邈若胡与秦。"　⓯绝，隔绝。逾，超越。参辰，参星在西方，辰星在东方，此升彼落，古时常用以喻指彼此永难相见。

评 析

　　妇女题材，本是汉魏乐府常见之重要内容，但常常仅止于弃妇怨女哀怨的申诉。此诗跳出窠臼，从妇女的社会地位着眼，通过描写女子出生、成长、婚嫁，乃至婚后生活的整个过程，将笔触直指被视为天经地义的"男尊女卑"问题，道出前人所未道的新意。慧眼独具，令人耳目一新。此诗在艺术上有两个显著特点。一是通篇以女子口吻自述，作者并不发表议论，将思想倾向和批判锋芒蕴藏于哀怨动人的陈述之中。二是大量运用比喻抒情述意："忽如雨绝云"，比喻女子出嫁犹如与家人诀别；"婢妾如严宾"，说明妇女在婆家地位之低下；"情合同云汉"，用牛郎织女相见比喻欢爱之难得与短暂；"葵藿仰阳春"，喻指女子对丈夫的仰赖……以及使用"水"与"火"、"形"与"影"、"胡"与"秦"、"参"与"辰"等一连串比喻词语，使得诗歌语言极为生动形象。

石　崇

石崇（249—300），字季伦，晋渤海南皮（今属河北）人。生于青州，故小名齐奴。初入仕为修武令，有政绩，迁阳城太守。太康元年（280），以伐吴有功，封安阳乡侯。累迁至散骑常侍、侍中。晋惠帝时，出任荆州刺史。尝劫掠远使商客，获至巨富。后又拜太仆。崇在洛阳南郊金谷涧建有别业，清泉茂林、鱼池土窟，穷极奢侈。元康八年（298），一度免职。旋复拜卫尉卿。永康元年（300），赵王伦政变。崇有歌妓绿珠，伦嬖人孙秀使人求之，崇不与。秀乃劝伦诛崇。崇亦与潘岳、欧阳建等谋图杀伦，事泄被害。今仅存诗九首，其乐府《思归引》《王明君》，"情质未离，不在潘陆下"（王世贞《艺苑卮言》）。

王明君

解　题

本篇《乐府诗集》收入相和歌辞吟叹曲。王明君，名嫱，字昭君。因触晋文帝司马昭之讳，故晋人改"昭"为"明"。据《旧唐书·音乐志》："汉人怜其远嫁，为作此歌。晋石崇妓绿珠善舞，以此曲教之，而自制新歌。"可见此诗乃石崇依汉曲所作之新辞，系借古题咏古事之类。昭君出塞，以今人之眼光看或许是促进民族和睦之举，但在民族矛盾日趋尖锐的西晋后期，诗人将其作为一悲剧来写，亦有其理由。内容虽有想象的成分，但大抵没有跳出《汉书·匈奴传》的记载。

【原　文】

　　我本汉家子，将适单于庭①。辞诀未及终②，前驱已抗旌③。仆御涕流离④，辕马悲且鸣⑤。哀郁伤五内⑥，泣泪沾朱缨⑦。行行日已远，遂造匈奴城⑧。延我于穹庐⑨，加我阏氏名⑩。殊类非所安⑪，虽贵非所荣。父子见陵辱⑫，对之惭且惊。杀身良不易⑬，默默以苟生⑭。苟生亦何聊，积思常愤盈。愿假飞鸿翼⑮，乘之以遐征⑯。飞鸿不我顾⑰，伫立以屏营⑱。昔为匣中玉，今为粪上英⑲。朝华不足嘉⑳，甘与秋草并。传语后世人，远嫁难为情。

注　释

　　❶适，往，去。单于（chányú），汉时匈奴君主的称号。　❷辞诀，告辞诀别。　❸前驱，队伍前的仪仗队。抗旌，举起旗帜，意指启程出发。曹植《应诏》："前驱举燧，后乘抗旌。"　❹仆御，仆从和驾车者。涕，泪。流离，泪流满脸的样子。　❺辕马，驾车之马。辕，车前驾牲口用的直木。悲且鸣，一作"为我鸣"。　❻伤五内，形容极度悲伤。五内，五脏。　❼朱缨，红线织成的冠带。　❽造，到，至。　❾延，引。穹庐，今俗称"蒙古包"。　❿加，加封。阏氏（yānzhī），汉代匈奴王后的称号。　⓫殊类，异类，此指匈奴与汉族不是同一民族。　⓬见陵辱，遭受欺凌侮辱。据《汉书·匈奴传》载，昭君嫁呼韩邪单于，"呼韩邪死，雕陶莫皋立，为复株累若鞮单于……复妻王昭君"。按，此为其时匈奴之风俗。　⓭良，诚。　⓮苟生，苟且偷生。　⓯假，借。　⓰乘，原作"弃"，据《文选》改。遐征，远行。　⓱顾，看，视。　⓲伫立，久久站立。屏营，惶恐彷徨。　⓳英，花朵。　⓴华，同"花"。嘉，一作"欢"。

评　析

　　西晋一代，故事乐府颇盛行，此诗就是名篇之一。诗末云"传语后世人，远嫁难为情"，是主题所在。首层八句，写昭君辞别故国。辞诀未终，前驱已行，见逼迫催促之意。仆御、辕马，侧面衬托。"哀郁"两句，正面描绘，"叙述中见书法，便有无限感慨"（萧涤非《汉魏六朝乐府文学史》），句句突出出塞之悲。次层十二句，写昭君至匈奴后的遭遇。"殊类"两字挑明虽荣犹辱之意。"父子见陵辱"，是以汉人眼光视匈奴"子承父妻"之习俗，不足深怪。此层叙说，均见史载，然一经点染，昭君生不如死之痛，溢于言表。最后一层写昭君故国之思。凭借鸿雁，飞回汉家，设想奇警，画面凄清而意象贴切。"匣中玉""粪上英"，"朝华""秋草"，组合对比，思昔抚今，情何以堪！诗用昭君自述口吻，如泣如诉，唱叹迂徐，充分发挥乐府诗长于叙事之特点。"将明君远嫁心事，曲曲描绘，乌孙公主之歌，转觉直而少致。"（王文濡《历代诗评注读本》）

陆　机

　　陆机（261—303），字士衡，晋吴郡华亭（今上海松江）人。出身江南高门贵族，祖父陆逊、父陆抗都是维系吴国社稷的重臣。晋灭吴后，他闭户读书近十年之久，太康十年（289），与其弟陆云一起被征入朝，赴晋都洛阳。深受张华推重，至谓"伐吴之役，利获二俊"（《晋书·陆机传》）。元康元年（291），任太子洗马，四年，为吴王晏郎中令。六年，入为尚书中兵郎，转殿中郎。后卷入司马氏王室之乱，先后为赵王伦、成都王颖任用。颖以机参大将军军事，授平原内史，故后世称"陆平原"。太安二年（303），为颖统军讨伐长沙王司马乂，兵败，被仇家诬陷而死。临刑叹曰："欲闻华亭鹤唳，可复得乎？"时年四十三。士卒痛之，皆为流涕。陆机在西晋文名卓著，有实践，又有理论。其《文赋》在批评史上有不朽的价值。论诗强调缘情绮靡、遣词妍丽。钟嵘《诗品》列其诗入上品，誉为"太康之英"。所作乐府诗语言精雕细琢，讲究骈偶，表现出在艺术上追求创新的精神。这种风格很能一新耳目，故备受推崇。何焯谓其乐府诗沉着痛快，可以直追曹王。（《义门读书记》）刘熙载至云："金石之音、风云之气，能令读者惊心动魄，虽子建诸乐府，且不得专美于前，他何论焉！"（《艺概·诗概》）但其诗内容比较贫乏，且多数作品，一意奉古，"踵前人步伐，不能流露性情”（黄子云《野鸿诗的》），则是其不足。誉之者有溢美之嫌。

猛虎行

解 题

　　《猛虎行》，汉乐府旧题。本篇《乐府诗集》收入相和歌辞平调曲。东吴亡后，作者退居旧里，闭门读书达十年之久。太康十年（289）应诏赴晋都洛阳。此诗描写旅途艰辛，野食露宿之困苦，感叹自己未能高尚其志、坚持操守，因而从俗沉浮。大约作于赴洛途中。

【原 文】

　　渴不饮盗泉水①，热不息恶木阴②。恶木岂无枝？志士多苦心③。整驾肃时命④，杖策将远寻⑤。饥食猛虎窟，寒栖野雀林⑥。日归功未建⑦，时往岁载阴⑧。崇云临岸骇⑨，鸣条随风吟⑩。静言幽谷底⑪，长啸高山岑⑫。急弦无懦响⑬，亮节难为音⑭。人生诚未易，曷云开此衿⑮？眷我耿介怀⑯，俯仰愧古今⑰。

注 释

　　❶盗泉，古泉水名，故址在今山东泗水东北。《尸子》曾载孔子“过于盗泉，渴矣而不饮，恶其名也”。　❷阴，通“荫”。　❸这两句意谓恶木虽亦有枝叶可以遮阳，但志士自有不愿在其下歇息之苦心。　❹整驾，驾车出行。肃，敬。时命，其时国君之命。　❺杖策，犹言“挥鞭”。寻，探求。　❻这两句反用《猛虎行》汉古辞“饥不从猛虎食，暮不从野雀栖”语意，谓己迫于饥寒，不容选择。　❼日归，日暮，日落。　❽岁载阴，岁暮。阴，指秋冬之日。载，语助

词，无义。这两句感叹岁月蹉跎，功名未就。　❾崇，高。骇，起。　❿鸣条，风中萧瑟作声的树枝。　⓫静言，此即"静思"之意。《诗·邶风·柏舟》："静言思之。"言，本为语助词，无义。　⓬啸，撮口发声，音长而清越，魏晋人喜此。　⓭急弦，绷得很紧的弦。懦响，柔缓的乐声。　⓮亮节，音色响亮高亢的节。节，乐器名，蒙以皮革，歌唱时敲击之以为节奏。按，节声响亮高亢，则歌者不易与之配合，故云"难为音"。比喻节操高尚者难以为众人理解。　⓯曷，同"何"。云，语助词，无义。衿，同"襟"。开衿，犹言"开怀"。　⓰眷，顾。耿介，正直。　⓱俯仰，低头抬头，指瞻古观今。

评 析

《猛虎行》汉古辞写人生当"谨于立身"，此诗在立意上承此生发，仿效古辞格局，以"盗泉""恶木"双起比兴，而单承以"恶木"，引出志士当坚持操守之"苦心"，作为全诗之基调。而后夹叙夹议，叙说自己被召赴洛，投身官场，违背初心的矛盾复杂心情。"肃时命"，谓赴洛并非本意，乃迫于王命；"猛虎窟""野雀林"，明写旅途而暗喻晋室之混浊和政局之险恶，这两句由汉古辞化出，而"反古词之意"（何焯《义门读书记》）。"日归""时往"，见得岁月消逝而事业无成；"崇云""鸣条"，衬托行人心绪之悲凉凄伤。静言幽谷，长啸高山，忧心悄悄，感慨万千，写景叙事，情景交融，而作者之彷徨苦闷之形象恍如在目。诗末以"耿介怀"应前志士之"苦心"，首尾衔接，而归结到一个"愧"字，以突出有负平生抱负的惭疚之情。作者身为东吴姻亲重臣之后，投身晋室，势非甘心，但为了建立功业，却又不得不如此，此乃其真正的"苦心"之所在。诗一波三折，临路迟回，矛盾彷徨，只缘于此。乐府诗大都以质朴见长，此诗语言凝练，声调铿锵，在乐府中确是别具一格。

陶渊明

陶渊明（约365—427），一名潜，字元亮。晋宋间浔阳柴桑（今江西九江）人，东晋名臣陶侃曾孙。早年丧父，家道衰落，母孟氏为名士孟嘉之女。潜闲静少言，喜饮酒而不慕荣利，自谓好读书而不求甚解。东晋孝武帝太元十八年（393），任江州祭酒。因不堪吏职，自免归。又先后任荆州刺史桓玄属吏、刘裕幕镇军参军、刘敬宣幕建威参军等职，时间均不长。晋安帝义熙元年（405）任彭泽令，仅在官八十余日，即以"我岂能为五斗米，折腰向乡里小儿"为由弃官还乡。隐居躬耕二十余年。刘宋时曾召为著作郎，拒不就。渊明志行高洁，鄙弃富贵，有长期的农村生活实践。其诗"语造平淡而寓意深远，外若枯槁，中实敷腴"（宋李公焕《笺注陶渊明集》引曾纮语），为古代田园隐逸诗派之开创者。因诗风迥异流俗，不为当时崇尚骈俪的诗坛重视，钟嵘《诗品》仅将其列入中品。入唐始影响增大，至宋而崇陶之风臻于极点。苏轼至云："质而实绮，癯而实腴，自曹、刘、鲍、谢、李、杜诸人，皆莫及也。"乐府非其所长，然《挽歌》三首，自出机杼，"固神到之笔也"（陈祚明《采菽堂古诗选》）。

挽歌（三首）

解 题

《挽歌》，《文选》《初学记》作《挽歌诗》，《陶渊明集》作《拟挽歌辞》。《乐府诗集》收入相和歌辞相和曲。共三首。"荒草何茫茫"为第一首，陶集则列为第三。今从陶集。汉乐府《薤露》《蒿里》皆丧歌，即挽歌。而以挽歌作题名则始于魏缪袭。晋陆机《挽歌》云："中闱且勿喧，听我《薤露》诗。"则《挽歌》即汉之《薤露》无疑。陶《挽歌》三首写其生死之际的达观心理。其另有《自祭文》作于宋文帝元嘉四年（427）九月（按，陶是年十一月卒），《挽歌》有"严霜九月中，送我出远郊"语，大约同时所作。

（一）

【原文】

有生必有死，早终非命促①。昨暮同为人，今旦在鬼录②。魂气散何之③，枯形寄空木④。娇儿索父啼，良友抚我哭。得失不复知，是非安能觉⑤。千秋万岁后，谁知荣与辱。但恨在世时，饮酒恒不足⑥。

注 释

❶早终，早死。命促，短命。此言生死属于自然之事，早死亦非短命。❷在鬼录，名登鬼录，指死。鬼录，迷信所谓阴间记录死人的簿册。曹丕《与吴质书》："观其姓名，已为鬼录。"　❸魂气，魂灵。一作"魂魄"。《礼记·郊特牲》："魂气归于天，形魄归于地。"散何之，作者认为人死则魂散。何之，何处去。　❹枯形，指尸体。形，体。空木，指棺材。　❺觉，知晓，明白。　❻恒不足，常不得满足。一作"不得足"。

评 析

古人云"死生亦大矣，岂不痛哉"（王羲之《兰亭集序》）。送葬伤逝的挽歌，自然都是悲痛之调。但陶渊明这三首《挽歌》，尽管是自挽，却表现出一种异乎寻常之勘破生死的达观。第一首总述其对生死的看法。"有生必有死"，即使早死亦非"命促"，这堪称三首诗之总纲，亦是作者之生死观。作者否定灵魂之说，认为人死后"魂气"消散，唯有"枯形"寄放于棺木之中，任是儿啼友哭，死者全然毫无知觉；"是非""荣与辱"，更是一概不再知晓。这既是对生前争名争利之芸芸众生的讥嘲，也是对自己返璞归真，追求田园自由生活的肯定。正因此，"但恨在世时，饮酒恒不足"，就同晋张翰"使我有身后名，不如即时一杯酒"的消极放纵有本质区别。

（二）

【原文】

在昔无酒饮，今但湛空觞①。春醪生浮蚁②，何时更能尝③？肴案盈我前④，亲戚哭我傍⑤。欲语口无音，欲视眼无光。昔在高堂寝，今宿荒草乡。荒草无人眠，极视正茫茫⑥。一朝出门去⑦，归家良未央⑧。

注 释

❶但，一作"旦"。湛空觞，谓酒杯中注满了酒。　❷春醪（láo），犹言"春酒"，春天新酿熟的酒。古时大抵秋后开始酿制酒，至次年春天酒熟。浮蚁，酒酿熟后，有糟沫浮在酒面，谓浮蚁。张协《七命》："浮蚁星沸。"　❸这句是说，春醪虽好，已是明年之事，不能再喝到了。　❹肴案，置放菜肴之案几。谓祭奠物。盈，满。一作"列"。　❺亲戚，一作"亲旧"，一作"亲朋"。　❻茫茫，茂盛的样子。此形容荒草之茂。按，这二句《陶渊明集》无。　❼出门去，指棺木运出家门。　❽归家，一作"归来"。良未央，永无归家之时。

评 析

　　第二首写生前与死后之变化。在作者看来，变化不过两端而已。一是平昔喜欢饮酒而无酒，如今面对丰盛的祭奠之物却不能品尝，岂不令人遗憾？二是平昔宿息家舍，如今将栖坟场，一朝灵柩出门，永无归家之日。鲁迅说："陶潜总不能超于尘世，而且，于朝政还是留心，也不能忘掉'死'。"（《魏晋风度及文章与药及酒之关系》）所言甚是。但观其生死之际，仅述此两端，可见于死确亦十分淡然，并不曾芥于胸怀，所谓"于属纩之际，犹能作此达语，非平生有定力定识，乌能得此"（温汝能《陶诗汇评》）。

（三）

【原 文】

荒草何茫茫，白杨亦萧萧①。严霜九月中②，送我出远郊。四面无人居，高坟正嶕峣③。马为仰天鸣④，风为自萧条⑤。幽室一已闭⑥，千年不复朝。千年不复朝，贤达无奈何⑦。向来相送人⑧，各自还其家⑨。亲戚或余悲，他人亦已歌⑩。死去何所道，托体同山阿⑪。

注 释

❶萧萧，象声词，此状风吹白杨之声。汉古诗："白杨何萧萧，松柏夹广路。"　❷严霜，浓霜，凛冽的霜。　❸嶕峣，高耸的样子。　❹此句原作"鸟为动哀鸣"。注云："一作'马为仰天鸣'。"《文选》《陶渊明集》均作"马为仰天鸣"，据改。　❺此句原作"林风自萧条"，《文选》《陶渊明集》均作"风为自萧条"，据改。萧条，寂寞冷落。　❻幽室，谓墓穴。　❼贤达，有才能声望之人。　❽向来，刚才。　❾此句原作"各以归其家"，《文选》"以"作"已"，李公焕《笺注陶渊明集》作"各自还其家"，据改。　❿亦已歌，已在歌唱（不再悲哀）。《论语·述而》："子于是日哭，则不歌。"孔子参加丧礼，归后则一日不歌。此反用其意。　⑪这句意为将身体托付自然，使之化为尘土，如同山下之泥土。

评 析

　　第三首写殡送场景及作者感慨。荒草、白杨，古代墓地常见之植物映衬出凄凉的意味。茫茫、萧萧，均为蕴有强烈感情色彩的形容词，前加上"何""亦"两字，以感叹出之，益发增添了深深的悲哀气氛。"严霜九月"，乃万物凋零之时；"远郊"，点出地点之僻远。四周空空寂寂，一座高坟耸起，正是殡葬之地。"马为"两句写殡葬队伍，马儿仰天悲嘶，风声萧索凄伤，虽未直接写人，而送葬者的悲哀之情已历历自现。墓穴一闭，幽明永隔，"幽室"两句为殡送场面作一小结。后八句由殡送而引出感慨。殡送者适才还沉浸于悲哀之中，然各自归家不过片刻，亲戚或有余悲，他人已然高歌。不过这并非作者的愤激不满之语，而是客观冷静地写出人生的真实，故诗以达语收束全篇。三首挽歌，内容各有侧重但又浑然一体，联系紧密，过渡自然。第一首结尾处拈出"酒"字，次首即以"酒"叙起。第二首末云一朝出门，永无返日，第三首开头即写殡送。三首诗以"有生必有死"启端，终结以"托体同山阿"，首尾照应。语言平淡自然，犹如亲朋闲聊，似乎信口道出，却是针脚细密，绘情绘声，历历在目。至于诗中所述之观点，在佛教因果轮回之说泛滥，神不灭论盛行之世，尤为难能可贵。"挽歌"一体，魏晋以降虽时有撰作，但皆撰作于闲暇宴游，是相率而为的放诞之举，而陶诗却是其"将辞逆旅之馆，永归于本宅"（陶渊明《自祭文》）前夕的临终之作，至情真性，孰能企及？千古以来，一人而已。

鲍　照

放歌行

解题

本篇《乐府诗集》收入相和歌辞瑟调曲。《歌录》："《孤子生行》，亦曰《放歌行》。"（《乐府诗集》引）《孤子生行》即《孤儿行》，汉乐府旧题。此诗讽刺时人奔竞钻营仕宦之风，感叹时不我知。《鲍参军集》作《代放歌行》。代，摹拟。

【原文】

蓼虫避葵堇①，习苦不言非②。小人自龌龊③，安知旷士怀④。鸡鸣洛城里⑤，禁门平旦开⑥。冠盖纵横至⑦，车骑四方来。素带曳长飙⑧，华缨结远埃⑨。日中安能止，钟鸣犹未归⑩。夷世不可逢⑪，贤君信爱才⑫。明虑自天断，不受外嫌猜。一言分珪爵⑬，片善辞草莱⑭。岂伊白璧赐⑮，将起黄金台⑯。今君有何疾，临路独迟回⑰？

注 释

❶蓼虫，寄生于蓼草的一种小虫。蓼，水生植物，一名小蓼，味辛辣。葵董，即葵，一种甘甜之植物。　❷习苦，习惯于苦味。不言非，意指不以其为苦。《艺文类聚》引作"良可哀"。按，蓼虫，兴喻下"旷士"不以仕宦为乐。一说，首二句以蓼虫生来不识甘味比小人不知旷士的高尚（余冠英《乐府诗选》）。按，李榕村说："若以蓼虫、小人指冠盖车骑者，则浅露无味矣。盖即末句所谓临路迟回之人也。"（《鲍参军集注》引）　❸自，本。龌龊，局促而狭小，此指目光短浅，胸怀卑琐。　❹旷士，旷达之士。　❺洛城，洛阳。东汉、西晋之都城。此泛指京城。　❻禁门，宫门。平旦，平明，天刚亮时。　❼冠盖，冠冕车乘，指代官吏。下句"车骑"同。纵横，交错之意，与下句"四方"呼应。　❽素带，白绢缝制的大带，束于腰间，一端下垂。《南齐书·舆服志》："素带广四寸，朱里，以朱绿褝饰其侧，要中以朱，垂以绿，垂三尺。"此泛指贵人服饰。长飙（biāo），长风。与下句"远埃"互文，形容车骑疾驰。　❾华缨，彩色冠缨。古代仕宦者的冠饰。　❿钟鸣，指夜深。崔寔《正论》："永宁（汉安帝年号）诏曰：钟鸣漏尽，洛阳城中不得有行者。"　⓫夷世，太平之世。⓬信，诚。　⓭分珪爵，谓授官赐爵。珪，"圭"的古字，一种上尖下方的玉制品。古代封爵授土时，赐圭以为信物，后因以指官位。爵，爵位，古爵位分五等。　⓮草莱，喻指民间。辞草莱，谓离开山野入朝为官。按，两句互文。《文选》李周翰注："士有一言合理，片善应时，则必分珪与之，使辞去草莱。"⓯伊，犹"惟"。璧，圆形玉制品。　⓰黄金台，战国时代燕昭王励精图治，筑高台，上置千金，招揽天下贤能之士，见《战国策·燕策》。　⓱迟回，迟疑徘徊。

评 析

此为一首绝妙的政治讽刺诗。蓼虫避开葵董，兴旷士不羡宦达。拉出"小人"作陪，谓其"自龌龊"，蔑视之意，显而易见。后文即针对此而穷形极相之。先述小人"龌龊"之行。"冠盖""车骑",点明此辈身份,"纵横至""四方来",形容其人数之多;"鸡鸣""平旦""日中""钟鸣",以时间为线索贯穿八句,以见其奔竞之热。虽未着一字褒贬,却已"写尽富贵人尘俗之状"(沈德潜《古诗源》)。后写小人"龌龊"之言。口口声声,不离仕宦;劝诱夸说,无非富贵。其实,南朝依然极重门阀,一般寒门子弟,根本没有机会获得高位,所谓贤君爱才,"一言""片善"皆可蒙受皇恩云云,直是无稽之谈,而出诸"小人"之口,岂非更其可笑!诗末两句写"小人"洋洋得意之余嘲笑诘问旷士,而诗也就此结束。王壬秋说:"末无答语,竟住,所以妙。"(《鲍参军集注》引)"所以妙"者,是因为起首"安知旷士怀"句实已作答,更不必赘言。作者锐意进取,志在功业,惜乎为门阀所限,"极言富贵,斥讥蓬虫,盖愤懑反言"(方东树《昭昧詹言》)。全诗明褒暗贬,正意反说,幽默深刻,味蕴言外。

代东武吟

解　题

本篇《乐府诗集》收入相和歌辞楚调曲。据《文选》左思《齐都赋》注:"《东武》《太山》,皆齐之土风。弦歌、讴吟之曲名也。"本为流传齐鲁一带歌曲,后用作乐府曲题。此诗写一老军人征战一生,功成无赏,揭露封建统治者的刻薄寡恩。代,摹拟之意。东武,泰山下小山名。在今山东泰安。

【原　文】

主人且勿喧①,贱子歌一言②。仆本寒乡士③,出身蒙汉恩④。始随张校尉⑤,召募到河源⑥。后逐李轻车,追虏出塞垣⑧。密涂亘万里⑨,宁岁犹七奔⑩。肌力尽鞍甲,心思历凉温。将军既下世⑪,部曲亦罕存⑫。时事一朝异,孤绩谁复论⑬?少壮辞家去,穷老还入门。腰镰刈葵藿⑭,倚杖牧鸡豚⑮。昔如鞲上鹰⑯,今似槛中猿⑰。徒结千载恨,空负百年怨。弃席思君幄⑱,疲马恋君轩⑲。愿垂晋主惠⑳，不愧田子魂㉑。

注　释

❶主人，指听者。此诗用自述说唱口吻，故称。喧，闹。　❷贱子，说唱者自称。按，两句为其时民间说唱常用开头语，如汉古诗："四座且莫喧，愿听歌一言。"　❸仆，谦称，我。　❹蒙，受。　❺张校尉，指张骞。曾以校尉之职佐卫青北征匈奴。　❻河源，黄河源头。　❼李轻车，指李广从弟李蔡，官轻骑将军，击匈奴有功。　❽塞垣，泛指边城。　❾密涂，犹言"近路"。涂，通"途"。亘，竟。　❿宁岁，指太平岁月。　⓫下世，去世。　⓬部曲，汉军队编制名称，大将军领五部，部下有曲。此处泛指部下。　⓭孤绩，独有的功绩。　⓮刈（yì），割。葵藿，此泛指农作物。葵，蔬菜名。藿，豆叶。　⓯豚，小猪。　⓰韝（gōu），皮革制的臂套，打猎时用以护臂，停息猎鹰。　⓱槛，牢笼。　⓲弃席，用晋文公典故。《韩非子·外储说左上》载，晋公子重耳离国流浪二十余年，后将返国为君，路经黄河，下令抛弃笾豆（盛食物之竹器）、席蓐，并让手足长茧、脸色发黑之人走在后面。其手下功臣咎犯劝谏曰："笾豆所以食也，席蓐所以卧也，而君捐之；手足胼胝、面目黧黑，劳有功者也，而君后之。今臣有与在后，中不胜其哀。"重耳十分惭愧，便收回前令。《淮南子·说山训》："文公弃荏席，后黴黑，咎犯辞归。"后因以"弃席"喻指被遗忘之功臣。幄，帐幕。　⓳疲马，《韩诗外传》载，田子方（战国魏人）见路边有一老马无人看管，问御者马之来历，御者说是公家之马，老病无用，故丢在外边不再喂养。田子方说："少尽其力而老弃其身，仁者不为也。"就买下此马带回家喂养。轩，古代一种有帷幕的车，供大夫以上官员乘坐。　⓴晋主，即指晋公子重耳，后为晋文公。　㉑这句谓不愧对田子方在天之灵。一说，魂，通"云"，谓不愧对田子方所说之言。

评　析

　　这首反映边塞军旅之作，不是描写激烈的战争，而是叙说一个老军人的坎

坷遭际，开启了边塞诗中一个全新的题材。后世如唐王维《老将行》与杜甫的
《前出塞》《后出塞》诸作，都受到此诗之影响；而王昌龄《代扶风主人答》，
更是直接得益于此诗。诗首两句采用民歌常用开头，一下子就拉近了与读者的
距离。接着历述其贫寒出身、征战艰苦，以及因主帅去世而功高不赏，只落得
穷老归乡、无依无靠的经历。虽以时间为序，略显平直，但由于选择事例典型，
加上典故及对比手法的恰当运用，颇富感染力。正如王夫之所说："中间许多情
事，平叙初终，一如白乐天歌行。……而言者之平生，闻者之感触，无穷无方，
皆所含蓄。"（王夫之《古诗评选》）

谢　朓

玉阶怨

解题

本篇《乐府诗集》收入相和歌辞楚调曲。相传汉成帝妃班婕妤失宠，作
《团扇诗》，又有《自悼赋》，句云"华殿尘兮玉阶苔"。晋陆机《班婕妤》云：
"寄情在玉阶，托意唯团扇。"故本篇即以"玉阶"为题，咏写宫中女子失宠哀
怨之情。玉阶，玉石台阶，此指代宫殿。

【原文】

夕殿下珠帘①，流萤飞复息②。长夜缝罗衣③，思君此何极！

注释

❶夕殿，黄昏后的宫殿。下珠帘，悬挂着珠帘。　❷流萤，飞动的萤火虫。

息，停止。　❸罗衣，以罗制作的衣服。罗，丝织物名。《释名·释采帛》：
"罗，文罗疏也。"

评　析

这首宫怨诗，首两句描绘出一种静谧幽悄的境界。飞动的萤火虫一闪一闪，
反衬出宫殿的幽暗；小虫扑动翅翼的细微之声，尤显得殿内静寂。在如此夜深
昏暗之中，如果不注意，谁也不会发现一个女子正坐在一隅悄然缝制罗衣。诗
用典型场景烘托和暗示出她失宠的境遇。因前三句"能于景中含情，故言情一
句便醒"（张玉谷《古诗赏析》），末句"思君此何极"，于不露声色之际即将其
失落的痛苦点醒。全诗四句二十字，无一字提到"怨"，而怨情宛然。诗含蓄隽
永，音调和谐，极耐咀嚼，与一般风格质朴、语言畅达之汉魏乐府颇异其趣。
沈德潜称之"竟是唐人绝句，在唐人中为最上者"（《古诗源》），体现出乐府诗
的一种新的尝试。

柳　恽

　　柳恽（465—517），字文畅，南朝齐梁间河东解（今山西运城西南）人。
"少有志行，好学"（《南史·柳元景传》）。南齐时，为竟陵王萧子良法曹参军，
累迁至相国右司马。入梁，与沈约等共定新律。次年，出为吴兴太守，故世称
"柳吴兴"。后历任散骑常侍、广州刺史、秘书监，又复为吴兴太守。为政清廉，
甚有官声。后自请解职归。柳恽不仅以诗文名世，而且谙熟音律、棋艺、龟筮、
医术。梁武帝曾赞其才："吾闻君子不可求备，至如柳恽，可谓具美。分其才
艺，足了十人。"其诗"音调高亮，取裁于古而调适自然，全类唐音，无六朝纤
靡之习，颇开太白之先"（陈祚明《采菽堂古诗选》）。许学夷曰："柳恽五言，
声多入律，语多绮靡，去吴均亦远。至如'汀洲采白蘋，日落江南春''亭皋木
叶下，陇首秋云飞''太液沧波起，长杨高树秋'数语，永明以后，矫矫独胜。"
（《诗源辩体》）乐府诗风格亦大致如此，颇多写景佳句，音韵谐美。

江南曲

　　本篇《乐府诗集》收入相和歌辞相和曲。系沿用汉旧曲《江南》而创作的一首闺怨诗。描述一位江南妇女思念客游他乡的丈夫的怅惘心情。

【原　文】

　　汀洲采白蘋①，日落江南春。洞庭有归客②，潇湘逢故人③。故人何不返？春华复应晚④。不道新知乐⑤，只言行路远⑥。

注　释

　　❶汀洲，水中小洲。白蘋，一种生长在浅水中的草本植物，多见于江南的水泽池塘。　❷洞庭，洞庭湖，在今湖南省北部、长江南岸。　❸潇湘，水名。湘水和潇水在湖南零陵以西汇合，称潇湘。按，古人常将洞庭和潇湘对举，如谢朓《新亭渚别范零陵云》："洞庭张乐地，潇湘帝子游。"故人，指诗中女主人公的丈夫。　❹春华，此即指白蘋。此句意为春花又到即将凋谢的季节了。按，句意并非仅指季节迁易，还暗示出其丈夫又是一年春晚没回家了。字语中明显含有佳人迟暮之意。　❺新知乐，另有新欢之乐。　❻只言，一作"空言"。

评　析

　　这首诗从江南春景切入题目，蘋花点点，日落春暖，一个"采"字更在静态的画面中融入了人物及其动作。"涉江采芙蓉，兰泽多芳草。采之欲遗谁？所思在远道。"（《古诗十九首》）女主人公春日采蘋，显然亦是藉此以寄托相思。而恰恰此时，一位洞庭归客告诉她曾在潇湘巧遇其故人，不由得在她心中激起阵阵涟漪。"何不返",透露出她的不满和哀怨;"复应晚",点明了她丈夫岂止一度未归。所以,尽管归客一再劝慰宽解,她依然是充满了疑虑。全诗写得清新流丽,情韵俱佳。虽为文人言情之作,也颇富乐府民歌的遗韵。王夫之誉之"含吐曲直,流连辉映,足为千古风流之祖"(王夫之《古诗评选》)。"采蘋"一词,在后人诗词中已成典故,可见其影响之广。

何　逊

何逊(?—约518),字仲言,南朝齐梁间人。原籍东海郯(今山东郯城)。少居郢州。后入建康,为范云、沈约所赏。入梁,起家奉朝请。天监六年(507)前后,任建安王萧伟水曹行参军兼记室。后历任安成王萧秀幕参军、尚书水部郎和庐陵王萧续记室,故世称"何水部""何记室"。何逊诗在梁代卓然名家,与刘孝绰齐名,世称"何刘",后人又将其与阴铿并列,称"阴何"。其诗作数量不多,然梁元帝萧绎谓"诗多而能者沈约,少而能者谢朓、何逊"(《南史·何承天传》)。善写离情别绪和描绘山水,"体物写景,造微入妙,佳句实开唐人三昧"(叶矫然《龙性堂诗话初集》)。其乐府诗仅存四篇。

铜雀妓

解题

本篇《乐府诗集》收入相和歌辞平调曲。汉末建安十五年(210),曹操于邺城(今河北临漳)建铜雀台。一名铜爵台,爵通"雀"。台顶置有大铜雀,舒翼欲飞,故名。曹操临终遗令,死后葬邺之西岗,"婕妤妓人,皆著铜爵台,于台堂上,施八尺床繐帐,朝晡上脯糒之属。月朝十五,辄向帐作妓。汝等时时登铜爵台,望吾西陵墓田"(《文选》陆机《吊魏武帝文并序》)。此诗即咏其事。

【原文】

秋风木叶落①，萧瑟管弦清。望陵歌对酒②，向帐舞空城③。寂寂檐宇旷④，飘飘帷幔轻。曲终相顾起，日暮松柏声⑤。

注 释

❶这句化用楚辞《九歌·湘夫人》"袅袅兮秋风，洞庭波兮木叶下"语意。木叶，树叶。　❷望陵，遥望西陵。西陵，曹操墓地，在古邺城西门豹祠西。歌对酒，指唱曹操的《短歌行》，中有"对酒当歌，人生几何"之句。　❸帐，灵帐。即曹操遗令中施于铜雀台上的"八尺床繐帐"。　❹檐宇，檐下廊庑。或作"庭宇""帘宇"。　❺松柏，古人墓地多植松柏。仲长统《昌言》："古之葬，植松柏梧桐，以识其坟。"

评 析

"一世之雄"如曹操，死后依然万事成空，诗写的正是这一悲剧结局。全诗从曹操遗令生发，紧扣铜雀舞妓着墨。起笔先以秋天的环境衬托乐声，秋风落叶，管弦萧瑟，凄清的景象已为全诗定下了哀伤低沉的基调。"望陵""向帐"，即由曹操遗令而来。曹操的遗愿已然实施，然而"对酒当歌，人生几何"，昔年叱咤风云，今日成为一丘黄土，象征平生霸业的邺城亦沦为一座空城。两句明写歌舞，实抒感慨，透露出丝丝悲凉之意和世道沧桑之感。"空城"而下，笔势宕开，转而描绘铜雀台。台"高十丈，有屋百余间"（《水经注》），"西台高六十七丈，上作铜凤"（《邺中记》），曹操常在此宴群臣、赏歌舞，如今却檐宇空旷，帷幔低垂。"寂寂""飘飘"二叠词更将死气沉沉的氛围推向极致。最后两句笔势折回。曲终舞停，舞妓惘然若失，四周一片死寂。"日暮松柏声"，唯有曹操陵墓处隐隐传来风拂松柏的声响。生死幽隔，霸业尘土，余韵悠悠不尽。这首抒慨之作，自始至终没有一句作者的议论，完全将主题融化渗透于形象的描绘之中，开启唐人近体诗之表现手法，与汉魏乐府诗的风格迥异其趣。

魏　收

　　魏收（506—572），字伯起，北朝巨鹿下曲阳（今河北晋州西）人。青年时代曾随父赴边地，好习骑射。后折节读书。魏孝庄帝时授司徒记室参军。孝静帝武定二年（544）除正常侍，领兼中书侍郎。高澄辅政，令收为檄五十余纸，一日而就，为澄所赏，以为过于温子升、邢邵。后奉诏修国史，褒贬人物多杂个人恩怨，为人所讥，号为"秽史"。其诗古人多谓学南朝任昉。乐府亦颇带南方色彩。

棹歌行

解　题

　　本篇《乐府诗集》收入相和歌辞瑟调曲。《棹歌行》本汉旧曲，现存最早之辞为魏明帝曹叡"王者布大化"一首，言平吴战伐之功。后世之作，亦有沿袭之言战事者，但大都变换内容，从曲名"但言乘舟鼓棹而已"（《乐府古题要解》）。本篇即属此类，描绘乘舟泛流之际所见的欣欣向荣的初春景色。

【原　文】

　　雪溜添春浦①，花水足新流。桃发武陵岸②，柳拂武昌楼③。

注　释

　　❶雪溜，谓春雪消融。　❷武陵，汉郡名，今湖南常德。陶渊明《桃花源记》有武陵人"忘路之远近，忽逢桃花林，夹岸数百步，中无杂树，芳草鲜美，

落英缤纷"的描述，故后世常将桃花与武陵联系在一起。　❸武昌，地名，在今湖北武汉。据《晋书·陶侃传》，陶侃镇守武昌时，属下有人盗移官柳，被他认出是武昌西门前柳。故后世又将柳与武昌联系在一起。

评　析

唐杜甫《绝句》"迟日江山丽，春风花鸟香。泥融飞燕子，沙暖睡鸳鸯"，句写一景，似不相关，而一幅盎然春意图已在目前。从艺术承递关系看，老杜亦有所本，这首《棹歌行》即为其一。残雪消融，春水益急，桃花初发，垂柳轻拂，此诗四句分咏雪、花、桃、柳，各句间无一承接绕折的词语，却有意若贯珠之妙，构成一个统一的意境；而"武陵岸""武昌楼"两个地名，更把眼前之景在地理方位上加以扩展，给人以春光无限之感，透露出作者面临春回大地怡悦陶然的心情，难怪唐人要模拟其写法。

庾　信

庾信（513—581），字子山，祖籍南阳新野（今河南新野），晋末永嘉之乱，迁居江陵。幼聪敏，年十五为梁昭明太子东宫侍读。及简文帝萧纲为太子，任东宫学士，出入禁闼，恩礼隆重。后梁元帝萧绎立于江陵，除御史中丞。不久，出使西魏（都长安）。时值西魏攻陷江陵，杀元帝，信遂被羁留长安。先仕西魏，累迁车骑大将军、仪同三司。后仕北周，官至骠骑大将军、开府仪同三司，故后世称"庾开府"。庾信本梁"宫体"诗重要作家，与徐陵并称"徐庾"。入魏后，遭国破家亡之痛，诗风丕变，多羁旅之恨和乡关之思。其诗语言清新流丽，用典精切自然，属对严密，音调和谐。沈德潜曰："北朝词人，时流清响，庾子山才华富有，悲感之篇，常见风骨，所长不专在造句也。"（《古诗源》）晚期部分作品沉郁苍凉，杜甫以"庾信文章老更成"赞之。其乐府诗特点大致近是。刘熙载谓："庾子山《燕歌行》开唐初七古，《乌夜啼》开唐七律。"（《艺概·诗概》）其乐府诗形式亦颇启迪后人。

怨歌行

解 题

本篇《乐府诗集》收入相和歌辞楚调曲。此曲一名《怨诗行》，汉古辞有托名班婕妤之作（"新裂齐纨素"）。本篇采用乐府旧题，描写一个远嫁女子的哀伤心情，其中很可能寄寓了作者的家国之思。

【原 文】

　　家住金陵县前①，嫁得长安少年②。回头望乡泪落，不知何处天边。胡尘几日应尽③？汉月何时更圆？为君能歌此曲，不觉心随断弦。

注 释

　　❶金陵，南朝宋、齐、梁、陈的都城，今江苏南京。　❷长安，其时西魏、北周的都城，今陕西西安。长安，原作"长干"，据《汉魏六朝百三家集》改。❸胡尘，指北方少数民族军队的侵扰。

评 析

　　金陵、长安，相距何遥，更以"家住""嫁得"加以强调，首两句似是客观交代，但哀伤远嫁之意已隐露纸背。"回头""望""泪落"，一连三个举动，尤表现出她对家乡的思念。然而家山渺邈，不知何处，况且异族入侵，正战乱频仍。"胡尘""汉月"对举，"感慨自深，不无种族之痛"（萧涤非《汉魏六朝乐府文学史》）。"几日应尽""何时更圆"，是企盼？是绝望？抑或两者兼而有之？末两句谓本拟以歌诉愁，谁知弦折心碎，情调益发低沉，凄苦至极。全诗用女子口吻，"直道所感，悲怆情真"（陈祚明《采菽堂古诗选》）。联系作者出使西魏被羁之经历，金陵、长安两地名之特定含义，不难体味到诗中寄托的家国之思，甚至可能就是借题发挥："自道其来南留北之悲，特托之远嫁者耳"（张玉谷《古诗赏析》）；"羁旅长安，同于女子伤嫁，如乌孙马上之曲，明妃出塞之词也"（倪璠《庾子山集注》）。王夫之评此诗说："泪尽血尽，唯有荒荒泯泯之魂，随晓风残月而已。六代文士有心有血者，惟子山而已。以入乐府，传之管弦，安得不留万年之恨！"（王夫之《古诗评选》）可见颇多诗论家视此诗为"托辞夫妇"之作。

卢思道

卢思道（535—586），字子行，范阳涿（今河北涿州）人，生活于北朝后期至隋初。少聪慧，师事邢劭，才思俱优。齐文宣帝天保八年（557），为杨愔荐于朝，任司空行参军，兼员外散骑侍郎。文宣帝崩，朝士各作挽歌十首，朝廷择善而从，思道独得八首，人号"八米卢郎"。一度因擅用库钱免职。齐后主时，为京畿主簿、给事黄门侍郎等职。故世称"卢黄门"。齐亡后，被征召至长安，隋初官至散骑侍郎。思道为其时诗文大家。所作《劳生论》，刻画士人世态炎凉之状，颇为传神，"隋文压卷，端推此篇"（钱锺书《管锥编》）。唐卢照邻评其诗谓"北方重浊，独卢黄门往往高飞"（《南阳公集序》），对其诗独加推重。诗散佚较多，但"篇章虽寡，而明艳可观"（胡应麟《诗薮·外编》）。尤长于乐府歌行，"发音刚劲，嗣建安之佚响"（刘师培《南北学派不同论》）。

从军行

解 题

本篇《乐府诗集》收入相和歌辞平调曲。《从军行》，据《乐府古题要解》：

"皆述军旅苦辛之词也。"现存最早之作为魏王粲所作《从军行五首》。因左延年所作首句为"苦哉边地人",晋陆机、宋颜延之所作首句皆为"苦哉远征人",故后世又题作《苦哉行》《远征人》。此曲原皆用五言体,本篇首先采用七言歌行体,并突破写"军旅苦辛之词"的传统,重点放在边塞征战和闺中思妇的痛苦上,是一首边塞诗名作。

【原 文】

　　朔方烽火照甘泉①,长安飞将出祁连②。犀渠玉剑良家子③,白马金羁侠少年④。平明偃月屯右地⑤,薄暮鱼丽逐左贤⑥。谷中石虎经衔箭⑦,山上金人曾祭天⑧。天涯一去无穷已,蓟门迢递三千里⑨。朝见马岭黄沙合⑩,夕望龙城阵云起⑪。庭中奇树已堪攀⑫,塞外征人殊未还。白雪初下天山外⑬,浮云直向五原间⑭。关山万里不可越,谁能坐对芳菲月⑮?流水本自断人肠⑯,坚冰旧来伤马骨⑰。边庭节物与华异⑱,冬霰秋霜春不歇⑲。长风萧萧渡水来⑳,归雁连连映天没。从军行,军行万里出龙庭。单于渭桥今已拜㉑,将军何处觅功名㉒?

注 释

　　❶朔方,汉郡名。西汉元朔二年(前127)建,治所在今内蒙古杭锦旗北。甘泉,汉宫名。秦始皇二十七年(前220)建甘泉前殿,汉武帝加以扩充作为离宫,故址在今陕西淳化甘泉山上。按,汉代匈奴常启边衅,《史记》有"烽火通于甘泉、长安"之说。　❷飞将,汉武帝时名将李广,匈奴甚敬畏之,称为"汉之飞将军"(《史记·李将军列传》)。这里泛指汉代良将。祁连,山名,指甘肃西部和青海东北一带山脉。　❸犀渠,犀牛皮制作的盾牌。玉剑,剑柄或剑匣上镶玉之剑。良家子,好人家的子弟。按,汉代指当时社会地位低下的医、巫、商贾、百工等以外的人家。　❹金羁,黄金制作的马络头。这句化用曹植

《白马篇》"白马饰金羁，连翩西北驰。借问谁家子，幽并游侠儿"句意。　❺平明，指拂晓。偃月，古战阵名，指其形犹如弯月的战阵。《三国志·魏书·杨阜传》："（阜）使从弟岳于城上作偃月营。"右地，指我国西部地区，汉时常屯兵于此，以备征战。　❻薄暮，黄昏时刻。鱼丽，古战阵名。《左传·桓公五年》："为鱼丽之陈（阵）。"杜预注："《司马法》'车战二十五乘为偏'，以车居前……此盖鱼丽陈（阵）法。"当是车阵。左贤，匈奴王爵名，有左贤王、右贤王，此泛指匈奴军事统帅。这两句是说汉军时而按兵固守，时而进军出击。　❼石虎，形状如虎的石块。《史记·李将军列传》载，李广箭法极好，一次夜间出猎，误将草丛中一块虎形石当作真虎，一箭射去，天亮后发现箭杆及箭尾的羽毛皆深陷石中，其神力令人惊叹不已。衔箭，即谓箭陷没石中。　❽金人，铜人。匈奴用以祭天的神像。据《史记·匈奴传》载，汉名将霍去病远征匈奴，长驱直入，至皋兰山，掠得匈奴休屠王的祭天金人。　❾蓟门，即蓟丘，故址在今北京德胜门西北土城一带。迢递，遥远。　❿马岭，关名，在今山西晋中太谷东南马岭山上。　⓫龙城，匈奴地名，又称龙庭。匈奴每年五月在此集会祭祀。故址在今蒙古国鄂尔浑河西侧的和硕柴达木湖附近。阵云，战云。　⓬奇树，佳树。这句化用古诗"庭中有奇树，绿叶发华滋。攀条折其荣，将以遗所思"句意。　⓭天山，在今新疆维吾尔自治区中部。　⓮直向，《汉魏六朝百三家集》作"直上"。五原，汉郡名。在今内蒙古自治区包头西。　⓯芳菲，芳香，指花。　⓰断人肠，谓伤心至极。这句暗用《陇头歌辞》"陇头流水，鸣声呜咽。遥望秦川，肝肠断绝"语意。　⓱这句暗用陈琳《饮马长城窟行》"饮马长城窟，水寒伤马骨"语意。　⓲节物，季节、风物。　⓳霰（xiàn），雪珠。这两句化用蔡琰《悲愤诗》"边荒与华异，人俗少义理。处所多霜雪，胡风春夏起"语意。　⓴萧萧，形容风声。　㉑单于（chányú），匈奴王称号。渭桥，此指中渭桥，在长安城北渭水上。《史记·匈奴传》载，汉宣帝甘露三年（前51），匈奴单于呼韩邪入朝，宣帝登渭桥接见。其时在长安的各族君长都拜于桥下，呼万岁。　㉒这两句说，匈奴单于亦已进京求和，将军们还将去何处博取功名呢？

评　析

　　南北朝边塞诗，或写边塞征战，或抒闺中相思，此诗则将两者融会贯通，并注入反战情绪，较之前此边塞之作，内容格外丰富多彩。全诗共分三层。首层十二句先写边塞战事，如同其时其他边塞诗，诗开头亦从边塞传警、大军出征叙起，但一概略去征途艰难，而将笔墨落在疆场交战、将士英勇，特别是路途遥远、久戍不归之上，从而自然引出次层十二句的闺中相思。次层从思妇的角度着墨，将相思之情置于物序变迁、岁月流逝、关山隔越的背景之下，与首层"天涯""无穷""蓟门迢递"遥相呼应。最后一层为末四句。穷兵黩武，自然出自最高统治者之意，但诗人不便直加指斥，故仅委婉地讽刺那些将军，但其深意，不难于言外推知。全诗熔叙事、抒情、写景和议论于一炉。叙征战，慷慨遒劲；状离情，柔婉缠绵。将遒劲与柔婉两种不同风格交相会融于一首诗中，正由此诗开创风气，对唐人边塞诗颇有启迪。诗歌语言铺排中见整饬，对偶工稳而不滞，加上用典之纯熟，化用前人成句之自然，更使语意涵蕴丰厚。在偶句中插入"已堪""殊未""本自""旧来"等虚词，读来唯觉气势踔厉中见流畅舒缓。形式上汲取鲍照以来隔句用韵、自由换韵的手法，平仄相间、抑扬婉转的声律变化，平添节奏音韵之美。"音响格调，咸自停匀，体气丰神，尤为焕发"，确是"六朝歌行可入初唐者"（胡应麟《诗薮·内编》）。

清商曲辞

东晋、南朝的俗曲歌辞。其时江南俗曲，主要为吴声歌曲、西曲歌和神弦歌，是由汉魏清商旧曲结合南方民间歌曲发展形成，故又称清商新声，乐器仍以丝、竹为主。吴声歌曲流行于江南吴地，而以其时首都建业（今南京）为中心地区。西曲歌流行于长江中部和汉水流域，"而其声节送和与吴歌亦异，故依其方俗而谓之西曲云"（《乐府诗集》）。其歌辞大都采自民间，亦有部分文人撰作。内容多为男女情爱，情调婉转缠绵，体制短小精悍，主要由女伎演唱。神弦歌为吴声歌曲的一个分支，是专门颂述地方神鬼的祭歌，多杂有人鬼恋爱情节。吴声、西曲繁盛于东晋、宋、齐三代，至梁、陈逐渐衰落。梁武帝据西曲改制《江南弄》《上云乐》，标志着俗曲的雅化。南朝以后文人于吴声西曲亦多有拟作。

无名氏

子夜歌（九首）

解题

《子夜歌》，《乐府诗集》收入清商曲辞吴声歌曲。共42首。《宋书·乐志》谓《子夜歌》者，"有女子名子夜，造此声"，恐系附会之谈。此曲或当由其和声"子夜来"而得名，大都是男女情爱之作。

（一）

【原文】

落日出前门①，瞻瞩见子度②。冶容多姿鬓③，芳香已盈路④。

注 释

❶此首原列第一。   ❷瞻瞩，观看、注视。子，你。度，经过。   ❸冶容，美丽的容貌。   ❹盈，满。

（二）

【原 文】

芳是香所为①，冶容不敢当②。天不夺人愿，故使侬见郎③。

注 释

❶此首原列第二。香，指檀香、沉香之类，古代女子多用以做化妆品。这句是说，芳香之气是由于香料所致。   ❷这句是说，称赞我漂亮，却不敢当。❸侬，犹"我"，古吴语。

评 析

吴声西曲有部分歌辞是男女唱和酬答，所谓"郎歌妙意曲，侬亦吐芳词"。这两首《子夜歌》就是。前一首是男赠，称赞女子姿容美丽，芳香袭人；后一首是女答，谦逊地表示自己并不漂亮，并热切地吐露心曲。前首说"见子"，后首说"见郎"，两个"见"字，前呼后应；"芳"与"香"，前后关联。真率委婉，清丽自然。一唱一和的形式，对诗人创作颇有影响，如谢灵运《东阳溪中赠答》、陈后主《估客乐》，以及唐代崔颢名作《长干行》等，皆仿效之。

（三）

【原 文】

始欲识郎时①，两心望如一。理丝入残机②，何悟不成匹③！

注 释

❶此首原列第七。　❷残机，残破的织机。　❸何悟，怎么知道。不成匹，织不成布匹。双关语，暗喻双方不能匹配成为夫妇。

评 析

双关谐隐是民歌常用之修辞手法，吴声西曲更结合引喻比兴，形成严格的表述形式："上句述一语，下句释其义。"（严羽《沧浪诗话》）两句一组，前句先述一事物，比兴引喻，而后句实言以证之，申明补足其真正的含义。本诗亦堪称典型的一例。此女子开始时盼望两心如一，喜结良缘，孰料最终劳燕分飞，未成匹配。而未成匹配之意，即通过"匹"字一语双关加以点出。末句以反问出之，"何悟"与首句"始欲"对照，更突出了女子的失望、怨恨之情。

（四）

【原文】

今夕已欢别①，合会在何时？明灯照空局②，悠然未有期③。

注 释

❶此首原列第九。欢别，即别欢。欢，古吴语称情郎为"欢"。　❷局，棋盘。　❸悠然，谐音"油燃"。期，谐音"棋"。按，此句即"油燃未有棋"之谐音双关语。

评 析

此诗写情人分别，盼望早日重聚。可"合会在何时"一句疑问，已透露出别易会难、重聚无望的伤感。三、四两句，亦采用双关谐音再次申说。先述一景：明亮的灯火映照着空空如也的棋局。按吴歌定格，次句当续以"油燃未有棋"，让读者去思索破解其中的喻义。但此诗打破定格，径直揭出谜底，使感情抒泄更直率强烈，在吴歌中别具一格。

（五）

【原　文】

常虑有贰意①，欢今果不齐②。枯鱼就浊水③，长与清流乖④。

注　释

❶此首原列第十八。贰意，怀有二心。　❷欢，古代吴语女子称情郎为"欢"。果不齐，果然不齐心，指变心。　❸枯鱼，困于涸辙之鱼。一说为干鱼。就，靠近。　❹乖，离，分离。

评　析

此诗开门见山，入笔便点出女主人公心怀忧虑。一个"常"字，说明忧虑时日已久，心灵饱受折磨。虽寥寥五字，却含义丰富。次句写猜测得到了证实。"果不齐"与首句"常虑"呼应，仿佛一声深沉的叹息，宣泄出她的悲伤无奈之情。后两句斥责男子负心，将其另觅新欢比作"枯鱼"趋就"浊水"，而以"清流"自喻，显示出她的自尊和对负心男子的鄙夷。

（六）

【原　文】

别后涕流连①，相思情悲满。忆子腹糜烂②，肝肠尺寸断。

注 释

❶此首原列第二十二。涕，泪水。　❷子，你，指情人。

评 析

　　诗说想念情人，以至腹中糜烂，肝肠寸断。以肠断喻悲哀，古已有之。《战国策·燕策》载"吾要且死，子肠亦且寸绝"，郦道元《水经注》亦曾引民歌"巴东三峡巫峡长，猿鸣三声泪沾裳（一作断人肠）"。此诗迭以"尺""寸"二字，语气益见强烈，把相思悲哀之情发挥得淋漓尽致。

（七）

【原 文】

　　夜长不得眠①，明月何灼灼②。想闻欢唤声，虚应空中诺③。

注 释

❶此首原列第三十七。　❷灼灼，灿灿发光。　❸虚应，白白地回答。诺，应诺。

评 析

　　诗首两句借助"明月"意象，点出使女子"不得眠"的是相思愁绪。一个"何"字，似是惊叹月光之刺眼，亦透露出女子的孤独寂寞况味。恍惚间，她耳畔响起心上人的热切呼唤，她兴奋得情不自禁，脱口应答。诗抓住女子痴想入迷瞬间的一个幻觉，用"想闻""虚应"二词，将女子的一往深情传写入微。而将她清醒后的无限怅惘之情，留给读者去想象思索，堪称神来之笔。

（八）

【原文】

我念欢的的^①，子行由豫情^②。雾露隐芙蓉^③，见莲不分明^④。

注释

❶此首原列第三十九。的的（dì），鲜明，显著。　❷由豫，即"犹豫"。❸隐，隐没、遮蔽。芙蓉，即莲花。洪为法《莲子集》："芙蓉，或说是隐'夫容'，指夫之容貌。此说不尽然。芙蓉就是莲花，此处不过是藉以说到'莲'字罢了。"洪说是。　❹莲，谐"怜"，爱。见莲，犹"被爱"。

评析

　　诗中这位女子爱得十分执着，坦露心迹，明明白白。然而其情郎态度暧昧。"的的"与"由豫"，对比之下，益显女子之意真情炽。男子是腼腆内向，不够大胆，抑或另有所爱，心怀二意？女子自然不得而知。后二句"口角巧媚"（赵世杰《历代女子诗集》），借用江南湖中景色，表现她"测度入情，似疑似信"（陈祚明《采菽堂古诗选》）的矛盾心态。陆时雍谓"人情难言，假之物象"（《诗镜》），两句不仅巧用双关谐音，且所用之景象极为优美，富于诗情画意。

（九）

【原文】

侬作北辰星^①，千年无转移。欢行白日心，朝东暮还西。

注 释

❶此首原列第四十。侬，犹"我"，古吴语。北辰星，即北极星。

评 析

以事物不同特征喻指对爱情的不同态度，为古民歌常用之手法。《焦仲卿妻》"磐石方且厚，可以卒千年。蒲苇一时纫，便作旦夕间"就是。此诗亦然。北极星高悬苍穹，群星拱之，在古人眼中似乎永恒不动，女子用以比喻对爱情忠贞不二。太阳东升西降，朝暮之间，行色匆匆，岂不就像负心郎的朝三暮四？比喻通俗易懂，贴切自然。

子夜四时歌（八首）

解 题

《子夜四时歌》，是《子夜歌》的变曲。《乐府古题要解》曰："后人依四时行乐之词，谓之《子夜四时歌》。"又称《四时歌》《吴声四时歌》。《乐府诗集》收入清商曲辞吴声歌曲，共七十五首。其中，《春歌》二十首，《夏歌》二十首，《秋歌》十八首，《冬歌》十七首。兹各选二首。

春 歌

（一）

【原 文】

光风流月初①，新林锦花舒。情人戏春月，窈窕曳罗裾②。

注 释

❶此首原列《春歌》第一。光风，月光照耀下的和风。　❷窈窕，美好的样子。曳，拉，这里有"撩起"之意。

评 析

南朝江南，歌舞盛行，"桃花渌水之间，秋月春风之下"（《南史·循吏传》），歌谣舞蹈，触处成群。此诗正是描绘这一情景。首两句是写景。春风、明月、新林、繁花等充满魅力的意象，组合成一幅优美动人的春夜图景。"流"者，月儿在缓缓升起；"舒"者，锦花在轻轻吐蕊。动景和静景交织，更在优美中增添了勃勃生机。后两句写人。如此春夜，正是情人们相聚的好时光。一个"戏"字，突出了他们的欢乐愉快；而"曳罗裾"，这一象征着舞蹈的动作细节，更将人们的欢乐之情推向高潮。

（二）

【原 文】

春林花多媚①，春鸟意多哀。春风复多情，吹我罗裳开②。

注 释

❶此首原列《春歌》第十。　❷罗裳，丝绸制的裙子。开，指下裙被风吹拂掀起。

评 析

这是一首妙龄少女的"怀春曲"。诗人移情于物，"以我观物，故物皆著我之色彩"（王国维《人间词话》）。春花自然是美丽的，然而春花"多媚"，显然又象征着少女的青春成熟。春鸟鸣啭，当悦耳动听，若非少女自己心绪烦闷，又怎会觉其"意多哀"呢？更富情趣的是三、四两句，自然界无情的春风，在少女眼中已是"复多情"，它掀拂少女衣裙一角，已变成了有意识地在向少女求爱。全诗紧扣一"春"字，春花、春鸟、春风，象征意味一句浓于一句，虽无"怀春"两字，但少女怀春之情自见。

夏　歌

（一）

【原文】

田蚕事已毕①，思归犹苦身。当暑理绤服②，持寄与行人③。

注 释

❶此首原列《夏歌》第七。田蚕，指耕作与养蚕。事已毕，活已干完了。❷绤（chī）服，泛指衣服。绤，细葛布。　❸行人，指出远门的丈夫。

评 析

这首夏歌描写一个农妇之"苦"。农村妇女一般从事蚕桑，而她却耕田与桑蚕一人承担，岂不是"苦"？田桑事毕，立即冒着酷暑赶制衣服，用来寄给远行在外的丈夫，岂不又是"苦"？后两句继续写其"苦"，同时亦回答了首句中隐伏的一个悬念，即她"田蚕"兼劳的原因。诗用一个"苦"字贯穿全篇，仿佛只是平淡叙事，而实深蕴悲痛之情。吴声歌曲大都反映城市居民的生活，如此篇以农村妇女为题材者，实属凤毛麟角，值得重视。

（二）

【原 文】

青荷盖渌水①，芙蓉葩红鲜②。郎见欲采我，我心欲怀莲③。

注 释

❶此首原列《夏歌》第十四。渌水，清澈之水。　❷芙蓉，荷（莲）花的别名。葩（pā），花。　❸莲，谐音"怜"，爱。

评 析

这首夏歌用拟人化的手法诉说情意。芙蓉是江南水乡常见之花，但直接加以正面描绘，在吴歌中唯有此诗前两句。首句写荷叶，"盖渌水"，挺拔繁密；次句写荷花，"葩红鲜"，鲜艳欲滴。虽仅两句，却概括出芙蓉的特点风貌，形象极为鲜明。后两句即借芙蓉口吻戏谑情郎：郎欲"采我"，而我心中也正蕴着爱意。以花拟人，袒露情怀，含蓄委婉，情致缠绵。

秋 歌

（一）

【原 文】

白露朝夕生①，秋风凄长夜。忆郎须寒服，乘月捣白素②。

注 释

❶此首原列《秋歌》第十六。　❷乘月，趁着月夜。捣白素，素为本色的生丝织品，质地较硬，制衣前须捣之使变软。明代杨慎《丹铅总录》曰："古人捣衣，两女子对立，执一杵，如舂米然。……尝见六朝人画捣衣图，其制如此。"

评 析

这首思妇之词，首两句互文，"朝夕生"，见得秋风之日紧，寒露之日多；长夜孤居、转侧难眠之际，对此自然尤为敏感。一个"凄"字，正点出思妇的感受。后两句却未承此申述相思之情，而写她念及郎君缺衣御寒，赶紧去捣素制衣。"乘月捣白素"一句，意境深邃优美。此境界在文人诗中常被袭用，以至"捣素（衣）"一词，成为古诗歌中一个常见的意象。

（二）

【原 文】

秋风入窗里①，罗帐起飘扬。仰头看明月，寄情千里光②。

注 释

❶此首原列《秋歌》第十七。　❷千里光，指月光。谢希逸《月赋》："美人迈兮音尘阙，隔千里兮共明月。"

评 析

这首秋歌亦写思妇怀人之情。选择秋风入窗、罗帐轻扬和仰头望月三个典型景象，以景寓情，衬出女主人公长夜无眠的相思愁绪。"情"字虽出现于篇末，实早已隐隐贯穿全诗。抒情表意，含蓄有致，较其他吴声歌曲之直露有别。

"仰头看明月，寄情千里光"两句，钟惺评曰："'落月满屋梁，犹疑照颜色'（杜甫《梦李白》），'举头看明月，低头思故乡'（李白《静夜思》），皆从此脱出，要不如'寄情千里光'尤为深婉。"（《名媛诗归》）

冬　歌

（一）

【原文】

渊冰厚三尺①，素雪覆千里②。我心如松柏，君情复何似③？

注　释

❶此首原列《冬歌》第一。渊冰，深渊之冰。　❷素雪，白雪。　❸君，指恋人。

评　析

孔子说："岁寒，然后知松柏之后凋也。"（《论语·子罕》）此诗正于此立意。深潭之冰"厚三尺"，皑皑白雪"覆千里"，就江南气候而言，明显是夸张之笔，然非如此不能突出松柏傲然于冰雪的禀性，亦即女主人公对爱情之坚贞。但诗意绝不仅止于赞美女主人公，"君情复何似"，才是诗的点睛之笔，表达其亟盼情郎也同她一样忠贞不二。观首两句，这对男女情侣大约受到了某种压力，故而女主人公有此一问。

（二）

【原文】

寒云浮天凝①，积雪冰川波。连山结玉岩②，修庭振琼柯③。

注 释

❶此首原列《冬歌》第七。凝,指云层聚集。 ❷玉岩,形容雪封山崖。
❸琼柯,形容积雪的树。琼,美玉。

评 析

这首冬歌,每句一景:漫天寒云,川波冰封,绵延的群山一片雪白,庭中
的树枝白雪堆积,勾描出一个奇妙的冰雪世界。而"浮""冰""结""振"四
个动词,又给这纯洁静谧的世界增添了一份动感。诗对仗工整,造语凝练,在
吴歌中别具一格,当是文人之作。

大子夜歌(二首)

解 题

《大子夜歌》,是《子夜歌》的变曲。《乐府诗集》收入清商曲辞吴声歌曲,
共二首。内容是赞美《子夜歌》声调之美妙动听,与《子夜歌》本身之纯粹抒
情不同。

(一)

【原 文】

歌谣数百种,《子夜》最可怜①。慷慨吐清音②,明转出天然③。

注 释

❶怜,爱。 ❷清音,指歌声。 ❸明转,指歌声明快婉转。

评 析

作为《子夜歌》的变曲，《大子夜歌》的作用似乎是《子夜歌》的"送声"，即一曲《子夜》终了，唱《大子夜歌》赞之。此首直赞《子夜歌》风格之美。"最可怜"，突出它受人欢迎，在"数百种"歌谣中地位之最重要。原因何在呢？就因为其具有"慷慨""天然"的特色。"慷慨"本是建安诗风的特点，移之誉民歌，显然是取其直抒胸臆，流露真情，故谓之"吐清音"。"天然"，即"自然"，乃民歌之本色所在。金元好问赞《敕勒歌》云："慷慨歌谣绝不传，穹庐一曲本天然。"亦拈出"慷慨""天然"四字，很可能即受此诗之影响。

(二)

【原 文】

丝竹发歌响①，假器扬清音②。不知歌谣妙，声势出口心③。

注 释

❶丝竹，泛指弦乐器和管乐器。丝，指琴、瑟、筝、琵琶之类；竹，指笙、笛之类。　❷假器，借助乐器。　❸声势，指歌声和旋律。

评 析

此首强调《子夜歌》清唱之美。借助器乐，固然能使歌声悦耳动听，然而《子夜歌》之所以令人称"妙"，最根本的是因歌声、旋律出自人口，而发自人心。晋人崇尚自然，本有"丝不如竹，竹不如肉（歌喉）"（《晋书·孟嘉传》）之说。《子夜歌》"始皆徒歌，既而被之管弦"（《晋书·乐志》），当然是更为精致，但诗称其本色之美，仍在"声势出口心"，显示出诗作者艺术审美情趣的可贵之处。就风格而言，两诗亦皆明转天然，议论中兼涵情韵。虽寥寥数语，却抓住了《子夜歌》的"歌谣"特色。

前溪歌

《前溪歌》，本晋车骑将军沈充所创制，原辞已佚，唯存残句。《乐府诗集》收入清商曲辞吴声歌曲。共七首，题曰无名氏作。然乐史《太平寰宇记》曰："乐府有《前溪曲》，则充之所制，其词曰：'当曙与未曙，百鸟啼忿忿。'后宋少帝（刘义符）续为七曲，其一曲曰：'忧思出门户，逢郎前溪渡。莫作流水心，引新都舍故。'"则似当为宋少帝续作。前溪，河水名，在武康县（今并入浙江德清）境，晋沈充即家于此溪。

【原　文】

忧思出门倚，逢郎前溪度。莫作流水心，引新都舍故①。

❶舍，弃。

女子倚门遥见情郎经过，却不来看望自己，怎教她不满怀忧思呢？后两句写她面对前溪，触景生情，盼望情郎不要像流水那样"引新都舍故"。吴声西曲往往以"眼前景""寻常事"作兴喻表情达意，故尤显得亲切自然。《估客乐》"莫作瓶落井，一去无消息"，与此诗一样，亦以"莫作"二字领起。《估客乐》用寻常事为喻，此诗则以眼前景作比，异曲而同工，各臻其妙，都具有形象鲜明、贴切自然的特点。

团扇歌（二首）

解题

　　《团扇歌》，一名《团扇郎歌》。《乐府诗集》收入清商曲辞吴声歌曲，共八首。《古今乐录》说："晋中书令王珉捉白团扇，与嫂婢谢芳姿有爱，情好甚笃。嫂捶挞婢过苦，王东亭（名珣，王珉之兄）闻而止之。芳姿素善歌，嫂令歌一曲，当赦之。应声歌曰：'白团扇，辛苦五（按，疑当作"互"）流连，是郎眼所见。'珉闻，更问之：'汝歌何遗？'芳姿即改云：'白团扇，憔悴非昔容，羞与郎相见。'后人因而歌之。"此选二首。本篇原列第二。白团扇，六朝士大夫喜欢执用的器物之一，史籍颇多记载。

（一）

【原文】

　　青青林中竹，可作白团扇。动摇郎玉手①，因风托方便②。

注释

　　❶玉手，形容手白皙如玉。　　❷托方便，指托清风寄送思念之情。

评析

　　《团扇歌》虽起源于谢芳姿，但白团扇既是六朝人通用之物，故后人所制曲辞，虽为"拟古"，但赠遗对象不妨因人而异。此诗即景生情，竹林中青翠的竹子，可砍下制作团扇，为情郎玉手握执摇动，可扇起阵阵清风。女子即由此生发遐想，委托清风将思念之情寄送情郎。构思细巧而情感真挚，后世颇有效之者。如唐李白"我寄愁心与明月，随风直到夜郎西"（《闻王昌龄左迁龙标遥有此寄》），亦是因风托意，机杼类同。

（二）

【原 文】

团扇复团扇^①，持许自遮面^②。憔悴无复理，羞与郎相见。

注 释

❶此首原列第八。　❷许，语助词，无义。

评 析

本来是热恋郎君，无时无刻不盼望着与情郎见面；现在却因容颜憔悴而害怕见面，即使相见了亦用团扇遮面。诗刻画女子复杂矛盾的心态，可谓细致入微。诗后两句袭用谢芳姿原词语意，将谢的第一句改成"团扇复团扇"五言，叠用"团扇"一词，又增加"持许自遮面"一句，使全诗成为齐整的五言古绝。唐元稹《会真记》中崔莺莺诗"为郎憔悴却羞郎"，当受此启发。

懊侬歌（二首）

解 题

《懊侬歌》，一作《懊憹歌》《懊恼歌》。古音"侬""憹""恼"相通，故可互换。《乐府诗集》收入清商曲辞吴声歌曲。共十四首。据《古今乐录》，除"丝布涩难缝"一曲系石崇为绿珠所作，"后皆隆安（晋安帝年号，397—402）

初民间讹谣之曲"(《乐府诗集》引)。此选两首。本篇原列第四,写坐船旅客的焦急心情。

(一)

【原文】

江陵去扬州①,三千三百里。已行一千三,所有二千在②。

注释

❶江陵,地名,今湖北江陵。去,距,离开。扬州,指六朝时扬州的治所建业(今江苏南京),是当时的政治、经济重镇。 ❷所有,尚余。一说,即"所在有二千"。在,剩、余。

评析

这首歌辞既非抒情,又无描绘,全篇似乎只是在屈指计算行程,"一千三"是小数,"二千"是大数,用大数作为剩数看似荒谬,但旅客亟盼早日到达目的地的焦虑心情已跃然纸上。清王士禛《分甘余话》云:"乐府'江陵去扬州'……愈俚愈妙,然读之未有不失笑者。余因忆再使西蜀时,北归次新都,夜宿,闻诸仆偶语曰:'今日归家,所余道路无几矣,当酌酒相贺也。'一人问所余几何,答曰:'已行四十里,所余不过五千九百六十里耳。'余不觉失笑,而复怅然有越乡之悲。此语虽谑,乃得乐府之意。"于理解此诗,颇可参考。

(二)

【原文】

发乱谁料理①?托侬言相思②。还君华艳去,催送实情来。

注 释

❶此首原列第十二。料理，此犹"梳理"之意。　❷侬，犹"我"，吴语自称。

评 析

此诗借助一头乱发，托言心头相思。颇有情趣。头发蓬乱，当自料理，却反问"谁料理"？可见女主人公为情思所困，无心梳妆打扮。明明是自己害相思，反说是头发"托侬（我）"来诉说，又何其委婉曲折。后两句即托言之内容。那男子大约平时花言巧语，诸多许诺；金钗玉簪，颇为慷慨。而这一切伴随的如果是于情不专又有何用呢？所以头发要"还君华艳去"，盼望的是"实情"，亦是快来相聚，帮我"料理"一番。

华山畿（二首）

解 题

《华山畿》，是《懊侬歌》的变曲。《乐府诗集》收入清商曲辞吴声歌曲，共二十五首。《古今乐录》：宋少帝时，南徐一士子，从华山畿往云阳，见客舍有女子，年十八九，悦之；无因，遂感心疾而死。葬时车载从华山度，比至女门，牛不肯前，打拍不动。女妆点沐浴，既而出，歌曰："华山畿，君既为侬死，独活为谁施？欢若见怜时，棺木为侬开。"棺应声开，女遂入棺。乃合葬，呼为神女冢。少女所唱即本篇，列二十五篇之首。华山畿，地名。华山，在今江苏句容北。畿，周围、附近之意。

（一）

【原 文】

华山畿！君既为侬死①，独活为谁施②？欢若见怜时，棺木为侬开。

注 释

❶侬，犹"我"，古吴语。　❷独活，一作"独生"。为谁施，为谁打扮美容。

评 析

　　这是一首震撼人心的殉情之作。就其实质而言，与《焦仲卿妻》属同类作品。不过此诗略去一切情节，只将笔墨集中在面对情郎棺木，女子呼天抢地、誓死呼告上。首句"华山畿"三字，不仅点出地点，更有指山为证以明我心之意。接着四句全是女子殉情一刻的内心剖白，直率急切，不加修饰，犹如火山喷涌，不可遏止，明明白白地表示要不顾一切地殉死的决心。泣血之言，真可以感天地，动鬼神。这已无须使用什么修辞手段，更无须含蓄委婉，就足以产生震撼人心的艺术感染力了。有关《华山畿》的传说，虽说看似荒诞不经，但反映了人们对至死不渝的爱情的赞美，这在民间文学中是常见的。

（二）

【原 文】

　　啼著曙①，泪落枕将浮，身沉被流去②。

注 释

❶此首原列第七。　❷被流去，（身子）被泪水冲走。一说，被指盖在身上的被子。

评 析

　　《华山畿》诸歌，写爱情痛苦时，往往感情强烈，设想新奇。此首从"泪"

字着墨，笔墨极度夸张，但因蕴含真情，故并不使人感到荒谬。以流水喻绵绵愁绪，在后世文人诗中时常可见。南唐李煜"问君能有几多愁，恰似一江春水向东流"（《虞美人》），为人击节赏叹，但与此首民歌相比，则显得书卷气太重，反不如民歌的质朴自然感人。

读曲歌（六首）

解 题

《读曲歌》，始见于《宋书·乐志》："《读曲歌》者，民间为彭城王义康所作也。其歌云'死罪刘领军（按，指领军将军刘湛），误杀刘第四（按，指刘义康，义康排行第四）'是也。"而《古今乐录》则谓："《读曲歌》者，元嘉十七年袁后崩，百官不敢作声歌，或因酒宴，止窃声读曲细吟而已，以此为名。"两说不同，其义已难深究。《乐府诗集》收入清商曲辞吴声歌曲，共八十九首。数量在吴声西曲诸曲调中首屈一指。其内容、情调与《子夜歌》颇相近。兹选六首。本篇原列第十五。

（一）

【原 文】

打杀长鸣鸡①，弹去乌臼鸟②。愿得连冥不复曙③，一年都一晓④。

注 释

❶长鸣鸡，啼声悠长嘹亮之鸡。据《西京杂记》载，古时有以之作为贡品而献于朝廷者。　❷弹，射发弹丸。乌臼鸟，一名黎雀，北方又称为鸦舅，形似乌鸦而略小。亦是一种报晓禽鸟，天将明时，先鸡而啼声不绝，即所谓"五更鸦舅最先啼"（吴融《富春》）是也。　❸冥，暗，黑。连冥，犹言"长夜"。❹都，犹言"凡"，有"总"之意。这句说一年仅天亮一次。

评 析

"欢娱嫌夜短"，对热恋中的情人来说，报晓之鸡，啼晨之鸟，自然皆成了可厌之物。这种情绪，在古乐府中时有表现。如《乌夜啼》："可怜乌臼鸟，强言知天曙。无故三更啼，欢子冒暗去。"写得极为直接，但仅止于怨怪啼鸟惊破长夜之意。而本篇构思则将此情发掘得更有深意。她要杀鸡弹雀，不仅因它们惊破静谧，更主要是她从公鸡报晓、黎雀啼晨，联想起黎明是由它们唤来，只要鸡、鸟不啼不鸣，熹微晨光岂非就不会降临？她和心上人岂非就可以长时间欢爱？真是"俚句拙语，想极荒唐"！但这种天真近乎痴傻的浪漫情调，恰恰是吴声西曲"情真意真"的特色所在。诗写少女执着的痴情，但妙在无一字从正面着笔，句句皆是述其心愿。"愿得"二字，虽出现在第三句，实则管领全篇，抒写出炽热如火的感情，却又具曲折蕴藉之美。

（二）

【原文】

通发不可料①，憔悴为谁睹②？欲知相忆时，但看裙带缓几许③。

注 释

❶此首原列第二十一。通发，蓬发。料，梳理。　❷这句是说，容颜憔悴又有谁见到呢。　❸缓，松，松开。几许，多少。

评 析

此诗为一女子诉说其相思之苦。前两句说，蓬乱的头发，已不可梳理，面容憔悴又有谁见到呢？语意俱平平而已。妙在后两句，不直说因相思而日益消瘦，而是用调侃戏谑的口气，要情郎验看其裙带是否宽松。设辞新颖，情趣活泼，而一娇憨少女对心上人的一往情深亦于此可见。唐武则天"不信比来长下泪，开箱验取石榴裙"（《如意娘》），宋柳永"衣带渐宽终不悔，为伊消得人憔悴"（《蝶恋花》），显然均受此启发。

（三）

【原　文】

怜欢敢唤名①？念欢不呼字②。连唤欢复欢，两誓不相弃。

注　释

❶此首原列第二十八。怜，爱。欢，古吴语对情郎的昵称。已见前注。敢唤名，哪敢唤其名。敢，岂敢之意。　❷念，想念。字，古人有名有字，"字"是根据人名中的字义，另取的别名。

评　析

诗写一个热恋中的女子对情郎强烈的爱。她爱之深，思之切，以至不愿直呼其名、字，只是一个劲儿地叫"欢"。她为何要"连唤欢复欢"呢？原来是要提醒情人，两人相爱早有誓言，可千万不能忘却啊！诗的构思角度很别致，前三句十五字，连用四个"欢"字，抓住女子对情人的爱称，就表现出她对心上人的一往情深。

（四）

【原　文】

种莲长江边①，藕生黄蘖浦②。必得莲子时，流离经辛苦。

注　释

❶此首原列第七十一。莲，谐音"怜"，爱。　❷藕，谐"偶"，配偶。黄蘗（bò)，即黄柏，一种有苦味的树。吴声西曲中常用来隐喻相思之"苦"。如《子夜歌》"黄蘗郁成林，当奈苦心多"就是。浦，水边。

评　析

封建时代男女间真正的爱情来之不易，即使在男女礼防稍稍松弛的南朝亦如此。像《华山畿》"懊恼不堪止，上床解要（腰）绳，自经屏风里"，就是一出失去爱情而自尽的悲剧。此诗则从正面告诫人们：若要获得真正的爱情，必须做好遭受曲折磨难的准备。诗前两句是兴喻，"种莲""藕生"，谐指产生爱情，结为配偶。"黄蘗浦"三字已暗暗点出爱情生活并不只有欢乐，亦是需要"当奈苦心多"的。后两句仍为谐音双关语，但意思更为明白：你要得到"莲子"，必须跋涉奔波；你要获得真爱，必须遭受折磨。这对今天不是还很有启示吗？

（五）

【原文】

一夕就郎宿①，通夜语不息②。黄蘗万里路③，道苦真无极④。

注　释

❶此首原列第八十一。就，趋就，靠近。　❷通夜，整夜。　❸黄蘗，已见前首注。这句是说长满黄蘗树的道路绵长万里。　❹道苦，谐音双关语：以大道之"道"谐道说之"道"，以苦树之"苦"谐相思之"苦"。无极，无有终止。

评 析

　　这首诗写一个女子与情人久别重聚之夜的情景。前两句是叙事，语意平实，似乎信口而出，但概括力很强。女子不顾羞涩主动地"就郎宿"，一个"就"字，就描绘出她感情之炽烈，心情之迫切，并暗示了她与情人旷别久离之意。次句"通夜"与"一夕"前后呼应，突出了"语不息"的时间之长。久别重聚，良宵千金，可她整夜喁喁不休，若非平时天涯隔远，鸿雁书断，又何至于如此呢？这两句即事寓情，意在言外，涵蓄不露。后两句紧承"语不息"，但在写法上故意宕开，先插一景语"黄蘗万里路"，然后借助谐音双关，引出"苦"字，巧妙地将"语不息"的内容加以点破。"道苦"二字，既指黄蘗"苦"道，又暗指女子诉"苦"，把女子整夜不休地向情人诉说的乃是郁结心头之"苦"，明确而又含蓄、直率而又委婉地托出。至于所诉之"苦"，仅是相思之"苦"，抑或还有其他，就留给读者去想象了。有言尽意不尽之妙。

(六)

【原文】

　　闺阁断信使①，的的两相忆②。譬如水上影，分明不可得③。

评 释

　　❶此首原列第八十五。闺阁，女子的居室。信使，传递信息、书信之人。❷的的（dì），鲜明、显著。　❸分明，清楚。

评 析

　　此诗写思妇怀远之情。首句用一"断"字就点出相隔的路程之遥、时间之长。但天涯隔远，并不能阻碍有情人的两地相思。"两相忆"而冠以"的的"，更见得思妇对丈夫的无比信任。诗后两句的比喻极为巧妙：水中倒影虽然清晰可见，却无法获得；两地相隔虽仍心心相印，却不能见面。一个生活中常见的比喻，由于用得恰到好处，便将思妇望眼欲穿的相思情愫，写得似乎触手可及。

白石郎曲

解 题

本篇为《神弦歌》第五曲。《乐府诗集》收入清商曲辞。《神弦歌》是吴声歌曲的一个分支，是巫觋祀神的乐曲，共十一题十八曲。其性质较近于楚辞《九歌》。但《九歌》祭祀的是天地山川的赫赫威灵，《神弦歌》祭祀的则是一些地方神，故部分歌辞颇有意趣，且杂有人神恋爱的内容。形式参差，三、四、五、六言都有，不像吴声歌曲大部分是五言四句。本篇原列《神弦歌》第五曲第二首。据第一首"白石郎，临江居，前导江伯后从鱼"，可知此郎当是水神。白石，地名，在建业（今江苏南京）附近。

【原 文】

积石如玉①，列松如翠②。郎艳独绝，世无其二。

注 释

❶积石，堆砌的石块。　❷列松，排列成行的松树。

评 析

朱乾云："《白石曲》曰：'郎艳独绝，世无其二。'女悦男鬼。"（《乐府正义》）是。首两句写白石郎祠庙环境。"积石""列松"，当是记实；"如玉""如翠"，见得祠庙之清幽雅致。联系后两句对白石郎仪表的赞美，石、松二景，又兼有借以兴起水神之"艳"的作用。六朝男子好"熏衣剃面,傅粉施朱"(《颜氏家训》),刻意修饰,习以为常;时俗亦好以"玉人""玉山""玉树"等语誉男性。"一个名士是要他长得像个美貌女子才会被称赞。"(王瑶《文人与药》)此诗赞美男神而用"艳"字,或正缘于此。

青溪小姑曲

解 题

本篇为《神弦歌》第六曲。青溪小姑在六朝极有名,为其时蒋侯神之三妹。据《搜神记》,蒋侯字子文,汉末为秣陵尉,逐贼至钟山下,伤额而死。孙吴时显神,孙权乃封其为中都侯,为立庙堂。小姑因亦被祀为神。青溪,水名。《舆地志》云:"青溪发源钟山,入于淮(秦淮),连绵十余里。溪口有埭,埭侧有神祠,曰青溪姑。"(《六朝事迹编类》引)

【原 文】

开门白水①,侧近桥梁。小姑所居,独处无郎。

注 释

❶白水,即青溪。

评 析

朱乾云:"《青溪曲》曰:'小姑所居,独处无郎。'男悦女鬼。"首两句亦是写祠庙环境。与《白石郎》不同的是,一在山上,故陪衬以"石"、以"松";一在水乡,故以一溪清水、一座小桥为景。小桥流水,当有人家,而在桥侧祠庙中的小姑，却孤零零地"独处无郎"，岂不令人感叹？作者没有直接表露心曲，但细细体味这两句，不就像一个男子在委婉地挑逗求爱吗？六朝小说《续齐谐记》中有一首青溪小姑的歌："日暮风吹，叶落依枝。丹心寸意，愁君未知。"与此曲正巧相配，类同唱和，读之，有助于对本篇的理解。

莫愁乐

解　题

《莫愁乐》，从西曲《石城乐》衍变而来。据《古今乐录》，竟陵石城有一歌伎善唱《石城乐》，而曲中又有和声"妾莫愁"三字，故人们即以"莫愁"名之，又别创变曲《莫愁乐》供其歌唱。可知是一种专供女子歌唱的乐曲。《乐府诗集》收入清商曲辞西曲歌，共二首，此为第二首。写女子送别情人情景。

【原 文】

闻欢下扬州①，相送楚山头②。探手抱腰看③，江水断不流。

注　释

❶下扬州，去扬州。扬州，指南朝首都建业（今南京）。当时商业极其繁荣，商人估客凭借长江水利往来其间。　❷楚山，泛指楚地之山。《莫愁乐》产生的竟陵（今属湖北），正属古楚地。　❸探手，犹言"伸手"。

评　析

"闻欢""相送"的句式结构，为西曲中常见；但相送于"楚山头"，非泛泛而言，实已为末句隐作铺垫。第三句写欲别还难的场面。分手之际，女子突然伸手将情郎抱住，这一举动急切、娇憨，使人想象到难分难舍的情景。末句尤妙，突然宕开一笔，转而写景。从山头高处远望，波涛似乎消失，水面平静如镜，不就像凝固了一样吗？这一景象，在盼求情人切莫离去的女子眼中，更似幻似真、由幻变真。读之，恍如见女子遥指江面，娓娓劝说："看！江水也已断流，你为何还要离去呢？"以景语作结，耐人寻味。送别之作，自然重在抒情，此诗却无一句正面述情，全由动作、景象衬托，自有情在言外之效。

襄阳乐

解题

《襄阳乐》，本襄阳（今属湖北）民众歌咏刘道声政化的民谣。据《宋书·刘道声传》，刘为襄阳太守，有政绩，"百姓乐业，民户丰赡，由此有《襄阳乐》歌"。随后王诞镇襄阳，将其改制为乐曲。《乐府诗集》收入清商曲辞西曲歌，共九首。但恐已非初创时原词。本篇原列第五。

【原文】

烂漫女萝草①，结曲绕长松②。三春虽同色③，岁寒非处侬④。

注释

❶烂漫，形容女萝枝茂叶盛，欣欣向荣；暗喻少女青春貌美，天真活泼。女萝，一种地衣类植物，经常攀附于松间，故又名松萝。　❷结曲，蔓延弯曲。　❸三春，犹言"春天"。因春有三个月，故称。　❹侬，犹"我"，古吴语自称。

评　析

　　女萝附松的现象，早就为古人觉察，《诗·小雅》中就有"茑与女萝，施于松柏"之句。此诗正是以此喻女子对情人的依恋。三、四两句笔锋一转，变为女萝口吻，承前两句而意作转折。女萝与松毕竟不是二位一体，在三春艳阳天，它们都是一片青翠，而一旦严冬来临，松树依然青青如故，而女萝就要枯萎凋零。这同女子以色事人，色衰爱弛，不正极为相似吗？诗通篇用比兴手法，含蓄蕴藉，朴实无华。写出女子对依附男子而又好景不长的畏惧心理。

三洲歌（二首）

解　题

　　《三洲歌》，是商贾之歌。《古今乐录》谓"商客数游巴陵三江口往还，因共作此歌"（《乐府诗集》引）。《乐府诗集》收入清商曲辞西曲歌，共三首。兹选二首。

（一）

【原　文】

　　送欢板桥湾①，相待三山头②。遥见千幅帆，知是逐风流。

注　释

　　❶此首原列第一。板桥，地名。《景定建康志》："板桥在城南三十里。"
❷三山，山名。在今南京西南，有三座山峰，故名。一说，板桥、三山均泛指。

（二）

【原文】

风流不暂停①，三山隐行舟②。愿作比目鱼③，随欢千里游。

注 释

❶此首原列第二。　❷隐，遮蔽。　❸比目鱼，动物学上鲽形目鱼类的总称，古人常用以比作恩爱情侣。

评 析

女子送别情人这类题材，在汉魏诗歌中似乎未曾有过，至六朝吴声西曲始大量涌现，从一个侧面反映其时社会思想之解放，但同这些女子的身份似亦有关。如这两首《三洲歌》，即模拟商妇之口吻，因而格外直率坦露。在板桥湾送别，在三山头盼归，这种忽东忽西的写法，是民歌中常用之手法，似不必拘泥其地之真实所在。诗妙在后两句的双关隐语。"千幅帆"，极言江中船只之多；"逐风流"，明说是船儿追风逐流，其实暗含了寻欢作乐、追求"风流乐事"之意，这真让她忧心难抑了。

次首继续承此意而加以发挥。船儿渐行渐远渐渐隐没，"不暂停""隐行舟"，既写船只行驰之快，更暗示女子伫立山头时间之久。比目鱼的比喻，不仅新颖，同眼前江水滔滔的实景相互映衬，愈显得贴切自然，仿佛信手拈来而天衣无缝。两诗间用"风流"两字顶真联缀，浑然一体，既可作二诗分读，亦可作一首合看。

采桑度（二首）

《采桑度》，是《三洲曲》的变曲。《乐府诗集》收入清商曲辞西曲歌，共七首。内容都与采桑有关。兹选二首。

（一）

【原　文】

蚕生春三月①，春桑正含绿。女儿采春桑，歌吹当春曲②。

注　释

❶此首原列第一。　❷歌吹，歌唱和吹奏。

评　析

阳春三月，天朗气清，少女们忙着采春桑，在劳动中唱着春曲，洋溢着劳动欢悦之情。全诗四句，句句都嵌有一个"春"字，很好地烘托了春天的气氛。色调上又以春的主色调绿色为主，使人联想到一派生机盎然的春的自然景色。末句中的"春曲"，既可泛指少女的歌声，又隐含了少女对爱情的憧憬。一语双关，健康明朗。

（二）

【原　文】

采桑盛阳月①，绿叶何翩翩。攀条上树表②，牵坏紫罗裙。

注释

❶此首原列第六。盛阳月，犹言"艳阳天"。　❷树表，树梢、树顶。

评析

前首描写总的场景，此首具体描述采桑。首两句与前首写法虽相同，不过，"盛阳月"较之"春三月"，"何翩翩"较之"正含绿"，形象似更为鲜明，且暗示了时间的推移和场景的变化。后两句描写了一个细节：少女攀上树去，结果让树枝勾破了罗裙。生活气息颇为浓厚。

那呵滩（二首）

解题

《那呵滩》，《乐府诗集》收入清商曲辞西曲歌，共六首。《古今乐录》谓此曲"多叙江陵及扬州事。那呵，盖滩名也"。从现存歌辞看，主要写长江水域商贾船夫的恋爱生活。其和声为"郎去何当还"，亦即此曲的主题。那呵，与"奈何"声同，当即"奈何"之意。滩名"奈何"，大约因多悲离伤别之故。兹选二首。

（一）

【原文】

闻欢下扬州①，相送江津弯②。愿得篙橹折③，交郎到头还④。

注 释

❶此首原列第四。下扬州，到扬州去。按，扬州，指南朝京城建业（今江苏南京）。　❷江津，地名，在今湖北江陵附近。一说，江津弯即那呵滩。弯，水湾，泊船之所。　❸篙，撑船用的长竹竿。橹，船尾的桨。　❹交，教。到头还，掉转船头回来。到，通"倒"。

（二）

【原 文】

篙折当更觅^①，橹折当更安。各自是官人^②，那得到头还！

注 释

❶此首原列第五。更，再，又。觅，找。　❷官人，为官府差遣之人。萧涤非说："此处官人，男当是官隶，女当是官妓，俱无人生自由。"（《汉魏六朝乐府文学史》）一说："官人，妇人呼夫之称。'各自是官人'，言我到彼，亦有呼我为官人者，与汝真各自以为是也。"（张玉谷《古诗赏析》）

评 析

《那呵滩》六首，似是一组男女对唱的组歌，内容互有联系，写情人相别无奈之情。前三首写男子将出行时，情人间的叮嘱、承诺。原列第四、第五的这二首，为组歌之高潮所在。前首是女子唱。男子登船离弯，女子匆匆赶去相送。一个"闻"字，见得他们并非夫妇，而是情侣。"江津弯"似随手拈出，实为点明男子是乘船而行，从而引出"愿得篙橹折"这一奇"愿"。送别之际，或祝行人一路平安，或盼情郎早日归来，此则愿篙折橹断，颇同诅咒，不合情理，然经末句挑明，就强烈地显现出女子对离别的痛恨和对情郎的挚爱。

后首是男子答辞。首二句先承女子心愿而言，两"当"字连用，言下自然是此番行程必不可改。缘何如此绝情呢？次二句交代了原因，身为"官人"，奉公差遣，哪得随心所欲！语意似平平淡淡，但就中可以感受到一种身不由己的深沉悲哀。两诗语言明快自然，由于采用连环修辞手法，更增添了语言蝉联之美。

拔蒲（二首）

解 题

《拔蒲》，《古今乐录》谓是"倚歌"，就是一种不伴舞蹈，"悉用铃鼓，无弦有吹"的歌曲。《乐府诗集》收入清商曲辞西曲歌。共二首。写女子与情郎同去拔蒲时的欢乐心情。蒲，一名香蒲，水生植物，可制作蒲席，嫩者可食。

（一）

【原 文】

青蒲衔紫茸①，长叶复从风。与君同舟去，拔蒲五湖中②。

注 释

❶衔紫茸，形容蒲草尖端长着紫色的绒毛。　❷五湖，古代吴越地区的湖泊。其说不一，通常指太湖，或者太湖及其附近湖泊。此处当为泛指。

（二）

【原 文】

朝发桂兰渚①，昼息桑榆下。与君同拔蒲，竟日不成把②。

注 释

❶桂兰渚，长着桂木兰草的水中小洲。　❷竟日，终日，整天。不成把，指不满一把。

评 析

拔蒲，是江南水乡的一种普通农活，但如果与情人一起去拔蒲，其境况恐怕就不同一般。第一首写出发，以景物衬托心情，妙在前二句，青青的香蒲带着紫色的绒毛，长长的蒲叶随风摆动，平时常景，此时在女子眼中何以变得如此美好呢？"与君同舟去"一句，看似不经意，实则正是她充满欢乐的个中原因，故而连司空见惯的蒲草也显得格外可爱诱人，此即所谓"以我观物，故物皆著我之色彩"（王国维《人间词话》）。第二首写收获，以劳动表现恋情，妙在后二句。开始二句承前首末句，"朝发""昼息"，补充概述一日之行程。后二句写一天劳动的收获。"竟日"，强调时间之长。整整一天，以两人之力"同拔蒲"，而竟然"不成把"，借拔蒲之机热恋相聚，而实则无心拔蒲之情，岂非尽在不言之中！诗明修栈道，暗度陈仓，看似写拔蒲劳动，无一字涉及爱情，其实浓缩着言外之情和丰富的诗意。

作蚕丝

解 题

《作蚕丝》，《乐府诗集》收入清商曲辞西曲歌，共四首。都是借养蚕寄托情爱之歌。本篇原列第二。

【原文】

春蚕不应老，昼夜常怀丝①。何惜微躯尽②，缠绵自有时③。

注 释

❶丝，谐音"思"。怀思，怀有相思之情。　❷微躯尽，指春蚕死去。蚕在丝茧结成后还会化成蛹和蛾，但古人习惯视蚕丝吐尽之日，即蚕生命终结之时。　❸缠绵，双关语。以蚕丝之缠绵，暗谐情思之缠绵。

评 析

以"丝"谐音"思"，汉魏乐府中早有先例。如《离歌》之"裂之有余丝，吐之无还期"。朱嘉徵谓："余丝，隐'余思'，后'石阙''莲子'诸语本此。"（《乐府广序》）可见渊源之古。但直接将"蚕"与"丝"两个意象联缀并用，却首见于此诗。诗情感炽烈而表达细腻，正是由于巧妙地把比喻和双关谐隐融合使用，加以曲折含蓄地表现。唐李商隐名句"春蚕到死丝方尽"，即脱胎于此。

孙　绰

孙绰（314—371），字兴公，晋太原中都（今山西平遥）人。孙楚之孙。少孤，有高尚之志，居会稽游放山水十余年之久。晋成帝咸和中（326—334），授著作郎，袭爵长乐侯。后王羲之为右军将军、会稽内史，引为右军长史，曾预兰亭之会。后转永嘉太守，迁散骑常侍，终于廷尉卿，领著作。孙绰与许询一起为其时玄言诗主要作家，《续晋阳秋》谓二人"并为一时文宗"（《世说新语·文学》引）。

碧玉歌（二首）

解 题

《碧玉歌》，《乐府诗集》收入清商曲辞吴声歌曲，共五首。《通典·乐典》曰："《碧玉歌》者，晋汝南王（司马义）妾名，宠好，故作歌之。"其中第二、第四两首，亦见《玉台新咏》，题作《情人碧玉歌》，晋孙绰作。《乐苑》云："《碧玉歌》者，宋汝南王所作也。"当是孙绰应汝南王之请而作。其中第五首，《玉台新咏》作梁武帝诗。兹选两首，原列第二、第四。碧玉，姓刘，生平不详。

（一）

【原文】

　　碧玉小家女①，不敢攀贵德②。感郎千金意，惭无倾城色③。

注　释

　　❶小家女，碧玉出身门第不高，故称"小家女"。　❷攀贵德，即高攀之意。贵德，指显贵而有德行之人。这是对汝南王司马义的恭维。　❸倾城色，美丽的容貌。汉代《李延年歌》："北方有佳人，绝世而独立。一顾倾人城，再顾倾人国。"据说碧玉擅长歌唱，容貌并不很美，故云"惭无倾城色"。

（二）

【原文】

　　碧玉破瓜时①，相为情颠倒。感郎不羞郎②，回身就郎抱。

注　释

　　❶破瓜时，指年方二八（十六岁）。篆字"瓜"很像两个"八"字叠成，故古人常以"破瓜"指女子二八年华。　❷不羞郎，不为郎君含羞。

评　析

　　小家碧玉，是广泛流行的一句成语，专指出身门第不高但聪颖可爱的女子。

这成语即来源于《碧玉歌》。《碧玉歌》都用女子（碧玉）口吻。前首表示对郎君垂爱的感佩，后首写对情郎的情意。虽然出诸文人手笔，但语言之通俗生动，感情之热烈大胆，几与民歌无异。"感郎不羞郎"两句，尤为真率坦直，毫不遮掩，极其生动地凸显出少女对情人火一般炽热的爱恋，置于民间歌辞中亦难分轩轾。

释宝月

释宝月，生卒籍贯均不详。南朝齐僧人，本姓康。出自西域少数民族。《南齐书·乐志》云："《永平乐歌》者，竟陵王子良与诸文士造奏之，人为十曲，道人释宝月辞颇美，上常被之管弦。"可见其交游及特长。又曾为南齐武帝萧赜所作《估客乐》配曲。今存诗五首，皆为乐府诗。其中《行路难》一首，钟嵘谓是"东阳柴廓所造"（《诗品》）。

估客乐（二首）

解题

据《古今乐录》载，南齐武帝萧赜登帝位前，曾游历樊（今湖北襄樊）、邓（今河南邓州）一带，对其地商贾生涯颇为熟悉。登位后，追忆往事，作《估客乐》词，闻释宝月擅长音律，遂命其配乐。宝月亦以此曲制歌辞两首献武帝，即此《估客乐》二首。《乐府诗集》收入清商曲辞西曲歌。

（一）

【原文】

郎作十里行，侬作九里送①。拔侬头上钗，与郎资路用②。

注 释

❶侬，犹"我"。古吴语。　❷资，助。

评 析

　　此首写送别。"十里行"而作"九里送"，倘非情深意长，何至如此！略带夸张的表述，一下子就写出了女子依依难舍的痴情。后两句更是仅用一拔钗相赠以资路用的细节，便将女子对情郎的关怀和盘托出。

（二）

【原 文】

　　有信数寄书①，无信心相忆。莫作瓶落井，一去无消息。

注 释

❶信，信使。书，书信。

评 析

　　此首写相思。"有信""无信"，设想周全，反复叮咛，重点犹在"有信数寄书"，盼望情郎传递信息，以示爱心。次两句正承此而来。古时人们常以瓶汲井取水，"瓶落井"的比喻，贴切自然而富于生活气息，在古诗中属首次出现。后来敦煌曲子词"一只银瓶子，两手捧，携送远行人"（伯3123写本），以及白居易新乐府《井底引银瓶》皆沿用之。

萧　衍

　　萧衍（464—549），即梁武帝。字叔达，南兰陵（今江苏常州西北）人。南齐时曾任南中郎将行参军，有文才，曾应竟陵王萧子良招延文学之邀，与沈约、谢朓等并相交游，号称"西邸八友"。后以雍州刺史镇襄阳，起兵下建康，杀齐废帝东昏侯，执朝政。次年受禅称帝，国号梁。在位四十八年，颇勤于朝政。然中年佞佛，耗资无度。晚年日趋昏愦，接纳东魏降将侯景，太清三年（549），景叛，攻破建康，衍被囚饿死。《南史》本纪称他"少而笃学，能事毕究。虽万机多务，犹卷不辍手，然（燃）烛侧光，常至戊夜"。著述极富，经史儒释，均有涉及。其子萧统、萧纲、萧绎，亦皆礼接文士，崇文好学，人以曹操父子为比。其审美趣味偏好于民间文学，故所作乐府颇富民歌风味。曾仿制吴声、西曲凡数十首，缠绵温婉，几可乱真。其他乐府诗亦古雅流丽，是一个颇具文艺天赋的皇帝。

江南弄

解 题

　　《江南弄》，《乐府诗集》收入清商曲辞。据《古今乐录》，梁天监十一年（512）冬，梁武帝萧衍改造西曲制《江南弄》《上云乐》。其中，《江南弄》七曲为《江南弄》《龙笛曲》《采莲曲》《凤笙曲》《采菱曲》《游女曲》《朝云曲》。本篇列七曲之首，描写帝王宫廷生活。

【原　文】

　　众花杂色满上林①，舒芳耀绿垂轻阴，连手躞蹀舞春心②。舞春心，临岁腴③。中人望④，独踟蹰⑤。

注 释

❶上林，汉武帝建有上林苑。这里泛指南朝皇家园林。　❷连手，手拉手。蹀躞（xièdié），即"躞蹀"，本为小步行走的样子，这里形容轻步曼舞。　❸岁腴（yú），指良辰美景。腴，丰满美好之意。　❹中人，指宫中侍女。《史记·李将军列传》："（李敢）有女，为太子中人，爱幸。"　❺踟蹰（chíchú），徘徊不前的样子。

评 析

　　首两句写皇家园林景色，描绘出百花争艳的大好春景。"舒芳""耀绿"，分咏花、叶。"垂轻阴"，写树叶浓密。因是春日，故着一"轻"字，与夏日之"绿叶成阴子满枝"自是不同，用词极有分寸。第三句起转而写人。江南之地，"歌谣舞蹈，触处成群"（《宋书·良吏传》），宫中自然歌舞更盛。"连手躞蹀"，舞姿轻盈；"舞春心"，歌舞内容颇涉男女恋情。然而面对春光、歌舞，宫中侍妃徘徊踟蹰，她们是自惭不如、羞于同舞呢，还是不敢放纵、过于矜持？诗未作明言，戛然而止。这一小插曲，使诗中感情起伏跌宕，更富含蕴。全诗用词典雅，与民歌之"明转出天然"已然不同。西曲皆五言四句，此篇亦加以变化，且成为《江南弄》七曲之定格，故后人有将其视为"词之鼻祖"者。如梁启超即说："凡属于《江南弄》之调，皆以七字三句、三字四句组织成篇。七字三句，句句押韵，三字四句，隔句押韵。……似此严格的一字一句，按谱制调，实与唐末之'倚声'新词无异。"（《中国之美文及其历史》）当然，作为清乐歌诗，与唐宋之燕乐歌词音乐系统不同，并不属于一类；但于此亦可见其在艺术形式变革上的重要地位。

萧　纲

　　萧纲（503—551），即梁简文帝。字世缵。梁武帝第三子。幼聪慧，梁武帝曾夸之为"吾家之东阿（曹植）"。中大通三年（531），太子萧统卒，纲立为太子。太清三年（549），侯景叛乱，梁武帝被囚饿死，侯景立纲为帝，在位仅二年，即为景所害。纲好学能文，自称"七岁有诗癖，长而不倦"（《梁书·简文帝本纪》）。继立为太子前后，与徐摛、庾肩吾等文士大量创作以姬人倡女为描写对象的诗作，时人称为"宫体"。其论诗主张"立身先须谨重，文章且须放荡"（《诫当阳公大心书》）。其诗描绘细腻，语言清丽，"思入微茫，巧穷变态"，然亦有"舍意问辞，因辞觅态，阙深造之旨，漓穆如之风"（陈祚明《采菽堂古诗选》）之弊。所作乐府，亦复如此。然亦有部分边塞题材之作，气度雄壮，开唐人先河。

乌栖曲（二首）

解　题

《乌栖曲》，《乐府诗集》收入清商曲辞西曲歌，共四首。是梁简文帝萧纲自制的新曲，其形式皆为七言四句。兹选二首。

（一）

【原　文】

芙蓉作船丝作綝①，北斗横天月将落。采桑渡头碍黄河②，郎今欲渡畏风波。

注　释

❶此首原列第一。芙蓉，莲花的别称。綝（zuó），即"笮"，引船的绳索。汉铙歌《上陵》："桂树为君船，青丝为君笮。"　❷采桑渡，即采桑津。据《水经注》，黄河过屈县西南为采桑津。碍，阻，阻碍。

评 析

此诗仅四句，结构却回环曲折。芙蓉小船，斗横月落，黄河古渡，作者究竟要说什么呢？直至末句才使人恍然而悟，原来是一女子在企盼情人到来，而情人却爽约未至。"郎今欲渡畏风波"，她不仅不怨责之，反为之辩解开脱。刻画痴情女子之微妙心理可谓体贴入微。诗婉转深至，措辞耸听。胡应麟曰："简文《乌栖曲》四首，奇丽精工，齐梁短古，当为绝唱。如'郎今欲度畏风波'，太白《横江词》全出此。（按，李白《横江词》云：'郎今欲渡缘何事，如此风波不可行。'）……至'北斗横天月将落''朱唇玉面灯前出'，语特高妙……惟江总'桃花春水木兰桡'一首，差可继之。"（《诗薮·内编》）

（二）

【原 文】

织成屏风金屈膝①，朱唇玉面灯前出②。相看气息望君怜③，谁能含羞不自前。

注 释

❶此首原列第四。织成，古代一种名贵的丝织品，以彩丝或金缕织出花纹。金屈膝，黄金铰链。连结屏风用。　❷朱唇玉面，指女子。形容其美。❸怜，爱。

评 析

此诗写情热中女子的娇态。首句写环境。"织成屏风"连以黄金铰链，睹此一物即可知室内陈设之华美。次句写人物。"朱唇玉面"，绝世佳丽，灯光朦胧，愈显其美。这两句色彩艳丽，概括力极强。明胡应麟赞之"语特高妙，非当时纤词比"（《诗薮·内编》）。后两句进而写女子的心理活动。彼此"相看"，脉脉含情；"气息"相接，愈见亲近。"望君怜"，是女子的心愿，正因此，她即便害羞，却依然纵身向前，诗用"谁能"二字反问语气，突出其一片痴情。清范士楫谓萧纲"最善宫闺，可称穷情尽致"（《历代诗家》引），于此诗亦可见一斑。

庾　信

乌夜啼

本篇《乐府诗集》收入清商曲辞西曲歌。《乌夜啼》曲，据《旧唐书·音乐志》，为宋临川王刘义庆创制。义庆因事触怒文帝，忧心忡忡，其"妓妾夜闻乌夜啼声，扣斋阁云：'明日应有赦。'其年更为南兖州刺史。作此歌"。本篇大约是作者早年仕梁时所作。其时所作《荡子赋》云："新歌《子夜》，旧舞《前溪》。别后关情无复情，奁前明镜不须明。"与本篇内容颇为相近。

【原　文】

促柱繁弦非《子夜》^①，歌声舞态异《前溪》^②。御史府中何处宿^③？洛阳城头那得栖^④！弹琴蜀郡卓家女^⑤，织锦秦川窦氏妻^⑥。讵不自惊长泪落^⑦，到头啼乌恒夜啼^⑧。

注　释

❶促柱，旋紧的弦柱。侯瑾《筝赋》："急弦促柱，变调改曲。"繁弦，繁杂的弦乐声。顾野王《筝赋》："转妙音于繁弦。"《子夜》，吴声歌曲的一种。据《大子夜歌》"歌谣数百种，《子夜》最可怜"，可见其美妙动听。参见《子夜

歌》解题。　❷《前溪》，晋车骑将军沈充创制，南朝著名舞曲。参见《前溪歌》解题。　❸"御史"句，《汉书·朱博传》："是时，御史府吏舍百余区井水皆竭。又其府中列柏树，常有野乌数千栖宿其上，晨去暮来，号曰朝夕乌。"此反用其典，谓御史府中不得栖宿。　❹"洛阳"句，《后汉书·五行志》："桓帝之初，京都童谣曰：'城上乌，尾毕逋。'"后汉都洛阳，故云"洛阳城头"。　❺卓家女，指卓文君。据《史记·司马相如传》，卓文君为西汉蜀郡临邛卓王孙之女，新寡，司马相如以琴心挑之，两人一起私奔。又《西京杂记》载，后司马相如欲纳茂陵女为妾，文君作《白头吟》以自绝，相如乃止。　❻窦氏妻，据《璇玑图》诗序，前秦秦州刺史窦滔徙沙漠，临行时向其妻苏蕙表示誓不另娶，后来却自违其言。苏蕙便于锦缎上织一回文诗寄给窦滔，促使其回心转意。　❼讵，岂。　❽恒，常。到头，一作"到处"。恒夜，一作"何处"。

评 析

　　此诗粗粗读之，似零乱无章，不知所云；细加吟诵，方能悟其跳跃跌宕之妙。首两句承曲名指出《乌夜啼》"非《子夜》""异《前溪》"，那么此曲究竟妙在何处呢？次两句却又撇开不作回答，而是敷衍曲名字面含义去写老鸦无处栖宿，夜夜哀鸣。五六句更宕开笔墨拈出卓文君、窦滔妻两人，但意欲何指仍未加挑明，给人以扑朔迷离之感。直至末两句将人乌合写，人自惊心泪落，乌自夜飞夜啼，始令人恍然而悟，原来诗旨在说明《乌夜啼》者，乃离别伤悲之曲也。首两句实已隐隐点题，后六句由乌及人，又人乌合写，皆是借助于具体形象，烘托暗示其哀惋凄伤、催人泪下的特征，所谓伤心人闻之必将悲感不已，这正是此曲有别于他曲之妙处所在。诗回环曲折，跳荡摇曳，虽因用典过多而略见晦涩，但较之平直铺叙，岂非诗情更浓，别有妙趣！此种写法在唐人李商隐诗中颇有嗣响。至于诗中有否寄寓，颇难猜测。萧涤非谓是"子山盖隐以自喻"（《汉魏六朝乐府文学史》），似证据不足，姑以存疑。其形式亦值得一提。除"洛阳城头""到头啼乌"两句平仄稍有不合，次联与首联略失黏外，余皆已合七律格式，故清刘熙载称其"开唐七律"（《艺概·诗概》）。

陈叔宝

　　陈叔宝（553—604），即陈后主，字元秀，吴兴长城（今浙江吴兴）人，陈宣帝顼嫡长子。宣帝太建元年（569）立为太子。太建十四年（582），宣帝崩，嗣立。在位期间，穷极奢靡，宠贵妃张丽华、孔贵嫔等，日与江总、陈瑄、孔范等宴游后宫，制作艳词，荒废朝政，时号"狎客"。隋师南下，犹恃长江天堑，歌舞不辍。祯明三年（589），国亡于隋，在位仅七年。被俘献长安，后病死。其诗大抵承"宫体"余风，内容固少有可取，然"才情飘逸，态度便妍，固是一时之隽"（陈祚明《采菽堂古诗选》），在形式技巧方面亦有其贡献。

玉树后庭花

解 题

　　本篇《乐府诗集》收入清商曲辞吴声歌曲。《玉树后庭花》为陈叔宝所创制的新曲，与"幸臣等制其歌词，绮艳相高，极于轻薄，男女唱和，其音甚哀"（《隋书·音乐志》）。本篇是其中的一篇，是一首典型的宫体诗。又，据《隋书·五行志》："祯明初，后主作新歌，词甚哀怨，令后宫美人习而歌之。其辞曰：'玉树后庭花，花开不复久。'时人以歌谶，此其不久兆也。"后世故视此曲为亡国之音。

【原 文】

　　丽宇芳林对高阁①，新妆艳质本倾城②。映户凝娇乍不进③，出帷含态笑相迎。妖姬脸似花含露④，玉树流光照后庭⑤。

注 释

❶丽宇，宏丽的殿宇。芳林，春天丛生的花卉草木。高阁，指陈朝宫内临春、结绮、望仙三阁。　❷艳质，指女子的天生丽质。倾城，形容女子美貌。李延年歌："北方有佳人，绝世而独立。一顾倾人城，再顾倾人国。"（《汉书·佞幸传》）　❸凝娇，呈现娇态。乍，暂时。　❹妖姬，美貌女子。妖，美。❺玉树，比喻女子的丰姿体态。《世说新语·容止》："魏明帝使后弟毛曾与夏侯玄共坐，时人谓'蒹葭倚玉树'。"流光，流溢光彩。后庭，后宫，为妃嫔居住之地。

评 析

《玉树后庭花》是历史上著名的亡国之音。唐初御史大夫杜淹说："前代兴亡，实由于乐。陈将亡也，为《玉树后庭花》；齐将亡也，而为《伴侣曲》。行路闻之，莫不悲泣，所谓亡国之音也。"其实，从《隋书·五行志》所载看，这当是陈亡后因此曲另一首歌辞"玉树后庭花，花开不复久"句而产生的附会之辞。如撇开亡国之音的恶谥不谈，本诗实不过是一首普通的宫体诗。梁陈宫体，主要描述对象是女性美，此诗即写后宫佳丽的姿色容态。首句展现后宫环境，丽宇、芳林、高阁，一派豪华宏丽的景象。次句说明这正是梳洗方毕、光彩照人的妃嫔的生活场所。两句平平而起，未见精彩，倒是三四句稍有特色，抓住妃嫔们迎见君王，"映户""出帷"之际的情态，将娇柔妩媚的女性形象刻画得呼之欲出，活灵活现。末两句直接赞美佳丽容貌。"玉树流光照后庭"，巧喻点题作结。全诗脱略美人之形，着意刻画其神，较之用细致笔触描绘女性形体美的大多数宫体诗，显得另具风韵。

杨 广

杨广（569—618），即隋炀帝。弘农华阴（今陕西华阴）人，隋文帝杨坚次子。初封晋王，曾率军灭陈，后用阴谋夺得其兄杨勇太子之位。仁寿四年

（604），乘父坚病重，弑父自立。在位十四年，政治腐败，致天下大乱，被部下宇文化及缢杀于江都（今江苏扬州）。杨广善诗文。所作乐府颇多侧艳之歌，但亦有部分作品写得比较清新，"一洗浮荡之言"（刘师培《南北学派不同论》），尤其"边塞诸作，铿然独异"（沈德潜《说诗晬语》）。《隋书·文学传》谓其"初习艺文，有非轻侧之论；暨乎即位，一变其风"。以"即位"为界，前后期内容风格颇有不同。

春江花月夜

解 题

本篇《乐府诗集》收入清商曲辞吴声歌曲。据《旧唐书·音乐志》，此曲为陈后主（叔宝）所创制，原作已佚。隋炀帝杨广所作共二首，为今存最早之作。此首原列第一，切合曲名写春江月夜之景色。

【原 文】

暮江平不动①，春花满正开。流波将月去②，潮水带星来。

注 释

❶平不动，指水波不兴。　❷将，共，与。

评 析

据《旧唐书·音乐志》，此曲亦《玉树后庭花》一类艳曲，但杨广此首，借题生意，一扫艳媚。前两句写黄昏远眺长江两岸，暮霭沉沉，江水浩渺，春花遍野，花红似锦。"平不动"是人的感受，江面水波不兴，在暮色中平坦似镜，描写十分真切。"满正开",一个"满"字,不仅写出春花正红,更强调了两岸花发,触目皆是。后两句是春江夜景。春夜潮生,江水滔滔,"将月去""带星来",将水波激荡、星月交辉之状写得惊天动地,气势宏大。虽寥寥四句,不仅将题面"春""江""花""月""夜"全皆涵笼,勾描出一幅江月胜景图,而且写出了时间的流逝,使人想及作者面对江山美景似痴如醉的留恋深情。炀帝乃亡国之君,后世例多贬词,但其诗确能"一洗浮荡之言"(刘师培《南北学派不同论》),如此诗"即唐人能手,无以过之"(朱乾《乐府正义》)。

琴曲歌辞

琴曲者，是以琴演奏的乐曲。起源很早，但现存琴曲歌辞大都时代较晚。约略可分三类。一类所谓唐尧、虞舜、周文王，以至汉王嫱、蔡琰等所作，其实皆为后人假托。第二类是后世取古人所作而配以曲调者，如《渡易水》即荆轲之《易水歌》，《力拔山操》即项羽《垓下歌》，《大风起》即刘邦《大风歌》，而作者撰作之时非有意为琴曲也。第三类是南朝以后文人撰作。兹于第三类选二首，聊备一体。

汤惠休

汤惠休，生卒年、籍贯均不详。字茂远，南朝宋人。早年出家为僧。元嘉二十四年（447），徐湛之为南兖州刺史，招集文士，遇惠休甚厚。宋孝武帝即位，令其还俗。后官扬州从事史、宛朐令等。卒于宋亡前，较鲍照稍后。善属文，"辞采绮艳"（《宋书·徐湛之传》）。部分作品风格近鲍照，时有"休鲍"之称，而实不及鲍照远甚。颜延之讥其诗为"委巷中歌谣"，恰可见其诗受民歌影响较深，且大多采用乐府诗形式。

秋思引

解 题

本篇最早见录于《艺文类聚》。《乐府诗集》收李白《秋思》入琴曲歌辞，则此题当属琴曲。写一女子"悲望"秋景，勾起对情人的无限思念。秋思，泛指秋日寂寞凄凉的愁思。

【原文】

秋寒依依风过河^①，白露萧萧洞庭波^②。思君末光光已灭^③，眇眇悲望如思何^④。

注释

❶依依，轻柔披拂的样子。　❷萧萧，形容白露零落。洞庭波，洞庭湖涌起波涛。波，波动。　❸末光，落日余晖。这句意为女子在夕阳里临湖远望，直至日落天黑。　❹眇眇，眯眼远望的样子。如思何，犹"奈思何"，即无法遣散愁思。

评析

湖面浩瀚，波涛涌起，"悲望"之际，岂不令人产生天涯隔远之悲叹？"秋寒依依""白露萧萧"，凄清的秋景，更在离人心头增添一层压抑之感。诗首两句写思妇眼中所见，以秋景暗暗托出秋思。类此境界，似曾相识。《诗·蒹葭》："蒹葭苍苍，白露为霜。所谓伊人，在水一方。"楚辞《湘夫人》："帝子降兮北渚，目眇眇兮愁予。袅袅兮秋风，洞庭波兮木叶下。"作者显然由此得到启发，熔铸新辞，使意境更优美，语言更凝练。诗后两句承前而点出秋思的具体内容。"末光光已灭"，写出女子伫立湖畔之久，同时语含双关。以"末光"喻来自男方的爱宠古已有之，陆机《乐府》："愿君广末光，照妾薄暮年。"这里更以"光已灭"喻男子的薄幸，使末句读来倍觉哀惋缠绵。诗从"悲望"两字生发，绘景抒情，情景交融。"梁以前近七言绝体，仅此一篇"（胡应麟《诗薮·内编》），表现手法和艺术形式均已开唐人七绝之先河。

江　洪

江洪，生平事迹不详。南朝齐梁间人。原籍济阳（今河南兰考一带）。齐竟陵王萧子良开西邸，洪为其门下文士。入梁，曾官建阳令，坐事死。其存诗不多，略显轻艳而颇有情致。

胡笳曲（二首）

解 题

《胡笳曲》，《乐府诗集》收入琴曲歌辞。现存最早之作为南朝宋吴迈远作。江洪作共二首，写一边地老将的悲慨失落之情。

（一）

【原 文】

藏器欲邀时①，年来不相让②。红颜征戍儿③，白首边城将④。

注 释

❶藏器，语本《周易·系辞下》："君子藏器于身，待时而动。"器，本指才德，这里指老将胸怀武艺韬略。邀时，希遇风云际会。原作"逢时"，据《文苑英华》《艺文类聚》改。　❷这句即岁月不饶人之意。　❸红颜，指少年时代。❹这两句说，少年时代已从军征戍，至今白发苍苍，仍只是一个普通的边将。

评 析

此首总述老将一生不遇。其武功韬略，卓荦不凡，而又有企求建功立业的雄心，自然应有所建树。然而，岁月悠悠，冉冉老去，却始终未能一展怀抱。后两句"红颜""白首"的对照，突出时间跨度之大，反差强烈，而老将一生坎坷的悲剧命运已尽在不言之中。

（二）

【原 文】

落日惨无光，临河独饮马①。瑟飒夕风高②，联翩飞雁下③。

注 释

❶饮马，牵马饮水。 ❷瑟飒，象声词，形容风声。"飒"原作"飓"，据《文苑英华》《艺文类聚》改。夕风，晚风。 ❸联翩，同"连翩"，形容雁飞时前后相连的样子。

评 析

此首截取老将边塞生活中的一个场景。饮马长河，在军旅生活中恐怕司空见惯，并不会引起多少注意。但诗却巧妙地以夕阳西下、秋晚风急、群雁低飞的典型环境衬托之，顿时呈现出强烈的萧索凄凉意味。"惨""独"两字，更突出了白首老将的寂寞失落之感。两诗一为叙述，一为描绘。前首概括简略，此首具体形象，互为补充。虽寥寥数笔，一个白首老将凄然的身影恍如在目。钟嵘评江洪诗曰："洪虽无多，亦能自迥出。"（《诗品》）观此两诗，信然。

杂曲歌辞

　　宋郭茂倩说："杂曲者，历代有之。或心志之所存，或情思之所感，或宴游欢乐之所发，或忧愁愤怨之所兴，或叙离别悲伤之怀，或言征战行役之苦，或缘于佛老，或出自夷虏，兼收备载，故总谓之杂曲。"（《乐府诗集》卷六十一）曲调性质及配乐情况已不清楚，有的可能并未配乐。察其风格，与相和歌辞、清商曲辞相近。现存汉杂曲歌辞，大都为东汉作品，既有民间歌辞，亦有文人之作。后世亦多文人撰作。

无名氏

蛱蝶行

解　题

　　本篇为汉乐府古辞。《乐府诗集》收入杂曲歌辞。可能由于传写时"声辞相杂"，此诗句读历来分歧较大，少数句子颇难理解。但其大意还很清楚，写一只翩翩飞翔的蝴蝶，被母燕擒回窠哺雏，是一首颇有趣味的寓言诗。

【原　文】

　　蛱蝶之遨游东园①，奈何卒逢三月养子燕②，接我茞蓿间③。持之我入紫深宫中④，行缠之⑤，傅欂栌间⑥。雀来燕⑦，燕子见衔哺来⑧，摇头鼓翼，何轩奴轩⑨。

注　释

❶蛱蝶，即蝴蝶。蛱，原作"蜨"，据《初学记》改。　❷卒，同"猝"，突

然。养子燕，正在哺雏之燕。　❸接，此为擒捉之意。苜蓿（mùxù），多年生草本植物，紫茎，一名紫花苜蓿。　❹持，挟持。紫深宫，昏暗之屋。这是从蝶的眼中看出而言。一说，"紫宫"，指帝王居处。"深"，形容宫殿宽广。　❺缠，缠绕、围绕。　❻傅，通"附"，附着。樽栌，即斗拱，柱上方木。用以支承屋梁，燕子常在其上筑窝。　❼雀来，形容燕之欢欣状。犹"雀立""雀跃"之意。来，语助词。　❽燕子，燕之子，指雏燕。　❾何轩奴轩，形容雏燕昂首耸身接食的样子。奴，表声字，无义。黄节说："于是燕子见母衔蝶来哺，则摇头鼓翼而争食之也。"（《汉魏乐府风笺》）

评析

此诗构思奇特，想象丰富。从蛱蝶眼中看燕子的行动，用蛱蝶口吻叙说经过，写得极为生动有趣。尤其是一些动词的使用，如"遨游"，状蛱蝶之得意；"卒逢"写事变之突然；"接""持""缠"，叙母燕之凶狠；"摇头鼓翼"，写乳燕之欢欣……无不准确传神，显示出语言的锤炼之功。但诗的寓意却颇难猜测。朱嘉微说是"达人不婴世机也，物出于机，复入于机，诗以悲之"（《乐府广序》）。此外或以为寓有当居安思危之意，"祸机之伏，从未有不从安乐得之"（朱乾《乐府正义》）；或认为"活画出生存竞争中弱肉强食之景象"（郑文《汉诗选笺》）。但似乎都未惬人意。

悲歌行

解题

本篇为汉乐府古辞。《乐府诗集》收入杂曲歌辞。是一首羁旅异乡、无家可归者的悲歌。

【原文】

　　悲歌可以当泣①，远望可以当归。思念故乡，郁郁累累②。欲归家无人，欲渡河无船。心思不能言，肠中车轮转③。

注　释

　　❶当，充当、替代。此句犹"长歌当哭"之意。　❷郁郁，忧愁的样子。累累，通"垒垒"，形容忧思之重。　❸车轮转，像车轮似的转动。

评　析

　　诗贵含蓄，抒情婉转曲折，往往能产生较强的艺术感染力。但有时直言明说，也同样能撼动人心。本篇即一例。诗落笔便用"悲歌"两字突出情绪的强烈，"远望"两字点明"悲"的内容是思乡。"可以当泣""可以当归"，则更明白无误地表明泪水已流尽，归念已绝望，故而只能在悲歌远望中寄托乡思。沈德潜评之说："起最矫健，李太白时或有之。"（《古诗源》）接着六句，仍是句句直言明说。"思念"两句，直说乡思之重；"欲归"两句，直说不能归家之原因；"心思"两句，直说心中悲伤之程度。全诗没有丝毫景物描写或点染烘托，但"情意曲尽，起二句旅客至情不能言，乃真愁也"（陈祚明《采菽堂古诗选》）。关于此诗背景，朱乾说："或邦国丧乱，流寓他乡；或负罪离忧，窜身绝域，故词极凄楚。"（《乐府正义》）。亦推测之词。但动乱社会中有家难归实为普遍现象，故诗所抒之情确具有广泛的典型意义。

枯鱼过河泣

解　题

　　本篇为汉乐府古辞。《乐府诗集》收入杂曲歌辞。是一首设喻巧妙、取譬奇特的寓言诗。枯鱼，干鱼。

【原 文】

枯鱼过河泣，何时悔复及①！作书与鲂鱮②，相教慎出入。

注 释

❶悔复及，追悔不及。　❷作书，写信。鲂鱮（fángxù），皆鱼名。鲂同鳊鱼相似，银灰色，腹部微隆起；鱮即鲢鱼。　❸相教，告知，告诫。

评 析

首句"枯鱼过河泣"，既是"枯鱼"，又何能"泣"？然非"枯鱼"，又何能知"泣"！这五个字已将一个失悔当初者噬脐莫及的懊丧痛悔，非常形象地表现出来了。次句再正面点明"悔"意：悔不小心，以致为人捕获。后两句以自身遭遇为例，规劝友人千万要慎于出入。张玉谷说："此罹祸者规友之诗。出入不谨，后悔无及，却现枯鱼身而为说法。"（《古诗赏析》）诗写得极为沉痛，借"枯鱼"之口，把人立身行事应谨慎，否则"一失足成千古恨"这层意思发挥得淋漓尽致。

咄喈歌

解 题

本篇见于《乐府诗集》杂曲歌辞梁简文帝《枣下何纂纂》题注，亦属汉代杂曲歌辞。郭茂倩题注并谓其"言荣谢之各有时也"，但细辨诗意，似是讥刺世态炎凉之作。咄喈（duōjiè），叹息声。

【原文】

枣下何攒攒①，荣华各有时。枣初欲赤时，人从四边来。枣适今日赐②，谁当仰视之③！

注　释

①攒攒，形容人头簇拥的样子。　②适，犹"若"，假如，如果。赐，尽。③当，尚，还。

评　析

世态炎凉，人情如纸，早已人尽皆知，司空见惯。此诗再次加以点醒。其特点是并不把此意直接指明，而是用人们熟知的枣树为喻：枣实累累之时，人们蜂拥而至，都想分享果实；然而一旦枣尽，则又如何呢？诗末句用反问出之，启人深思。

乐　府

解　题

本篇为汉乐府古辞。《乐府诗集》收入杂曲歌辞。径题"乐府"而未著曲名，大约流传中曲名已佚。后魏明帝及唐人亦有拟此以"乐府"两字为题者。汉代西域和中原贸易往来很频繁，本篇即从一个侧面反映出其时盛况。

【原文】

行胡从何方①？列国持何来②？氍毹毦㲪五木香③，迷迭艾蒳及都梁④。

注　释

❶行胡，来自胡地的商人。　❷列国，指西域诸国。　❸氍毹（qúshū），粗毛毯。毾㲪（tàdēng），细毛毯。五木香，即青木香。王观国《学林·五木香》："古药方有五香散，而其方中止用青木香，则五木香即青木香也。"又，黄节谓"五木香，疑当为五味香"（《汉魏乐府风笺》）。按曹植《妾薄命》有"鸡舌五味杂香"句，可备一说。　❹迷迭、艾蒳、都梁，均香名。据《广志》：迷迭香出西域；都梁香出交广，形如藿香；艾蒳出西国，似细艾。（《本草纲目》引）

评　析

汉代中外交流发达，西域商贾、异国珍奇，沿着丝绸之路源源涌入。这首小诗也是一个见证。首两句接连发问，"从何方""持何来"，写出国门初开之际，面对来自异国的商贾和物品，人们的惊奇迷惘之情。后两句拈出两类西域物品：毛毯和香料。这在今天看来自然极为平常，但在当时人们眼中就非同一般。诗朴实无奇，但反映了汉代与西域各国的文化交流，颇有历史价值。

古　歌

解　题

本篇为汉乐府古辞。《乐府诗集》收入杂曲歌辞。抒写羁旅胡地的乡愁。

【原文】

秋风萧萧愁杀人。出亦愁，入亦愁，座中何人，谁不怀忧①？

令我白头！胡地多飙风②，树木何修修③。离家日趋远④，衣带日趋缓⑤。心思不能言，肠中车轮转。

注 释

❶谁，徐仁甫说："'谁'为'何'字之旁注误入正文者，原文本作'座中何人不怀忧'，即座中谁人不怀忧。"　❷胡，古代对北方民族的统称。飙风，暴风。　❸修修，通"翛翛"，本为鸟羽干枯粘结的样子，这里形容树枝被风吹得散乱干枯。　❹趋，向，趋向。　❺缓，宽，宽松。人变瘦则觉腰带宽松。

评 析

古代道路阻隘，交通不便，羁旅他乡，已然堪悲，何况秋风萧萧，岂不更愁思逼人？诗突兀而起，接连用三个"愁"字，真可谓"苍莽而来，飘风急雨，不可遏抑"（沈德潜《古诗源》）。而举目又皆他乡之客，伤心人对伤心人，难怪他要发出"令我白头"之叹。"胡地"两句，既是眼前实景，又辞兼比兴，以引出离家日远，衣带日缓。两个"趋"字，写出客子渐行渐远渐消瘦，怎教人不随轮转而肠断呢？诗熔抒情、写景于一炉，集中刻画乡愁，句句含忧，语语辛酸，但也正因如此，可容易引起更多的共鸣，与《悲歌》有异曲同工之妙。

驱车上东门行

解 题

本篇最早见于《文选·古诗十九首》，题作《驱车上东门》。《乐府诗集》收入杂曲歌辞，作此题。《合璧事类》引作"古乐府"。写面对洛阳北邙山累累家墓而引发的感慨。上东门，《河南郡图经》："（洛阳）东有三门，最北头曰上东门。"（《文选·阮籍咏怀》李善注引）

【原文】

驱车上东门，遥望郭北墓①。白杨何萧萧②，松柏夹广路③。下有陈死人④，杳杳即长暮⑤。潜寐黄泉下⑥，千载永不寤⑦。浩浩阴阳移⑧，年命如朝露⑨。人生忽如寄⑩，寿无金石固。万岁更相送⑪，贤圣莫能度⑫。服食求神仙⑬，多为药所误。不如饮美酒，被服纨与素⑭。

注 释

①郭北墓，指洛阳城北的北邙山墓葬群。东汉城阳恭王刘祉死，葬于北邙山，其后王侯卿相率多葬于此，遂为王侯贵族的墓区。郭，外城。　②白杨，以及下句"松柏"，都是古代墓地常植树木。萧萧，形容风吹树叶发出的声响。按，白杨树叶柄较长，稍有微风，树叶即会颤动，且又多植于墓地，故古诗中常有类似句子。如"白杨多悲风，萧萧愁杀人"（《去者日以疏》）之类。　③广路，指富贵人家墓前之墓道。　④陈死人，死去很久的人。《庄子·寓言》："人而无人道，是之谓陈人。"郭象注："陈，久也。"　⑤杳杳（yǎo），幽暗。即，就，趋近。长暮，犹"长夜"。　⑥潜寐，深眠。寐，睡。黄泉下，指地下。⑦寤，醒。　⑧浩浩，水流无穷无尽的样子。阴阳移，指四时运行，时间推移。古人将一切自然现象都看作阴阳变易，如"春夏为阳，秋冬为阴"之类。《庄子·知北游》："阴阳四时运行。"　⑨年命，犹言"寿命"。　⑩忽，迅疾。寄，旅居。《尸子》："人生于天地之间，寄也。"　⑪万岁，万年，指自古以来。更，读平声，更迭之意。这句是说人生一代一代更相递送，永无了时。　⑫度，同"渡"，越过。这句是说即使圣贤也难逃一死。　⑬服食，指服食延年长生之药。⑭被服，犹言"穿着"。被，同"披"。纨、素，皆白色丝织品，即绢。纨为细绢，素为绢之总名。

评 析

人生短促无常的感伤，在汉末乐府古诗中表现得最为强烈。此诗前八句写所见，句句围绕死者而发。累累冢墓和萧萧白杨，无疑最易引起对"黄泉""死人"的联想。"夹广路"，暗示死者身份尊贵。"陈""长""永"三字，字字都强调了人死永不返回，"此处越说得狠，下文越感慨得透"（朱筠《古诗十九首说》）。后十句抒感慨，发议论。在诗人眼中，时间是毁灭生命最可怕的力量。浩浩岁月，推移不息，而人生却"如朝露""忽如寄"，转瞬之间，归于虚无，千年万载都在重复着这生生死死的一幕。将人们想极力回避而又无法回避的生死问题，赤裸裸地道出，虽情调未免消极，情感却极为强烈，"意激于内，而气奋于外，豪宕悲壮，一气喷薄而下"（方东树《昭昧詹言》）。尤其最后四句，直写所欲，毫不遮掩。"写情如此，方为不隔"（王国维《人间词话》），从一个侧面反映了其时儒教式微，人们敢于畅所欲言的社会状况。

冉冉孤生竹

解　题

本篇最早见于《文选·古诗十九首》。《乐府诗集》收入杂曲歌辞，《事文类聚》《合璧事类》都引作"古乐府"。刘勰《文心雕龙》谓是东汉傅毅所作，但并无确证，后人皆辩其非。关于诗之题旨，历来有两说。明闵齐华认为："此结婚之后，夫有远行，而有是作。"（《文选瀹注》）而清吴淇则谓是"怨迟婚之作"（《六朝选诗定论》）。今人大都从前说。冉冉，柔弱下垂的样子。孤生竹，孤独生长之竹。一说指野生竹子。

【原　文】

冉冉孤生竹，结根泰山阿①。与君为新婚，菟丝附女萝②。菟丝生有时③，夫妇会有宜④。千里远结婚，悠悠隔山陂⑤。思君令人老，轩车来何迟⑥！伤彼蕙兰花，含英扬光辉⑦。过时而不采，将随秋草萎⑧。君亮执高节⑨，贱妾亦何为？

注 释

❶泰山，即太山。古"太""大"通用，高大之山。阿，山坳，山弯。
❷菟丝，一种蔓生植物，需攀附其他植物而生长，夏季开淡红小花。女萝，即松萝，地衣类蔓生植物。　❸这句说菟丝生长自有一定的时间。生，生长，喻指女子青春成长。　❹会，相聚。宜，指适当的时间。这两句说夫妻相聚应当及时。言外之意是不要错过青春盛时。　❺悠悠，遥远的样子。山陂（bēi），犹言"山川"。陂，水泽，此泛指江湖。余冠英说："上句说离家远嫁，结婚不容易，下句说婚后又远别，久别。"（《乐府诗选》）　❻轩车，有屏障的车。古代大夫以上官员乘用。按，此女子之夫大约远行求官，故思妇有此联想。　❼含英，尚未完全盛开的花朵。英，花朵。　❽萎，凋谢，干枯。　❾亮，同"谅"，诚。高节，高尚的节操。

评 析

　　汉代思妇诗以新婚远别为题材的，唯有此篇，故历来受人注目。全诗十六句，前八句写新婚远别，是追忆往事。首两句兴而兼比，第四句亦是比喻，皆喻指"与君为新婚"。清代饶学斌说："曰'结'，曰'附'，则庆一日之遭逢，即冀终身依靠，因唯愿有合无离矣。"（《月午楼古诗十九首详解》）不过细加辨析，"结根泰山"固是希冀托身得所；而女萝也属柔弱植物，"附女萝"者，当隐寓婚后夫君随即远行难以依靠之意。后八句写别后相思。"令人老"，见得分别之久、相思之苦。一个"老"字，活绘出思妇日渐消瘦衰老、心力交瘁之状。不说"轩车"不来，而说"来何迟"，企盼之意，溢于言表。"伤彼蕙兰"，实乃自伤，花将随秋草萎谢，正是思妇青春消逝、岁月蹉跎之形象写照。故末两句自慰词，实在是无可奈何之哀叹。诗絮絮道来，曲尽衷肠，惆怅切情，委婉动人；反复使用比喻手法，更构成表述上的一大特色。唐杜甫《新婚别》，显然受到此诗的启发。

青青陵上柏

解 题

本篇最早见于《文选·古诗十九首》,《北堂诗钞》引作"古乐府"。汉代古诗、乐府之界限并不截然分明,有些古诗,实际上是乐府诗,因流传中失去音乐标识而被称为古诗。《古诗十九首》中除《冉冉孤生竹》《驱车上东门》两首收入《乐府诗集》,还有数篇为古文献凿凿言之为乐府者,本篇亦为其中之一。诗写一失意文人在当时首都洛阳的所见所感。陵,高丘。

【原 文】

青青陵上柏,磊磊涧中石^①。人生天地间,忽如远行客^②。斗酒相娱乐^③,聊厚不为薄^④。驱车策驽马^⑤,游戏宛与洛^⑥。洛中何郁郁^⑦,冠带自相索^⑧。长衢罗夹巷^⑨,王侯多第宅^⑩。两宫遥相望^⑪,双阙百余尺^⑫。极宴娱心意^⑬,戚戚何所迫^⑭!

注 释

❶磊磊,石块堆积、聚集的样子。涧,山间的溪流。　❷忽,迅疾。远行客,出远门的旅客。《韩诗外传》:"二亲之寿,忽如过隙。"　❸斗酒,指少量的酒。斗,酒器。《史记·滑稽列传》:"一斗亦醉,一石亦醉。"　❹聊,姑且。薄,指量少味薄。这两句说,斗酒虽然不多,但聊以为厚,不以为薄,也足以"相娱乐"了。　❺策,马鞭。此处为鞭策之意。驽马,劣马。　❻宛,宛县。东汉南阳郡治,当时有南都之称。洛,东汉首都洛阳。按,这里宛、洛并举,但观下文专写洛阳,似并未到宛,只是因洛阳而连带提及。　❼郁郁,繁盛的样子。　❽冠带,指仕宦中人。自相索,互相来往。索,求访。　❾长衢,大街。罗,列。夹巷,大道边的小街巷。　❿第宅,皇帝赐给大臣的住宅。《汉书·高

帝纪》："赐大第室。"注："有甲乙次第，故曰第。" ⓫两宫，指汉代洛阳城里的南北两宫。《汉官典职》："南宫、北宫，相去七里。"遥相望，遥遥相对。⓬阙，宫门前望楼，又名"观"。《古今注》："古每门树两观于其前，所以标表宫门也。" ⓭宴，乐。 ⓮戚戚，忧愁的样子。《论语·述而》："君子坦荡荡，小人长戚戚。"

评 析

　　陵上之柏，涧中之石，皆是恒久长存之物，用以起兴，且与倏忽人生比较，益反衬出人生之短促。古人谓："人生于天地之间，寄也。"（《尸子》）但直接用"远行客"作喻，尚属首例。着一"忽"字，更为生动形象，不仅强调了生命之短暂，也暗示出人生的艰难。作者一介贫士，策驽马而游戏宛洛，正是有鉴于此而旷达处之。"游戏"一词，语含辛酸，引出"洛中"一段。"何郁郁"，赞叹京洛繁华，以下即作具体描写：达官豪贵，来来往往；王侯邸宅，鳞次栉比；帝王宫阙，巍峨耸立。洛中景物自然并不仅止于此，作者将笔墨集中于上层阶级的豪奢，有意略去其余，显然是为了突出统治集团的穷奢极欲无以复加，从而表达自己的不平之感。诗最后两句，收束全篇，点出主旨。陈沆曰："首以柏石之可久，反兴人生之如过客；以斗酒之足乐，反刺富贵者之无厌求。故推之冠带，又推之王侯，又推之两宫双阙，莫不盛满荣华，穷娱极宴，而我乃独为忧戚于其间，果何所迫而云然乎？"（《诗比兴笺》）面对上层阶级的醉生梦死，作者再次以旷达语自慰，然"强作旷达语，正是戚戚之极者也"（黄节旧藏《古诗赏析》眉批）。愤恨之情，不平之意，失意文人的心态于此皆宛然可见。

迢迢牵牛星

解 题

　　本篇最早见于《文选·古诗十九首》。《玉烛宝典》引作"古乐府"。牵牛、织女的神话，至东汉末年已基本定型。本篇就是借天上牵牛、织女的隔绝，抒写人间夫妇离居的悲哀。迢迢，遥远的样子。牵牛星，河鼓三星之一，天鹰星座主星，在银河南。

【原文】

迢迢牵牛星，皎皎河汉女①。纤纤擢素手②，札札弄机杼③。终日不成章④，泣涕零如雨⑤。河汉清且浅，相去复几许⑥？盈盈一水间⑦，脉脉不得语⑧。

注　释

❶皎皎，明亮的样子。河汉女，指织女星。天琴星座的主星，在银河北。河汉，银河。　❷纤纤，柔细的样子。擢（zhuó），摆动。素手，洁白的手。❸札札，织机声。机杼（zhù），指织机。杼，梭子。　❹终日，整日。不成章，指织不成布匹。章，织物上的纹理。这里用《诗·大东》"跂彼织女，终日七襄。虽则七襄，不成报章"语意。　❺涕，泪。零，落。　❻去，距离。几许，犹言"几何"，谓距离很近。　❼盈盈，水清浅的样子。　❽脉脉，含情对视的样子。

评　析

此为秋夜即景抒情之作。"写无情之星，如人间好合绸缪。语语认真，语语神化"（《汉诗音注》），充满浪漫气息。首两句写碧海夜空，寥廓明净。"迢迢""皎皎"，两句分举而文义互见。称"河汉女"而不称"织女"，不仅拟人味道更浓，更令人想见为银河所隔之情景。牵牛、织女之形象，本来就与男耕女织密切相关，接下四句，即紧扣此意，却不在表现她的勤劳能干，而是揭示她内心深沉的痛苦。最后四句点出她痛苦的原因，是夫妇不能相聚。清浅的银河当然不能真正将双星隔开，那究竟是什么使他们"脉脉不得语"呢？诗提出问题，却不作回答，有悠悠不尽之妙。

此诗不是简单地复述故事，而是人间思妇驰骋想象，借以宣泄相思而不得相聚之哀怨。"就事微挑，追情妙绘，绝不费思一点"（陆时雍《诗镜》），就将深闺独处之思妇的心事和盘托出，表情达意，婉曲深微，堪称化工之笔。语言亦极有特色。十句诗用了六个叠词，状物贴切，形容准确，无一不紧紧抓住事物之特征。诗的语境优美、情意绵长，与此很有关系。张庚说："《青青河畔草》章双叠字六句，连用在前；此章双叠字亦六句，却有二句在结处，遂彼此各成一奇局。"（《古诗十九首解》）

上山采蘼芜

解题

本篇初录于《玉台新咏》，题作"古诗"。《太平御览》引作"古乐府"。汉代妇女所受压迫日深，封建礼教的所谓"七出"之条，即"不顺父母去，无子去，淫去，妒去，有恶疾去，多言去，盗窃去"（《大戴礼记·本命》），使男子可以任意抛弃妻子。本篇通过一弃妇与前夫相遇时的情景，写出妇女的悲惨命运。蘼芜，又叫江蓠，香草名，古代常用以制作香料。

【原文】

上山采蘼芜，下山逢故夫。长跪问故夫①："新人复何如②？""新人虽言好，未若故人姝③。颜色类相似④，手爪不相如⑤。""新人从门入⑥，故人从阁去⑦。""新人工织缣⑧，故人工织素⑨。织缣日一匹⑩，织素五丈余。将缣来比素⑪，新人不如故。"

注释

❶长跪，直腰而跪，古人以此表示敬意。按，此句一作"回首问故夫"。

❷新人，指故夫新娶之妻。　❸故人，指弃妇。姝，犹言"好"，貌美。　❹颜色，指容貌。　❺手爪，此指女子的手艺。相当于今南方称女子能干为"手脚快""手脚出色"。王尧衢说："手爪不如以织言。"（《古唐诗合解》）又，张琦说："颜色类相似，言其表也；手爪不相如，言其用也。"（《古诗录》）　❻门，指正门。　❼阁，边门、小门称阁。　❽工，擅长。缣，黄绢。　❾素，白绢。❿匹，古量词，当时一匹为四丈。⓫这句意为缣与素相比，价值为贱，故有下句"新人不如故"。

评 析

　　此诗构思很别致，它不像其他弃妇诗那样从正面抒写哀怨，也没有半句话谴责薄情男子，仅仅通过故夫之口将新妇与弃妇加以比较，从而突出弃妇之无辜。然而究竟为何"巧拙既殊，钝捷亦异，而爱憎取舍，一切反之"（张琦《古诗录》）呢？诗中未曾明言。是故夫喜新厌旧，还是迫于父母压力，或者另有其他原因，教人颇难猜测。但弃妇逆来顺受，没有埋怨和责难，不作分辩和抗争，相反见了故夫仍要"长跪"在地。惟其怨而不露，怒而不争，则愈使人觉得封建礼教对精神的桎梏之重，对人性的摧残之深。诗除了开头三句，其余全是人物的对白。汉乐府虽不乏熔铸精彩的对白名篇，但如此诗几乎全靠对白来表现人物、揭示主题的，也并不多见。

焦仲卿妻

解 题

　　本篇为汉乐府古辞。最早著录于《玉台新咏》，题为《古诗为焦仲卿妻作》。《乐府诗集》收入杂曲歌辞，作今题。诗前原有小序："汉末建安中，庐江府小吏焦仲卿妻刘氏（兰芝），为仲卿母所遣，自誓不嫁。其家逼之，乃没水而死。仲卿闻之，亦自缢于庭树。时人伤之，而为此辞也。"建安（196—220），汉献帝年号。庐江，郡名，故治在今安徽庐江西南。据序，此诗当以真人真事为依据，描写一出封建家长制度造成的爱情悲剧。关于诗的写作年代，有不同看法，或以为是六朝人拟作。目前多数人主张为汉末作品，但在流传过程中可能经过润饰改定。不少选本依乐府诗惯例，取此诗首句"孔雀东南飞"为题。

【原 文】

孔雀东南飞，五里一徘徊。"十三能织素，十四学裁衣。十五弹箜篌①，十六诵诗书。十七为君妇，心中常苦悲。君既为府吏，守节情不移②。贱妾留空房，相见常日稀③。鸡鸣入机织，夜夜不得息。三日断五匹④，大人故嫌迟⑤。非为织作迟，君家妇难为。妾不堪驱使，徒留无所施⑥。便可白公姥⑦，及时相遣归。"

府吏得闻之，堂上启阿母："儿已薄禄相⑧，幸复得此妇。结发同枕席⑨，黄泉共为友⑩。共事二三年，始尔未为久⑪。女行无偏斜，何意致不厚⑫？"阿母谓府吏："何乃太区区⑬！此妇无礼节，举动自专由。吾意久怀忿，汝岂得自由⑭。东家有贤女，自名秦罗敷⑮。可怜体无比⑯，阿母为汝求。便可速遣之，遣去慎莫留。"府吏长跪告，伏惟启阿母⑰："今若遣此妇，终老不复取⑱！"阿母得闻之，槌床便大怒⑲："小子无所畏，何敢助妇语！吾已失恩义，会不相从许⑳！"

府吏默无声，再拜还入户。举言谓新妇㉑，哽咽不能语："我自不驱卿，逼迫有阿母。卿但暂还家㉒，吾今且报府㉓。不久当归还，还必相迎取。以此下心意㉔，慎勿违吾语。"新妇谓府吏："勿复重纷纭㉕！往昔初阳岁㉖，谢家来贵门㉗。奉事循公姥㉘，进止敢自专？昼夜勤作息，伶俜萦苦辛㉙。谓言无罪过，供养卒大恩。仍更被驱遣，何言复来还？妾有绣腰襦㉚，葳蕤自生光㉛。红罗覆斗帐㉜，四角垂香囊。箱帘六七十㉝，绿碧青丝绳。物物各自异，种种在其中。人贱物亦鄙，不足迎后人㉞。留待作遗施㉟，于今无会因㊱。时时为安慰，久久莫相忘。"

鸡鸣外欲曙，新妇起严妆[37]。著我绣夹裙，事事四五通[38]。足下蹑丝履，头上玳瑁光。腰若流纨素[39]，耳著明月珰[40]。指如削葱根，口如含朱丹[41]。纤纤作细步[42]，精妙世无双。上堂谢阿母，母听去不止[43]。"昔作女儿时，生小出野里。本自无教训，兼愧贵家子。受母钱帛多，不堪母驱使。今日还家去，念母劳家里。"却与小姑别[44]，泪落连珠子："新妇初来时[45]，小姑如我长。勤心养公姥，好自相扶将[46]。初七及下九[47]，嬉戏莫相忘。"出门登车去，涕落百余行。

府吏马在前，新妇车在后。隐隐何甸甸[48]，俱会大道口。下马入车中，低头共耳语："誓不相隔卿！且暂还家去，吾今且赴府。不久当还归，誓天不相负！"新妇谓府吏："感君区区怀[49]。君既若见录[50]，不久望君来。君当作磐石[51]，妾当作蒲苇[52]。蒲苇纫如丝[53]，磐石无转移。我有亲父兄[54]，性行暴如雷。恐不任我意，逆以煎我怀[55]。"举手长劳劳[56]，二情同依依。

入门上家堂，进退无颜仪[57]。阿母大拊掌[58]："不图子自归。十三教汝织，十四能裁衣。十五弹箜篌，十六知礼仪。十七遣汝嫁，谓言无誓违[59]。汝今无罪过，不迎而自归？"兰芝惭阿母："儿实无罪过。"阿母大悲摧。

还家十余日，县令遣媒来。云有第三郎，窈窕世无双[60]。年始十八九，便言多令才[61]。阿母谓阿女："汝可去应之。"阿女衔泪答："兰芝初还时，府吏见丁宁[62]，结誓不别离。今日违情义，恐此事非奇[63]。自可断来信[64]，徐徐更谓之。"阿母白媒人："贫贱有此女，始适还家门[65]。不堪吏人妇，岂合令郎君？幸可广问讯，不得便相许。"

媒人去数日，寻遣丞请还[66]。说有兰家女，承籍有宦官[67]。云有第五郎，娇逸未有婚。遣丞为媒人，主簿通语言⑱。直说太守家，有此令郎君。既欲结大义，故遣来贵门⑲。阿母谢媒人：“女子先有誓，老姥岂敢言！”阿兄得闻之，怅然心中烦。举言谓阿妹：“作计何不量！先嫁得府吏，后嫁得郎君。否泰如天地⑳，足以荣汝身。不嫁义郎体㉑，其往欲何云？”兰芝仰头答：“理实如兄言。谢家事夫婿，中道还兄门。处分适兄意，那得自任专？虽与府吏要㉒，渠会永无缘㉓。登即相许和，便可作婚姻。”

媒人下床去，诺诺复尔尔㉔。还部白府君：“下官奉使命，言谈大有缘。”府君得闻之，心中大欢喜。视历复开书：“便利此月内，六合正相应㉕。良吉三十日㉖，今已二十七，卿可去成婚。”交语速装束㉗，络绎如浮云。青雀白鹄舫㉘，四角龙子幡㉙。婀娜随风转，金车玉作轮。踯躅青骢马㉚，流苏金镂鞍㉛。赍钱三百万㉜，皆用青丝穿。杂彩三百匹㉝，交广市鲑珍㉞。从人四五百，郁郁登郡门。

阿母谓阿女：“适得府君书，明日来迎汝。何不作衣裳，莫令事不举。”阿女默无声，手巾掩口啼，泪落便如泻。移我琉璃榻，出置前窗下。左手持刀尺，右手执绫罗。朝成绣夹裙，晚成单罗衫。晻晻日欲暝㉟，愁思出门啼。

府吏闻此变，因求假暂归。未至二三里，摧藏马悲哀㊱。新妇识马声，蹑履相逢迎。怅然遥相望，知是故人来。举手拍马鞍，嗟叹使心伤：“自君别我后，人事不可量。果不如先愿，又非君所详。我有亲父母㊲，逼迫兼弟兄。以我应他人，君还何所望！”府吏谓新妇：“贺卿得高迁！磐石方且厚，可以卒千年㊳。蒲苇一时纫，便作旦夕间。卿当日胜贵㊴，吾独向黄泉。”新妇谓府吏：“何意出此言！同是被逼迫，君尔妾亦然。黄泉下相见，勿违今日言！”执手分道去，各各还家门。生人作死别，恨恨那可论！念与世间辞，千万不复全。

府吏还家去，上堂拜阿母："今日大风寒，寒风摧树木，严霜结庭兰。儿今日冥冥⑨⁰，令母在后单。故作不良计，勿复怨鬼神！命如南山石⑨¹，四体康且直⑨²。"阿母得闻之，零泪应声落："汝是大家子，仕宦于台阁⑨³。慎勿为妇死，贵贱情何薄？东家有贤女，窈窕艳城郭。阿母为汝求，便复在旦夕。"府吏再拜还，长叹空房中，作计乃尔立⑨⁴。转头向户里，渐见愁煎迫。

其日牛马嘶，新妇入青庐⑨⁵。奄奄黄昏后⑨⁶，寂寂人定初⑨⁷。"我命绝今日，魂去尸长留。"揽裙脱丝履，举身赴清池。府吏闻此事，心知长别离。徘徊庭树下，自挂东南枝。

两家求合葬，合葬华山傍⑨⁸。东西植松柏，左右种梧桐。枝枝相覆盖，叶叶相交通。中有双飞鸟，自名为鸳鸯。仰头相向鸣，夜夜达五更。行人驻足听，寡妇起彷徨。多谢后世人⑨⁹，戒之慎勿忘！

注 释

❶箜篌，古代弦乐器，状如古瑟，今失传。　❷守节，指忠于职守。张玉谷说："言守当官之节，不为夫妇之情所移也。"（《古诗赏析》）　❸这两句据《玉台新咏》补。　❹断，裁断，指织满一匹后从织机上裁截下来。　❺大人，指焦仲卿母。故，故意。　❻徒留，徒然留下。施，用。　❼白，告诉。公姥（mǔ），公婆，这里为偏义复词，偏指"姥"。按，观全诗，焦母似为寡妇。　❽薄禄相，福薄的长相。古人迷信，认为人的命运可以从长相上看出。　❾结发，指成婚。古礼，成婚之夕，男左女右共髻束发，故称。汉伪苏武诗："结发为夫妻，恩爱两不疑。"　❿黄泉，指地下。这句意为至死也要相处在一起。⓫始尔，刚开始。尔，语助，无义。　⓬何意，怎么料到。致，招致。不厚，不受喜欢。　⓭区区，愚笨。　⓮自由，自己做主，指与母意相悖。　⓯自名，本名。秦罗敷，《陌上桑》："秦氏有好女，自名为罗敷。"汉民歌用来指称美貌女子。　⓰可怜，可爱。体，指体态。　⓱伏惟，匍伏思念。古时下对上的敬辞。⓲取，同"娶"。　⓳槌（chuí）床，拍打着床。槌，通"捶"，拍打，敲击。

床，当时一种比板凳宽一些的坐具，与后世"床"异。　⑳会，必定。从许，允许。　㉑举言，指开口说话。新妇，犹后世言"媳妇"。非指新嫁娘。　㉒但，只不过。　㉓报府，赴府。　㉔以此，为此。指上文"还必相迎取"。下心意，忍气吞声。　㉕纷纭，这里有"麻烦""多事"之意。　㉖初阳岁，指农历冬至后、立春前一段时间，其时阳气初动，故称。　㉗谢，辞别。　㉘循公姥，遵照婆婆意旨行事。循，遵循、按照。　㉙伶俜（língpīng），孤单的样子。萦，缠、绕。　㉚绣腰襦，绣花短袄。　㉛葳蕤（wēiruí），草木茂盛，这里形容绣襦上花纹美丽。　㉜覆斗帐，方形，上小下大如斗状的双层帐子。　㉝帘，同"奁"，镜匣。　㉞后人，指将再娶的新娘。　㉟遗（wèi）施，赠送，这里指留赠的礼物。　㊱会因，见面机会。　㊲严妆，郑重梳妆打扮。　㊳通，遍。　㊴流纨素，形容腰身柔美。纨素，洁白精致的细绢。　㊵明月珰，珍珠耳饰。明月，珠名。《后汉书·西域传》："（大秦）多金银奇宝，有夜光璧、明月珠……"　㊶含朱丹，形容嘴唇殷红。朱丹，朱砂。　㊷纤纤，步履细巧的样子。　㊸此句一作"阿母怒不止"。　㊹却，退。　㊺一本此句后有"小姑始扶床。今日被驱遣"两句。　㊻扶将，扶持，搀扶。　㊼初七，指农历七月七日，古代妇女乞巧日。下九，古以每月二十九日为上九，初九日为中九，十九日为下九。每逢下九，妇女常聚会游戏，称为"阳会"。　㊽隐隐，连同下句"甸甸"，均象声词，像车声。　㊾区区怀，诚挚专一的感情。　㊿见录，挂在心上。录，记。　51磐石，大石。　52蒲苇，水草。　53纫，同"韧"。　54亲父兄，这里是偏义复词，偏指兄。　55逆，预料。　56劳劳，怅惘忧伤的样子。　57颜仪，容颜风度。无颜仪，指兰芝觉得羞惭。　58拊掌，拍手，表示惊讶之意。　59誓违，疑为"鲁违"之讹。无鲁违，犹言"无过失"，即下文之"无罪过"。　60窈窕，容貌美好。　61便言，即"辩言"，口才好。令才，美才。　62丁宁，即"叮咛"，再三嘱咐。　63非奇，不佳，不合情理。奇，嘉。　64断来信，回绝来说亲的媒人。信，信使，这里指媒人。　65适，出嫁。　66寻，不久。丞，县丞，县令的佐吏。　67承籍，继承先人的仕籍。宦官，此指官宦人家。　68主簿，掌管文书簿籍的官吏。　69以上数句疑有传讹。大意说媒人回复县令后，又有太守让主簿传言，叫县丞再去刘家为自己的儿子说亲。　70否（pǐ）泰，本为《周易》中两个卦名，分别表示恶运和好运。　71义郎，好男儿。这里是对太守五公子的美称。　72要，约。　73渠，他，指焦仲卿。　74诺诺、尔尔，形容连声答应称是。 (75)六合相应，谓时辰合适，是吉日。六合，指月建与日辰的地支相合，即子与丑合，寅与亥合，卯与戌合，辰与酉合，巳与申合，午与未合。古时论婚嫁，常按六合选吉日。 (76)良吉，良辰吉日。 (77)交语，互相传话。装束，指筹备婚礼所需的物品。 (78)青雀、白鹄，指船头上的画。这是古代富贵人家的船头装饰。舫，船。 (79)龙子幡，绣着龙的旗帜。 (80)踯躅（zhízhú），缓步前行。青骢马，毛色青白夹杂的马。 (81)流苏，用彩丝或羽毛编制的下垂的装饰物。金镂鞍，黄金雕饰的马鞍。 (82)赍（jī），赠、送。 (83)杂彩，各式绸缎。 (84)交广，交州和广州。交州，汉郡名，今广东、广西等地。广州，本属汉交州，三国吴时分出，今广东地区。市，买。鲑（xié）珍，泛指海味山珍。 (85)晻晻，日落昏暗的样子。暝，暗。 (86)摧藏，凄怆、伤心。 (87)父母，这里是偏义复词，偏指母。下句“弟兄”，亦是偏指兄。 (88)卒千年，千年不变。卒，终。(89)日胜贵，一天比一天高贵。 (90)日冥冥，日色昏暗。这里喻指自己的生命就要结束。 (91)南山石，喻寿高而健康。语见《诗·天保》：“如南山之寿，不骞不崩。” (92)四体，指四肢。直，舒适。 (93)台阁，指尚书台。尚书是汉代掌握机要文书的官。 (94)作计，指自杀的打算。乃尔，就这样。立，决定。 (95)青庐，结挂举行婚礼用的青布幔帐房屋。 (96)奄奄，同上文中的“晻晻”，昏暗的样子。 (97)人定初，指夜深人静。人定，古计时名称，谓亥时，指晚上九时起。(98)华山，闻一多说：“华山盖庐山郡小山名，今不可考。”（《乐府诗笺》）(99)谢，告，告知。

评析

此诗长达三百五十余句，一千七百八十余字。如此鸿篇巨制，不仅在乐府中独一无二，在古代汉文诗歌史上亦首屈一指。诗完整地叙述了一则哀艳动人的故事，通过兰芝请归、焦母逼儿、夫妻离别、阿兄逼嫁，直至双双殉情，写出一出流传千古的爱情悲剧，蕴含着强烈的反封建精神。诗中的焦母是封建势力的一个代表人物，聪明、美丽、善良而又勤劳的兰芝之所以被其视若寇雠，就因在其眼中“此妇无礼节，举动自专由”。正是凭借封建家长的地位，她才得以滥施淫威。兰芝、仲卿之死，反映了封建礼教的吃人本质。而一心攀附高门的刘兄、唯唯诺诺的媒人，以及在幕外并未登场的县令、太守等，无一不是这场食人祭祀中的吹鼓手。但兰芝、仲卿的殉情，又不是软弱的屈服，而是在当时历史条件和具体环境下所能做出的最强烈的反抗。他们以死宣告封建势力在这场斗争中的最终失败。建安时代的思想领域，汉朝统治者用以维系人心的儒学思想统治大为削弱，"从初平（汉献帝刘协年号）之元至建安之末，天下分崩，人怀苟且，纲纪既衰，儒道尤甚"（《三国志·魏书·王肃传》注引《魏略》）。此诗出现于这一时期，正是人们思想解放在文学领域中的反映。其深刻的社会意义，是其他汉乐府诗无法比拟的。

在艺术上，本篇亦堪称乐府诗的一座高峰，尤其突出地表现在以下几点：（一）结构细密，裁剪得当。汉乐府叙事诗大都仅截取某个生活侧面，缺乏完整的故事情节。此诗情节相当完整，且精于裁剪构筑，前后呼应。对此，前人多有论述。沈德潜曰："作诗贵剪裁，入手若叙两家家世，末段若叙两家如何悲恸，岂不冗漫拖沓？故竟以一二语了之，极长诗中具有剪裁也。"（《古诗源》）陈祚明说："凡长篇不可不频频照应，不则散漫。篇中如'十三织素'云云……'磐石蒲苇'云云，及……前后两'默无声'，皆是照应法。然用之浑然，初无形迹……所谓神化于法也。"（《采菽堂古诗选》）（二）人物形象鲜明，个性有别。汉乐府重在叙事，多数作品对人物性格缺乏细致深入的刻画。而此诗于人物形象、性格刻画颇为注意，形态毕现。其中，"形容阿母之虐，阿兄之横，亲母之依违，太守之强暴，丞吏、主簿一班媒人张皇趋附，无不绝倒，所以入情"（贺贻孙《诗筏》）。本诗尤善以人物语言表现其个性。这本是汉乐府之优秀传统，但一般至多写两个人物的语言，而此诗则"杂述十数人口中语，而各肖其声口性情，真化工笔也"（沈德潜《说诗晬语》）。王世贞说："《孔雀东南飞》质而不俚，乱而能整，叙事如画，叙情若诉，长篇之圣也。"（《艺苑卮言》）洵非溢美之词。

汉乐府诗是歌曲，但如此诗这样的长篇叙事之作，演唱时恐怕同一般歌曲又有不同，而接近于后世之说唱文学。王夫之曰："彼庐江小吏诸篇，自是古人里巷所唱盲词白话，正如今市井间刊行《何文秀》《玉堂春》一类耳。"（《古诗评选》）当时究竟如何歌唱，史乏记载，已难遽定。但联系说唱在汉代已是一种颇为流行的民间艺术，此推测亦不是毫无道理的。

长干曲

解　题

本篇《乐府诗集》收入杂曲歌辞。长干，地名。《文选·左思〈吴都赋〉》："长干延属，飞甍舛互。"刘渊林注："江东谓山冈间为干。建业之南有山，其间平地，吏民居之，故号为干。中有大长干、小长干，皆相属，疑是居称干也。"建业，即今南京。据考，大长干旧址在今南京中华门外，小长干在凤凰台南，西通长江。此为采菱女子歌辞，大约是南朝时期的作品。

【原　文】

逆浪故相邀①，菱舟不怕摇。妾家扬子住②，便弄广陵潮③。

注　释

❶故相邀，故意阻截。邀，阻拦，拦截。　❷扬子，当是指扬子津，古长江北岸一渡口，在今江苏扬州南。　❸便（pián），熟习。广陵潮，古代广陵潮水极大，枚乘《七发》谓江水逆流，海水上潮之时，波涌而云乱，状如奔马，声如雷鼓，遇者死，当者坏。广陵，古郡名，治所在今江苏扬州。

评　析

南朝吴声、西曲类多男欢女爱之词，恐怕同乐曲性质有关，并非南歌千篇一律，皆为恋歌。如这首《长干曲》即写一船女搏击风浪之豪情。"故相邀"，状"逆浪"之汹汹气势；"不怕摇"，言小舟之从容飞渡。后两句自报家门，道明身份，同时说明不畏风浪之缘故。"便弄广陵潮"，一个"弄"字，更使豪迈无畏之情态愈见逼真。

西洲曲

解 题

本篇最早著录于《玉台新咏》，题江淹作，但宋本不载；《乐府诗集》收入杂曲歌辞，题为"古辞"；明清人又有归于梁武帝作者。其著作者恐已难以考定。今从《乐府诗集》作古辞。诗写一居住西洲附近的少女对情人的相思之情。据唐温庭筠"西洲风色好，遥见武昌楼"（《西洲曲》）的诗句，可知西洲当距武昌不远，诗正产生于西曲流行处。全诗长三十二句，体制有别于一般吴声西曲，但风格颇相近，大约是在吴声西曲影响下产生的文人作品。

【原 文】

忆梅下西洲①，折梅寄江北②。单衫杏子红，双鬓鸦雏色③。西洲在何处？两桨桥头渡。日暮伯劳飞④，风吹乌臼树⑤。树下即门前，门中露翠钿⑥。开门郎不至，出门采红莲。采莲南塘秋，莲花过人头。低头弄莲子，莲子青如水。置莲怀袖中，莲心彻底红⑦。忆郎郎不至，仰首望飞鸿⑧。鸿飞满西洲，望郎上青楼⑨。楼高望不见，尽日栏干头⑩。栏干十二曲⑪，垂手明如玉⑫。卷帘天自高，海水摇空绿⑬。海水梦悠悠⑭，君愁我亦愁⑮。南风知我意，吹梦到西洲。

注 释

❶下西洲，去西洲，到西洲去。此处"下"字，与李白"烟花三月下扬州"之"下"义同。一说，"下"为"落"义，意为回忆起梅落西洲时节（指当初爱恋定情之时）。　❷江北，指情人所在之处。　❸鸦雏色，小乌鸦羽毛的颜色。

形容女子鬈发乌黑可爱。　❹伯劳，鸟名。亦称"博劳"，一名䴂(jué)。一种仲夏始鸣，性喜单栖的鸟。　❺乌臼树，落叶乔木，夏季开黄花，高6米左右。❻露翠钿，露出女子的身影。翠钿，翠玉制作的首饰，此借代女子。　❼莲，谐音"怜"，爱。"莲心"，即为相爱之心。　❽望飞鸿，古代有鸿雁传书之说，故"望飞鸿"有盼望音信之意。　❾青楼，青漆涂饰的豪华精致之楼，多指女子居住之处。与后世指妓院义异。　❿尽日，整日。　⓫十二曲，形容栏干曲折多变。　⓬明如玉，形容女子手臂肌肤光洁如玉。　⓭海水，此即指江水。江水浩瀚，给人以如海之感。一说喻指秋夜蓝天，隔帘见天似海水荡漾。　⓮悠悠，渺远的样子。　⓯君，指折梅欲寄的情郎。

评 析

　　这首刻画相思之作，写得极为真率自然。"由春而夏而秋，直举一岁相思，尽情倾吐，真是创格。"（张玉谷《古诗赏析》）将少女的一往情深同自然界之景移物换结合得十分紧密，而少女对情郎的无限思念，又几乎全是通过不同季节里少女的一系列活动，如折梅寄梅，倚门盼郎，南塘采莲和遥望飞鸿等加以表现，构成一种情景交融的艺术境界。少女娇稚可爱之模样，焦灼急切之情怀，都写得细腻传神，呼之欲出。而时令季节之变迁，又大都以对富有时令特征之事物的描述来暗示：梅花，发于早春；"杏子红"之单衫，是春夏之交的穿着；伯劳鸟仲夏始鸣；至于采莲南塘更是直接点出"秋"字。过渡极为自然，情味含蓄隽永。于情致娓娓之中，藏无数顿宕曲折，加上"接字"和"钩句"的反复使用，使全诗形成一种"续续相生，连跗接萼，摇曳无穷，情味愈出"（沈德潜《古诗源》）的特色，令人诵读之际，口舌生香，真堪称"言情之绝唱也"（陈祚明《采菽堂古诗选》）。其体制亦有别于吴声西曲，"似绝句数首攒簇而成，乐府中又生一体。初唐张若虚、刘希夷七言古发源于此"（沈德潜《古诗源》）。可以说是南朝乐府中艺术上最成熟之作。

东飞伯劳歌

解 题

本篇《乐府诗集》收入杂曲歌辞。《玉台新咏》《艺文类聚》《乐府诗集》均作"古辞",《文苑英华》作梁武帝诗。按,《玉台新咏》系徐陵奉梁武帝子萧纲(简文帝)命而编,当不至误漏武帝名,故作古辞是。诗感叹一美貌女子未能及时择偶,空度岁月。伯劳,鸟名。此鸟夏至来鸣,冬至飞去,与燕一样具有节候性。

【原 文】

东飞伯劳西飞燕,黄姑织女时相见①。谁家女儿对门居,开颜发艳照里闾②。南窗北牖挂明光③,罗帷绮帐脂粉香④。女儿年几十五六,窈窕无双颜如玉。三春已暮花从风⑤,空留可怜谁与同⑥?

注 释

❶黄姑,星名,即牵牛星,又称"河鼓""天鼓"。在银河南,与银河北之织女星遥遥相对。时相见,指牵牛、织女一年一度才能相见。曹植《九咏》注:"牵牛为夫,织女为妇,织女牵牛之星,各处河鼓之旁,七月七日,乃得一会。"(《文选·洛神赋》李善注引)　❷开颜,展露笑容。发艳,容光焕发。一作"开华发色",意同。里闾,乡里。　❸牖,墙上之窗。按,古汉语中"窗"指现在的天窗。《说文·穴部》:"在墙曰牖,在屋曰窗。"段玉裁注:"屋,在上者也。"挂明光,形容女子容颜出众、光彩夺目。阮籍《咏怀》:"西方有佳人,皎若白日光。"明光,犹言"白日光"。原作"月光",据《玉台新咏》《文苑英华》注改。　❹罗,与下"绮"均丝织品。帷,帐幔。　❺三春,此指春季第三个月。犹"暮春"。　❻可怜,即"可爱"。谁与同,一作"与谁同"。两句意

为春暮花谢，韶华易逝，又与谁来同享大好青春呢？

评 析

　　这首抒写相思之作，首以自然景象融入，劳、燕分飞，牛、女隔绝，已隐隐暗示出一层相思悲慨之意。中六句是诗之主体，极力形容"女儿"之美貌无双。末两句点出题旨：青春易逝，犹如风中落花；如花美眷，谁与共享韶华？首尾四句，以咏物起兴，以隐喻作结，前后呼应，虽均非正面描写，却有画龙点睛之妙。诗韵脚讲究，更换频繁，二句一转，意随韵变，"旋转撒换如风"（陆时雍《古诗镜》），节奏活泼明快。虽未阐述什么深刻的主题，但写得饶有情韵，极富民歌风味。诗中流露的青春易逝的感叹，在古代经常引起共鸣。后世同题之作，如萧纲的"余香落蕊坐相催，可怜绝世谁为媒"，陈后主的"风飞蕊落将何故，可惜可怜空掷度"，张柬之的"春去花枝俄易改，可叹年光不相待"，皆抒写了类似的感情。

马　援

　　马援（前14—49），字文渊，右扶风茂陵（今陕西兴平东北）人，东汉初名将。历任太中大夫、陇西太守、虎贲中郎将、伏波将军，封新息侯。一生北抗乌桓匈奴，南征交趾，为捍卫汉疆域做出杰出贡献。曾慷慨曰："男儿要当死于边野，以马革裹尸还葬耳，何能卧床上，在儿女子手中邪？"（《后汉书·马援传》），为世人敬仰。建武二十四年（48），率军进击武陵五溪蛮，后中疫病卒。

武溪深行

解 题

　　本篇《乐府诗集》收入杂曲歌辞。晋崔豹《古今注》曰："《武溪深》乃马援南征之所作也。援门生爰寄生善吹笛，援作歌以和之，名曰《武溪深》。"武溪，一作"五溪"。据《水经注》指雄溪、樠溪、酉溪、沅溪、辰溪，在今湖南、贵州交界处。时称其地少数民族为"五溪蛮"。

【原文】

滔滔武溪一何深！鸟飞不度①，兽不敢临②。嗟哉武溪多毒淫③！

注释

❶度，越过。　❷临，到、靠近。　❸嗟哉，感叹之词。毒淫，指南方亚热带丛林中之瘴气疫疠。

评析

马援以 62 岁高龄，率军击五溪蛮，受挫壶头。"会暑甚，士卒多疫死，援亦中病，遂困。乃穿岸为室，以避炎气。贼每升险鼓噪，援辄曳足以观之，左右哀其壮意，莫不为之流涕。"（《后汉书·马援传》）一代名将，偏于垂暮之年遭此重挫，其内心之悲慨不难想知。况五溪蛮兵力既少，甲仗落后，根本不是汉军对手，唯凭天险气候，岂不益令人愤然不平。故此歌一概略去交战过程，唯独慨叹山川之险。全诗几乎全以唱叹出之，语言朴直真率，而涵概丰富。《柳亭诗话》曰："'毒淫'二字，写尽瘴雨蛮烟之酷。即'仰视飞鸢跕跕堕水中'意，却只如是而止，更不旁及一语，觉后人《从军行》铺张扬厉，未免过情。"

辛延年

东汉人，生平籍贯不详。

羽林郎

解 题

　　本篇最早见于《玉台新咏》,《乐府诗集》收入杂曲歌辞。或有据《玉台新咏》将此诗排在班婕妤《怨诗》前,而定为西汉作品(方祖燊《汉诗研究》),但《怨诗》本是伪托,故此证据似嫌不足,仍当作东汉作品为是。诗写一豪门家奴调戏酒家胡女而遭到严正拒绝,是一首反抗强暴凌辱的赞歌。羽林郎,汉皇家禁卫军军官,与诗中豪奴的金吾子身份不符,故有以为此诗已是用乐府旧题咏新事,姑备一说。

【原 文】

　　昔有霍家奴①,姓冯名子都。依倚将军势②,调笑酒家胡③。胡姬年十五,春日独当垆④。长裾连理带⑤,广袖合欢襦⑥。头上蓝田玉⑦,耳后大秦珠⑧。两鬟何窈窕⑨,一世良所无⑩。一鬟五百万⑪,两鬟千万余。不意金吾子⑫,娉婷过我庐⑬。银鞍何煜爚⑭,翠盖空踟蹰⑮。就我求清酒⑯,丝绳提玉壶。就我求珍肴,金盘脍鲤鱼⑰。贻我青铜镜⑱,结我红罗裾⑲。不惜红罗裂,何论轻贱躯⑳! 男儿爱后妇,女子重前夫。人生有新故,贵贱不相逾㉑。多谢金吾子㉒,私爱徒区区㉓。

注 释

　　❶霍家奴,霍光家的奴仆。霍光,西汉昭帝时大司马大将军,权倾朝野。此处借以泛指豪门权贵。奴,一作“姝”。　❷将军,即指霍光。　❸酒家胡,卖酒的外族女子。胡是汉代对匈奴或西域人的统称。　❹当,值。垆,酒店的柜

台。《汉书·司马相如传》颜师古注："卖酒之处，累土为垆，以居酒瓮。四边隆起，其一面高，形如锻垆，故名垆耳。" ❺裾，衣服的前襟。连理带，左右对称的两条衣带，用来束合衣襟。 ❻广袖，宽大的袖子。合欢襦，绣有合欢花纹的短袄。 ❼蓝田玉，蓝田所产的美玉。蓝田，陕西蓝田县蓝田山，盛产美玉。 ❽大秦珠，西域大秦国产的名珠。按闻一多说："珠在耳后，则是簪两端之垂珠，非耳珰也。"（《乐府诗笺》）大秦，古代对罗马帝国的称呼。 ❾鬟，环形发髻。窈窕，美好。 ❿良，确实。 ⓫五百万，与下句之"千万余"皆极言发鬟饰物之珍贵。按，此为古诗歌中常用之夸张手法，并非胡女富贵如此。 ⓬不意，没有料到。金吾子，指冯子都。汉代武官有"执金吾"，卫戍京师。"金吾"是铜制棒形武器。按此处以金吾子尊称豪奴，也含有讥刺。 ⓭娉婷（pīngtíng），姿容美好。这里有暗指豪奴故作潇洒之意。 ⓮煜爚（yùyuè），光彩闪烁。 ⓯翠盖，以翠羽装饰的车盖，此指代华贵的车子。踟蹰，徘徊不进。 ⓰就，接近、靠近。清酒，美酒、好酒。 ⓱脍，细切的鱼肉。 ⓲贻，赠送。青铜镜，古代以青铜制镜，呈圆形，后背有纽，可以照影，小的也可挂于胸前作为饰物。 ⓳结，系。指豪奴轻薄地想把青铜镜系在胡姬胸前衣襟上。 ⓴何论，更不用说。轻贱躯，无价值之身躯，是胡姬自指。 ㉑逾，越。 ㉒多谢，犹言"郑重相告"。谢，告。 ㉓区区，殷勤。

评 析

　　此诗与《陌上桑》堪称姐妹篇，都是反映汉代权贵豪强随意欺凌妇女这一社会问题。因囿于民歌和文人之作的偏见，近人颇重视《陌上桑》而忽视《羽林郎》。其实，两诗皆表现了古代妇女不慕荣华、不畏强暴的美德；而胡女誓以身死玉碎作正面反抗，其捍卫自身清白的决心似更令人敬佩。诗可分三层。首层为开头四句，介绍故事发生之时代、人物和梗概，简洁明了，先给人以总的印象。次层为"胡姬"以下十句，集中笔墨塑造了一个能干美丽的酒家少女形象。最后一层写豪奴的无耻行径和胡姬的沉着应对。全诗写了两个人物、一场冲突。直接描述豪奴的笔墨虽不多，却活灵活现。"银鞍""翠盖"，富贵骄人，气焰冲天。"娉婷"，状其装腔作态；"踟蹰"，见其心怀鬼胎。"求清酒""求珍肴"，表示阔绰又借以接近胡姬；贻镜结裾，步步紧逼，狎昵放肆之态终于图穷匕现。胡姬仅"年十五",但"独当垆"三字,已显示出她的能干和胆识绝非一般娇弱闺秀可比,为后文作铺垫。刻画胡姬,重点有二:一是美貌出众。但从侧面写来,极力夸张她服装的新颖别致,首饰的珍异名贵,以虚寓实,烘云托月。正如沈德潜所言"'一鬟五百万'二句,须知不是论鬟"(《古诗源》),甚是。二是机智胆略。面对"调笑",先是待之以礼,继而以死自誓,最终出于策略,"辞气仍归和婉,倚势者终无如何矣"(张玉谷《古诗赏析》)。全诗情节生动,故事性强。诗歌语言亦比较成熟,字句对称,音节谐和。如"长裾""广袖"和"头上""耳后"四句,两两相对,而"就我求清酒"四句,则又是前两句与后两句对称,句式富于变化,表明其时乐府五言诗的技巧已达到相当水平。

宋子侯

东汉人,生平籍贯不详。

董娇饶

解题

本篇最早见于《玉台新咏》,题宋子侯作。《乐府诗集》收入杂曲歌辞。娇饶,即妖饶,妍媚貌。董娇饶,可能是汉代著名歌姬姓名,唐诗人常用作美女典型,如"佳人屡出董娇饶"(杜甫《春日戏题恼郝使君兄》),"影伴娇饶舞袖垂"(温庭筠《题柳》)等。此诗写女子命运不如春花,"伤盛年难再,而托兴于折花也"(王尧衢《古唐诗合解》)。

【原 文】

洛阳城东路^①,桃李生路旁。花花自相对,叶叶自相当^②。春风东北起，花叶正低昂③。不知谁家子④，提笼行采桑⑤。纤手折其枝⑥，花落何飘飏⑦。请谢彼姝子⑧："何为见损伤⑨?""高秋八九月⑩，白露变为霜。终年会飘堕⑪，安得久馨香⑫?""秋时自零落⑬，春月复芬芳。何时盛年去⑭，欢爱永相忘。"吾欲竟此曲⑮，此曲愁人肠。归来酌美酒⑯，挟瑟上高堂。

注 释

❶洛阳，东汉首都，今河南洛阳。　❷相当，犹言"相对"。当，对。　❸低昂，高下摇动。　❹子，指下文中年轻女郎。古时"子"兼指男女。《正字通》："女子亦称子。"　❺笼，篮子。　❻纤手，细长柔美的手。　❼飘飏，四散飞落。　❽请谢，请问。彼姝子，那年轻美貌的女子。　❾见，被，受到。这句是花向折花女子发问。　❿高秋，深秋。　⓫终年，年终。　⓬安得，怎能。这四句是折花女子的答辞。　⓭自零落，本会凋谢。自，本。　⓮盛年，少壮之年。这四句是花再告折花女子。　⓯竟，终，结束。下面四句是诗人自陈作诗之意。⓰归来，王尧衢说："盖自洛阳路旁因所见而有感，故用'归来'二字以结之。"（《古唐诗合解》）

评 析

关于此诗主旨有三说。第一说谓"借春花好女言欢日无多，劝之取乐及时也"（李子德《汉诗评》），认为"正意全在'吾欲竟此曲'数语"（沈用济、费锡璜《汉诗说》），是一首"遣怀导欢之曲"（李因笃《汉诗音注》）。第二说谓诗写古代女子的悲惨命运，"花落后犹能复荣，盛年一去，则欢爱永忘，意更沉痛"（张琦《古诗录》）。第三说谓借女子自悲而写"士不遇时，追慕盛世也"，是"东都（按，指洛阳）闵时之作"（朱嘉徵《乐府广序》）。第一说失之肤浅，第三说求之太深，比较而言，第二说似更切诗意。诗以花拟人，设为问答，频繁更换人称，而相互衔接又十分自然，绝无凑合之弊。诗开头一段铺叙春日丽景，用以起兴，"写景之中逗出盛年欢爱影子"（张玉谷《古诗赏析》），已为下文感慨春花易凋、盛年易逝作一垫脚，结构颇具匠心，故至有称赞其"开建安风骨，为曹子建所宗"（《乐府广序》）者。

阮　瑀

阮瑀（约165—212），字元瑜，东汉陈留尉氏（今属河南）人。建安七子之一。少年时曾从学蔡邕，为邕赏异，誉为"童子奇才，朗朗无双"（《太平御览》引《文士传》）。后归曹操，与陈琳同任司空军谋祭酒，管记室。"文辞英拔，见重魏朝"（张溥《阮元瑜集》题辞），军国书檄，多陈琳、阮瑀所作。歌诗非其所长，钟嵘《诗品》列入下品，谓之"平典不失古体"。乐府诗仅存《驾出北郭门行》《怨诗》《七哀三首》。

驾出北郭门行

解 题

本篇《乐府诗集》收入杂曲歌辞。大约是作者自制的新曲，按惯例取篇首五字为题，记一备受继母虐待的孤儿的凄惨故事。北郭门，城郭之北门。古代墓地常在城北郊外。郭，外城。

【原文】

驾出北郭门，马樊不肯驰①。下车步踟蹰②，仰折枯杨枝。顾闻丘林中，嗷嗷有悲啼③。借问啼者出，何为乃如斯？④"亲母舍我殁⑤，后母憎孤儿。饥寒无衣食，举动鞭捶施⑥。骨消肌肉尽，体若枯树皮。藏我空室中，父还不能知。上冢察故处⑦，存亡永别离。亲母何可见？泪下声正嘶。弃我于此间，穷厄岂有赀⑧？"传告后代人，以此为明规。

注 释

❶樊，马负重止而不前。《说文》："樊，骜不行也。"段玉裁注："骜不行，沉滞不行也。"　❷踟蹰（chíchú），犹豫徘徊。　❸嗷嗷（jiào），啼哭声。　❹乃，竟。斯，这样。这句为作者问话，为何如此悲伤呢？　❺舍，弃。殁（mò），死。　❻举动，动辄。捶，小木棍。施，加。　❼故处，指生母的坟墓。故，死。《释名·释丧制》："汉以来谓死为物故，言其诸物皆就朽故也。"　❽穷厄，困苦。赀（zī），计量、限度。

评 析

作者驾车出城，见一骨瘦如柴的小孩匍匐坟头痛哭，询问之下，引出一个悲惨的故事。诗的题材与汉乐府《孤儿行》相似，不过《孤儿行》是遭兄嫂欺凌，这个孤儿则是受后母虐待。写法亦有异同，《孤儿行》通过典型事例客观叙说孤儿之辛苦劳累，此诗则由孤儿直接控诉后母。尤其是作者本人亦进入诗中，与孤儿直接对话，给人以如临其境、如闻其声的真实感。此种写法，前所未有。后母虐待前妻子女，在封建时代是一种长期存在的丑恶现象。此诗首加抨击，值得重视。诗平铺直叙，不事雕饰，朴直无华，明白如话，这与孤儿身份相符，同时也和作者的艺术风格有关。陈祚明称此诗"质直悲酸，犹近汉调"（《采菽堂古诗选》），作者追慕的正是汉乐府风格。

曹 植

名都篇

解 题

本篇《乐府诗集》收入杂曲歌辞。《歌录》曰："《名都》《美女》《白马》，并《齐瑟行》也。曹植《名都篇》曰'名都多妖女'，《美女篇》曰'美女妖且闲'，《白马篇》曰'白马饰金羁'，皆以首句名篇，犹《艳歌罗敷行》有《日出东南隅篇》，《豫章行》有《鸳鸯篇》也。"（《乐府诗集》引）名都，著名都城，此指洛阳。诗写洛阳贵族少年的日常生活。

【原文】

名都多妖女①，京洛出少年②。宝剑直千金③，被服丽且鲜④。斗鸡东郊道⑤，走马长楸间⑥。驰驱未能半⑦，双兔过我前。揽弓捷鸣镝⑧，长驱上南山⑨。左挽因右发⑩，一纵两禽连⑪。余巧未及展⑫，仰手接飞鸢⑬。观者咸称善⑭，众工归我妍⑮。归来宴平乐⑯，美酒斗十千⑰。脍鲤臇胎鰕⑱，炮鳖炙熊蹯⑲。鸣俦啸匹侣⑳，列坐竟长筵㉑。连翩击鞠壤㉒，巧捷惟万端㉓。白日西南驰，光景不可攀㉔。云散还城邑㉕，清晨复来还。

注释

①妖女，美女。　②京洛，即洛京，指洛阳。少年，专指贵游少年。两句互文。　③直，同"值"。　④被服，服装。　⑤斗鸡，汉魏时盛行以鸡相斗的博戏。　⑥走马，赛马。《汉书·宣帝纪》："高材好学，然亦喜游侠，斗鸡走马。"长楸，古时常在大道两边种植楸树，绵延不断，故称。楸，落叶乔木，高可达十余米，树干端直。　⑦驰驱，快疾奔跑。一作"驰骋"。《文选》作"驰驰"。⑧揽，持、拿。捷，取、挟。鸣镝，响箭。《史记·匈奴列传》："冒顿乃作为鸣镝，习勒其骑射。"裴骃集解："《汉书音义》曰：'镝，箭也，如今鸣箭也。'韦昭曰：'矢镝飞则鸣。'"　⑨南山，泛指洛阳南面的山。一说，疑指大石山。《水经注·伊水注》："大石山……山在洛阳南。"　⑩挽，拉。因，就。　⑪纵，射。《诗·大叔于田》毛《传》："发矢曰纵。"两禽，即指上文之双兔。⑫余巧，其他技艺。　⑬接，迎面而射。《文选》李善注："凡物飞迎前射之曰接。"鸢（yuān），鸱鹰。　⑭咸，都。称善，叫好。　⑮众工，众射手。归我妍，赞扬我射法精妙。　⑯归来，《文选》作"我归"。平乐，观名，汉明帝所建。《东

京赋》薛综注："为大场于上以作乐，使远观之，谓之平乐。"在洛阳西门外。
⑰斗十千，言酒价之高，寓酒味之美。《典论》："孝灵帝末，朝政堕废，群官有司并湎于酒，贵戚尤甚，斗酒千钱。"曹魏时，酒价或亦如此。　⑱脍，将鱼、肉切细然后制作成菜肴。臇（juǎn），少汁较干的肉羹。这里用作动词。臇胎鰕，用胎鰕作羹。胎鰕，有子的鲂鱼。一说，胎，疑当作"鲐"。《说文》："鲐，海鱼名。"　⑲炮（bāo），一种烹调方法。把鱼、肉等置于锅中加油用急火迅速炒熟。炮鳖，《文选》作"寒鳖"。炮是炒，寒是酱渍，皆通。熊蹯（fán），熊掌。　⑳鸣、啸，此处皆召唤之意。俦、匹侣，伴侣、同伴。按，《匡谬正俗》："啸者，谓若有所召命，密相讽诱，若齐庄抚楹而歌耳。"则"啸侣"犹今呼叫同伴。"鸣俦"义同。　㉑竞长筵，指宾客满坐。竞，完、尽。长筵，《周礼·司几筵》："初在地者一重即谓之筵，重在上者即谓之席。"筵，亦竹席。古人席地而坐。筵长席短，故称长筵。　㉒连翩，连续迅急的样子。鞠，宗懔《荆楚岁时记》："刘向《别录》曰：'寒食蹴鞠，黄帝所造，本兵势也。'或云起于战国。按，鞠与球同。古人蹋蹴以为戏也。"似今之足球。壤，《艺经》："壤，以木为之，前广后锐，长尺四，阔三寸，其形如履。将戏，先侧一壤于地，遥于三四十步，以手中壤敲之，中者为上。"（《太平御览》引）　㉓巧捷，敏捷。惟，语助词。　㉔光景，光阴，时间。不可攀，无法挽留。攀，追挽，留住。㉕云散，如同浮云散去。傅毅《舞赋》："云散城邑。"李善注："中夜车皆归，城邑之中寂然而空，有同云散也。"

评析

此诗一说以为"子建自负其才，思树勋业，而为文帝所忌，抑郁不得伸，故感愤赋此"（《古诗赏析》引唐汝谔语）。一说以为"刺时人骑射之妙、游骋之乐，而无忧国之心"（《六臣注文选》引张铣语）。两说不同，详诗意似后说为是。诗分两层，首述京洛少年的游猎，次写京洛少年的宴饮。写"名都"而仅选择一"京洛少年"；写"少年"而仅撷取其驰骋、宴乐两个场面，不加褒贬，但一个终日逸乐、无所事事的贵族子弟形象跃然纸上。吴淇说："凡人作名都之诗，必搜求名都一切物事，杂错以炫博。而子建只单单推出一少年作标子，以例其余。"（《六朝选诗定论》）而所谓"名都"，于此可见。诗结尾处讥刺之意，含蓄不尽，陈祚明说："'白日'二句下，定当言寿命不常，少年俄为老丑，或欢乐难久，忧戚继之，方于作诗之意有合。今只曰'云散还城邑，清晨复来还'而已。万端感慨，皆寓言外。"（《采菽堂古诗选》）

美女篇

解题

本篇即《齐瑟行》，作者另取篇首两字为题，《乐府诗集》收入杂曲歌辞。诗写一美女蹉跎岁月，盛年未嫁。清王尧衢说："子建求自试而不见用，如美女之不见售，故以为比。"（《古唐诗合解》）

【原文】

美女妖且闲①，采桑歧路间②。柔条纷冉冉③，落叶何翩翩④。攘袖见素手⑤，皓腕约金环⑥。头上金爵钗⑦，腰佩翠琅玕⑧。明珠交玉体⑨，珊瑚间木难⑩。罗衣何飘飘，轻裾随风还⑪。顾盼遗光采⑫，长啸气若兰⑬。行徒用息驾⑭，休者以忘餐⑮。借问女何居⑯？乃在城南端。青楼临大路⑰，高门结重关⑱。容华耀朝日⑲，谁不希令颜⑳？媒氏何所营㉑？玉帛不时安㉒。佳人慕高义㉓，求贤良独难㉔。众人徒嗷嗷㉕，安知彼所观㉖！盛年处房室㉗，中夜起长叹㉘。

注释

❶妖，美，指容貌。闲，雅，指品格。　❷歧路，岔路。　❸柔条，谓桑之长枝。一作"长条"。纷冉冉，纷乱下垂的样子。　❹落叶，一作"叶落"。翩翩，形容落叶飘飞的样子。　❺攘袖，挽上袖子。　❻皓腕，洁白的手腕。约，束。　❼金爵钗，雀形金钗。《释名》："爵钗，钗头上施爵。"爵，通"雀"。

⑧琅玕，珠形玉石。《说文》："琅玕，似珠者。"　⑨交，连结。　⑩珊瑚，《史记·司马相如列传》正义："郭（璞）云：珊瑚生水底石边，大者树高三尺余，枝格交错，无有叶。"间，犹"与"。木难，碧色珠。《南越志》："木难，金翅鸟沫所成碧色珠也，大秦国珍之。"（《文选》李善注引）杨慎《升庵集》："木难……按其形色，则今夷方所谓祖母绿也。"　⑪还，旋，转。　⑫顾眄，回视。一作"顾盼"。　⑬长啸，撮口发出悠长清越的声音。魏晋间颇流行。　⑭行徒，行路之人。用，因。息驾，谓驻马停下。　⑮以，即"因"。与上句"用"义同，变文以避重复。　⑯何，一作"安"。按，安，犹言"何"也。　⑰青楼，青漆涂饰的豪华楼宇。按，汉魏六朝常以青楼为女子居处，与后世用作妓院代称不同。　⑱重关，两道门禁。关，闩门横木。　⑲耀朝日，（容颜）如朝日光彩照人。这是古诗赋中常用之比喻。　⑳希，羡慕。令颜，美貌。　㉑媒氏，媒人。《诗·伐柯》："娶妻如之何，匪媒不得。"古时无媒不得婚嫁，故有此句。　㉒玉帛，指珪璋和束帛，古时纳采所用之物。这两句意为媒人未及时让她被人聘娶。　㉓高义，高尚的品德。　㉔良，诚。　㉕徒嗷嗷，白白地嚷嚷不休。　㉖观，《玉台新咏》作"欢"。按，疑当作"欢"。作者《愍志赋》："望所欢之攸居。"《广雅·释诂》："欢，喜也。"这两句说美女不从俗逐波。　㉗盛年，青壮年。　㉘中夜，半夜。这两句说盛年已至，犹未嫁而独处房室，故中夜不寐，起而长叹。

评　析

　　此诗显然受到汉乐府《陌上桑》的影响。写美女都从"采桑"发端，而"行徒"两句，更是《陌上桑》"行者见罗敷，下担捋髭须"与"耕者忘其犁，锄者忘其锄"之翻版。但两诗又迥然有别，不得以"模拟"视之。其一，刻画美女，工笔细绘，与《陌上桑》之粗线条式的烘托不同。此诗写美女外形，从手、腕、头、腰、体逐层描绘，融身姿和服饰于一体，又兼及气质神韵、身份地位，人物形象更见丰满。其二，构思立意，旨在抒情，与《陌上桑》之叙说故事不同。刘履说："子建志在辅君匡济，策功垂名，乃不克遂，虽授爵封，而其心犹为不仕，故托处女以寓怨慕之情焉。"（《选诗补注》）诗中美女，正乃作者自喻，借以抒愤。两诗一为叙事，赋也；一为抒情，比也。其三，"辞极赡丽，然句颇尚工，语多致饰"（胡应麟《诗薮·内编》），与《陌上桑》之质朴通俗不同。至于《陌上桑》为乐歌，此诗则已脱离音乐，为案头徒诗，亦其性质不同之处。此诗显示出文人乐府诗雅致化、抒情化之倾向，清叶燮推许为"汉魏压卷"，赞其"意致幽眇，含蓄隽永，音节韵度皆有天然姿态，层层摇曳而出，使人不可仿佛端倪，固是空千古绝作"（《原诗·外篇》），或正着眼于此。

白马篇

解 题

本篇《乐府诗集》收入杂曲歌辞，即《齐瑟行》。《太平御览》引作《游侠篇》，《文选》亦作《白马篇》。诗刻画一武艺高超的白马壮士的英雄形象。朱乾以为诗"寓意于幽并游侠，实自况也""所云捐躯赴难，视死如归，亦子建素志，非泛述也"（《乐府正义》）。

【原 文】

白马饰金羁①，连翩西北驰②。借问谁家子？幽并游侠儿③。少小去乡邑④，扬声沙漠垂⑤。宿昔秉良弓⑥，楛矢何参差⑦。控弦破左的⑧，右发摧月支⑨。仰手接飞猱⑩，俯身散马蹄⑪。狡捷过猴猿⑫，勇剽若豹螭⑬。边城多警急，虏骑数迁移⑭。羽檄从北来⑮，厉马登高堤⑯。长驱蹈匈奴⑰，左顾陵鲜卑⑱。寄身锋刃端⑲，性命安可怀⑳？父母且不顾㉑，何言子与妻㉒？名编壮士籍㉓，不得中顾私㉔。捐躯赴国难，视死忽如归。

注 释

❶饰：装饰。金羁（jī），黄金制的马络头。　❷连翩，迅急奔跑的样子。西

北驰，《晋书·郭钦传》："魏初人寡，西北诸郡，皆为戎居。"　❸幽、并，古代二州名。幽州，今北京、天津、河北部分地区。并州，今山西、陕西交界地区。古幽并两地人物均以剽悍勇侠著称。游侠儿，古称轻生重义之青年男子。❹去，离开。乡邑，犹家乡。　❺扬声，传扬声名。一作"扬名"。垂，同"陲"，边远地区。　❻宿昔，经常。秉，持。良弓，硬弓。《墨子》："良弓难张，然可以及高入深。"　❼楛（hù）矢，以楛木为箭杆的箭。《魏志·挹娄传》："矢用楛，长一尺八寸，青石为镞。"参差，长短不齐的样子。　❽控弦，拉弓，开弓。的，箭靶的中心部位。　❾月支，一种箭靶名。邯郸淳《艺经》："马射，左边为月支三枚，马蹄二枚。"（《文选》李善注引）曹丕《典论》："夫项发口纵，俯马蹄而仰月支也。"下文"马蹄"，亦箭靶名。　❿接，迎射飞奔之物。《文选》李善注："凡物飞迎前射之曰接。"猱（náo），猿类，体矮小，攀缘树木，轻捷如飞。　⓫散马蹄，指箭靶被箭击碎。马蹄，箭靶名。　⓬狡捷，灵巧敏捷。过，超过。　⓭勇剽（piāo），勇猛轻疾。螭（chī），传说中的猛兽。《汉书·扬雄传》音义："韦昭曰：'螭似虎而鳞。'"　⓮虏骑，古汉族对北方民族军队的蔑称。一作"胡虏"。数，屡次。迁移，指调兵侵扰。　⓯羽檄（xí），军中紧急文书。《汉书·高帝纪》："吾以羽檄征天下兵。"颜注："檄者，以木简为书，长尺二寸，用征召也。其有急事，则加以鸟羽插之，示速疾也。"《魏武奏事》："今边有警，辄露檄插羽。"　⓰厉马，策马，驱马。　⓱蹈，践踏。匈奴，指古代北方少数民族。魏时分为五部，杂居于今山西北部地区。　⓲左顾，指转身回头看。陵，亦践踏之义。《礼记·檀弓》郑注："陵，躐（践踏）也。"鲜卑，亦北方少数民族，魏时散居今河北、山西地区。　⓳寄身，置身，委身。寄，一作"弃"。　⓴怀，惜。　㉑顾，顾念、考虑。　㉒何言，哪里谈得上，即无法顾及之意。　㉓壮士籍，指将士名册。古时军中在一尺二寸之竹简上详记兵卒年龄、籍贯、相貌等。　㉔中，指心中。

评析

此诗谋篇布局，颇具匠心。开篇"奇警"（方东树《昭昧詹言》），白马金羁，连翩急驰，即具先声夺人之势。而后，不接以边城杀敌，反而插入一段人物介绍、技艺描写，略作顿挫，再承前写其报国赴难，所谓"运实于虚，以逆得顺"

（张玉谷《古诗赏析》）也。"西北"古来就是多事之地，魏时亦胡人聚居之处，篇首云"西北驰"，已隐含伏笔，至此"方遥接篇首，陡入时事"（张玉谷《古诗赏析》）。"寄身"以下，又改用人物自白，将其"捐躯报国心事，曲曲达出，以作收束。摸之真觉笔笔有棱"（张玉谷《古诗赏析》）。语言通俗中见锤炼，缀词序景，极为讲究。陈祚明评之说："'参差'，字活。'左的''右发'，变宕不板。'仰手''俯身'，状貌生动如睹，而'俯身'句尤佳。'散马蹄'，'散'字活甚，有声有势，历乱而去，而马上人身容飘忽，轻捷可知。"（《采菽堂古诗选》）

左延年

　　左延年，生卒年不详，生平亦不可考。其事迹仅在《三国志·魏书·杜夔传》中稍有提及，称其"妙于音""善郑声"。《晋书·乐志》载其在黄初年间"复以新声被宠"。据此可推知其大致活动于建安（196—220）、黄初（220—226）年间。乐府诗仅存三首，即《秦女休行》和二首《从军行》。

秦女休行

解题

　　本篇《乐府诗集》收入杂曲歌辞。诗记述少女秦女休为宗族报仇杀人一事。此事未见史载，但似非纯出虚构。曹植《精微篇》曰："女休逢赦书，白刃几在颈。"也提及此事。萧涤非说："自东汉之末，私人复仇之风特炽，贤士大夫，又往往假以言辞，遂致不可遏抑。"（《汉魏六朝乐府文学史》）于此诗亦可见当时习俗。魏黄初四年（223），文帝曹丕下诏："今海内初定，敢有私复雠者皆族之。"（《三国志·魏书·文帝纪》）女休杀人获赦，事当发生在此前。

【原　文】

　　始出上西门①，遥望秦氏庐②。秦氏有好女，自名为女休③。休年十四五，为宗行报仇④。左执白杨刃⑤，右据宛鲁矛⑥。仇家便东南⑦，仆僵秦女休⑧。女休西上山，上山四五里。关吏呵问女休，女休前置辞："平生为燕王妇⑨，于今为诏狱囚⑩。平生衣参差⑪，当今无领襦⑫。明知杀人当死，兄言快快⑬，弟言无道忧⑭。女休坚辞⑮，为宗报仇死不疑！"杀人都市中，徼我都巷西⑯。丞卿罗东向坐⑰，女休凄凄曳梏前⑱。两徒夹我，持刀刀五尺余。刀未下，朣胧击鼓赦书下⑲。

注　释

①始，一作"步"。上西门，洛阳城西四门之一，从南向北第三门。　②庐，居室。一本作"楼"。　③自名，本名。　④宗，宗族。　⑤白杨刃，刀名。《广雅》：白杨，刀也。王念孙疏："《淮南子·修务训》：'羊头之销。'高诱注云：'白羊子刀。'羊与杨通。"　⑥宛鲁矛，宛鲁地区产的长矛。《荀子·议兵》："宛钜铁釶。"杨倞注："宛，地名，属南阳。徐广曰：大刚曰钜，釶与鍦同，矛也。……言宛地出此刚铁为矛。"《周礼·考工记》："郑之刀，宋之斤，鲁之削。"削亦刀也。宛鲁，《太平御览》作"宛景"。黄节以为"钜、鲁音近，'宛鲁'疑'宛钜'之误"。　⑦便东南，安居于东南。便，安适。　⑧仆僵，犹"僵扑"。《唐韵》："仆，僵也。"意指仇家为女休杀死，僵扑在女休面前。"仆"字原无，据《汉魏乐府风笺》补。　⑨燕王妇，燕王之妻。按，女休为燕王妻事未详，李白《拟秦女休行》亦曰："婿为燕国王。"　⑩诏狱，关押钦犯的牢狱。汉朝在长安、洛阳两地均设有诏狱。　⑪参差（cēncī），纷纭繁杂。衣参差，形容衣服的花俏。　⑫襦，短袄。无领襦，形容囚衣的简陋。与"衣参差"相比照。　⑬快快，郁郁不乐。　⑭无道忧，不必担忧。这是强作宽慰之语。　⑮坚辞，竭力诉说。　⑯徼，遮拦。　⑰丞卿，官名，指执掌决狱的廷尉卿等。罗，一本下有"列"字。　⑱曳，拖。梏，木制手铐。《周礼·秋官·掌囚》："中罪桎梏。"郑玄注："在手曰梏，在足曰桎。"　⑲朣胧，击鼓声。《太平御览》作"拢瞳"，又作"陇橦"。按，胡震亨《唐音癸签》："古乐府《秦女休行》'朣胧击鼓赦书下'，朣胧，鼓声也。唐人所用字不同，沈佺期'笼僮上西

鼓'，柳子厚'笼铜鼓报衙'，第取其音之同耳。即《秦女》本曲，见《太平御览》者亦作'陇橦'，各异。"

评 析

　　这首叙事诗完全按情节发展顺序依次写来。先概括介绍主人公的情况：家居的位置、姓名、年龄，并以夸赞的口吻称之为"好女"。作者为何要称赞她？是因为她"为宗行报仇"。接着一大段详述其手刃仇人，亡命山中，被捕后遭受审讯的经过。最后交代故事结局。情节极完整，虽然铺叙平直，但以一妙龄少女而报仇杀人，本身已颇有吸引人之处。诗亦比较注意人物刻画。写女休杀人之际，左手执刃，右手持矛，一个弱女子手执兵刃，狂怒地冲向仇家，怎不令人动容？被审讯时，她态度从容，"女休坚辞，为宗报仇死不疑"，以其兄弟犹豫胆怯为陪衬，益显示出她的果敢坚毅。在突出其刚烈个性的同时，也不忘点缀少女心态，原先"衣参差"，而今"无领襦"的诉说，极切合其女性心理。至于从"燕王妇"一变为"诏狱囚"，这大约是强调她杀人前后处境变化之剧，并不一定是实事。这种夸大其辞的手法，古乐府（如《陌上桑》《羽林郎》等）中屡屡可见。结尾处一波三折，"刀五尺余""刀未下"，何等危急！就在临刑之际，"曈曚击鼓赦书下"，诗亦戛然而止，颇引人入胜。此诗叙事手法与汉乐府相近，艺术上虽稍有逊色，但仍不失为一首名作。胡应麟曰："左延年《秦女休行》，叙事真朴，黄初乐府之高者。傅玄《庞烈妇》盖效《女休》作者。辞义高古，足乱东西京。乐府叙事，魏晋仅此二篇。"（《诗薮·内编》）

傅 玄

车遥遥

解 题

　　本篇最早见于《玉台新咏》，题傅玄作。《乐府诗集》收入杂曲歌辞，作梁车敲诗。今从《玉台新咏》。诗以篇首三字为题，当是作者所创之新曲。遥遥，形容车远去的样子。

【原文】

车遥遥兮马洋洋①，追思君兮不可忘。君安游兮西入秦②，愿为影兮随君身。君在阴兮影不见③，君依光兮妾所愿。

注释

❶洋洋，马碎步而行的样子。　❷秦，古秦地。古诗中常泛指长安附近地区。　❸阴，指背阳光处。

评析

"遥遥""洋洋"，描绘车马渐行渐远，不知归宿何处。观下句"追思"两字，可知已非别离之初的情景，而是女主人公的追忆回想。分离愈久，相思愈炽，"不可忘"；语直，意浅，情深。后四句形影之譬，异想妙喻，新奇形象。作者在其他诗篇中亦一再运用，如"昔为形与影，今为胡与秦"（《豫章行》）；"昔君与我，如影如形"（《短歌行》）；"昔君与我兮形影潜结"（《昔思君》）。可见为其得意之笔，而本篇则发挥得更为淋漓尽致。"在阴""依光"，喻中有喻，既表现出女主人公的一往情深，更暗中寄托着她对心上人功成名就的企盼，"悲君远客，望君成名，两意并到"（汪薇《诗论》）。全诗皆是女主人公的内心独白，娓娓倾吐，情意缠绵，真乃是"乐府中极聪明语，开张（籍）、王（建）一派"（《古诗源》）。

张　华

张华（232—300），字茂先，魏晋间范阳方城（今河北固安西南）人。少孤贫，曾牧羊自给。苦学不倦，"学业优博，辞藻温丽，朗赡多通"（《晋书·张华传》）。后为县吏，乡人骠骑将军刘放奇其才，以女妻之。后因阮籍延誉，以郡守鲜于嗣之荐，为太常博士。入晋，拜黄门侍郎，封关内侯。泰始五年（269）后，拜中书令，加散骑常侍。时晋武帝与羊祜密谋伐吴，群臣都以为不可，惟华与杜预赞同其计。吴平，进广武侯，增邑万户。晋惠帝时，以侍中、中书秉执朝政达十余年，"虽当暗主（惠帝）、虐后（贾后）之朝，而海内晏然，华之功也"（《晋书·张华传》）。后为赵王司马伦所害，夷三族。张华喜奖掖文士，为其所引誉者如陆机、陆云、左思、成公绥、陈寿等，皆一时之选。学识渊博，著有《博物志》十卷。又长于诗赋，名重一时。钟嵘《诗品》谓其诗："其体华艳，兴托不奇。巧用文字，务为妍冶。虽名高曩代，而疏亮之士，犹恨其儿女情多，风云气少。"后人颇有不同意见。金元好问即谓："风云若恨张华少，温李新声奈尔何？"（《论诗绝句》）其乐府诗《轻薄篇》《博陵王宫侠曲》《游猎篇》《壮士篇》等，或讥刺时世，或抒写壮怀，自不得仅以"儿女情多"目之。

轻薄篇

解题

　　本篇《乐府诗集》收入杂曲歌辞。西晋末年，统治阶级极其荒淫糜烂，如《宋书·五行志》载："晋惠帝元康中，贵游子弟相与为散发裸身之饮，对弄婢妾，逆之者伤好，非之者负讥。"《晋书·何曾传》："（曾）食日万钱，犹曰无下箸处。"正直之士，纷起抨击，王沉《释时论》、鲁褒《钱神论》、杜嵩《任子春秋》，"皆疾时之作也"（《晋书·惠帝纪》）。本篇也是揭露当时豪族权贵骄奢淫逸的生活，堪称是一首辛辣的讽刺诗。

【原　文】

　　末世多轻薄①，骄代好浮华。志意既放逸，资财亦丰奢②。被服极纤丽，肴膳尽柔嘉。僮仆余粱肉③，婢妾蹈绫罗。文轩树羽盖④，乘马鸣玉珂⑤。横簪刻玳瑁⑥，长鞭错象牙⑦。足下金镶履⑧，手中双莫耶⑨。宾从焕络绎⑩，侍御何芬葩⑪！朝与金张期⑫，暮宿许史家⑬。甲第面长街⑭，朱门赫嵯峨⑮。苍梧竹叶清⑯，宜城九酝醝⑰。浮醪随觞转⑱，素蚁自跳波⑲。美女兴齐赵⑳，妍唱出西巴㉑。一顾倾城国㉒，千金不足多㉓。北里献奇舞㉔，大陵奏名歌㉕。新声逾激楚㉖，妙妓绝阳阿㉗。玄鹤降浮云㉘，鲟鱼跃中河。墨翟且停车㉙，展季犹咨嗟㉚。淳于前行酒㉛，雍门坐相和㉜。孟公结重关㉝，宾客不得蹉㉞。三雅来何迟㉟？耳热眼中花。盘案互交错，坐席咸喧哗。簪珥或堕落㊱，冠冕皆倾邪。酣饮终日夜，明灯继朝霞。绝缨尚不尤㊲，安能复顾他？留连弥信宿㊳，此欢难可过。人生若浮寄㊴，年时忽蹉跎㊵。促促朝露期，荣乐遽几何㊶？念此肠中悲，涕下自滂沱㊷。但畏执法吏，礼防且切磋㊸。

注 释

❶末世，衰世、乱世。　❷丰奢，丰富奢华。　❸粱肉，指精美的膳食。❹文轩，有彩饰的车。羽盖，以鸟羽为装饰的车盖。　❺玉珂，马络头上的玉制饰物。　❻玳瑁，一种形似龟的海洋动物，背面的角质板可用作装饰品。❼错，嵌饰。这句意为用象牙作为长鞭的柄饰。　❽金镶履，当即"金薄履"，贴有金箔的鞋。按古有以金箔饰履之制，所谓"金华之舄"。唐张鷟《游仙窟》亦有"金薄涂丹履"句。　❾莫耶，即莫邪，春秋时吴国著名宝剑，因铸师名莫邪而得名。　❿焕，鲜明，光亮。络绎，往来不绝。　⓫芬葩，即"纷葩"，盛多的样子。　⓬金张，汉金日磾、张安世二人的并称。两人皆汉宣帝时高官，子孙相继，七世荣显。　⓭许史，指汉宣帝许皇后之父许广汉、宣帝祖母史良娣之兄史恭及其长子乐陵侯史高。许、史两家皆极宠贵。按，后世常以此四姓并称，借指朝廷权门贵戚，如《汉书·盖宽传》："上无许史之属，下无金张之托。"　⓮甲第，豪门贵族的住宅。《史记·孝武本纪》："赐列侯甲第。"裴骃集

解引《汉书音义》："有甲乙第次，故曰第。" ⑮朱门，红漆大门。古时贵显宅门漆成红色以示尊异。赫，显耀。嵯峨，高峻巍峨。 ⑯苍梧，今广西梧州。与下句"宜城"均为古代著名产酒之地。竹叶清，酒名。一作"竹叶青"。 ⑰九酝醯（yùncuó），经多次酝酿的醇酒。九，指多次。醯，白色的酒。 ⑱醪（láo），带糟滓的酒。觞，古代盛酒之器。 ⑲素蚁，浮在酒面上的泡沫。 ⑳齐赵，指古齐赵两国之地。齐都临淄，赵都邯郸，都以女乐闻名。 ㉑妍唱，美妙之乐曲。一说，疑当作"妍倡"，美貌之乐伎。曹植《娱宾赋》："办中厨之丰膳兮，作齐郑之妍倡。"西巴，指巴郡，今四川、重庆部分地区。 ㉒顾，看。倾城国，毁灭城国。形容女子美貌。《汉书·孝武李夫人传》："延年侍上起舞，歌曰：'北方有佳人，绝世而独立。一顾倾人城，再顾倾人国。……'" ㉓千金，指美人一笑千金。崔骃《七依诗》："回顾百万，一笑千金。"（《艺文类聚》引）㉔北里，舞名。《史记·殷本纪》："（纣）使师涓作新淫声，北里之舞，靡靡之乐。" ㉕大陵，地名。在今山西文水东北。《史记·赵世家》："王游大陵。他日，王梦见处女鼓琴而歌。"以上两句为"献北里奇舞，奏大陵名歌"之倒置。㉖逾，超过。激楚，曲名。《汉书·司马相如传》："鄢郢缤纷，《激楚》《结风》。"颜师古注："郭璞曰：《激楚》，歌曲也。" ㉗绝，犹"逾"。阳阿，古优倡名。《淮南子·俶真训》："足蹀阳阿之舞。"高诱注："阳阿，古之名倡也。" ㉘玄鹤，黑鹤。传说鹤千岁化苍，又千岁成玄鹤。《史记·乐书》："师旷不得已，援琴而鼓之。一奏之，有玄鹤二八集乎廊门。"此用其典。 ㉙墨翟，春秋时墨家代表人物，著有《墨子》。《墨子》中有《非乐》篇。这句意为主张"非乐"的墨翟尚且停车聆听，可见"新声"之悦耳动人。 ㉚展季，春秋时人，又名柳下惠，以不好色著称于世。《荀子·大略》载，他夜宿城门，遇一无家女子，恐其冻伤，而使坐于己怀，竟宿而无淫乱之事。咨嗟，赞叹。这句意为连不好色如展季，见了舞女优美的舞姿也将赞叹不已。以见"阳阿"之舞的魅力。 ㉛淳于，指淳于髡，战国时齐人，以滑稽和善饮而著名。行酒，依次斟酒。 ㉜雍门，指雍门周，战国时齐人，善弹琴。相和，指弹琴伴奏。 ㉝孟公，西汉人陈遵，字孟公。《汉书·陈遵传》载其以好客闻名，宴请宾客时常将客人的车辖（贯穿车轴两端的键）丢在井里，使客人不能离去，以作长夜之饮。结重关，关闭一道道门以留客。 ㉞蹉（cuō），过。 ㉟三雅，曹丕《典论》："刘表有酒爵三，大曰伯雅，次曰仲雅，小曰季雅。伯雅容七升，仲雅六升，季雅五升。"雅，酒爵。　㊱珥（ěr），女子耳饰。　㊲绝缨，指楚庄王宴饮群臣事。《韩诗外传》载，春秋时，楚庄王宴饮群臣，众人酣饮大醉，殿上的烛忽然熄灭，有人暗中扯王后衣裳。王后随手扯下他冠上的缨索，告诉庄王，要求严办。庄王却令群臣都扯下冠缨，尽情欢乐，使因醉酒而对王后失礼的人不被发现。不尤，不以为过失。　㊳留连，留恋不止。弥信宿，弥，满。信，再。这句意为日以继夜，连日不停。　㊴浮，通"蜉"，蜉蝣，小虫名，其成虫生命期极短。《大戴礼记·夏小正》："浮游（即蜉蝣）有殷。"注："渠略也，朝生而暮死。"寄，寄命，短暂的生命。《晋书·皇甫谧传》："寄命终尽，穷体反真，故尸藏于地。"　㊵蹉跎，虚度光阴。　㊶遽（jù），急速，骤然。　㊷涕，泪。滂沱，形容泪下如雨。　㊸礼防，礼教制度的约束。

评析

　　此诗旨在针砭时世。首两句堪称全诗之纲："末世""骄代"，语含讥刺，已显示出作者的抨击之意；"多轻薄""好浮华"，一针见血，震聋发聩。接着具体写浮华之状，述轻薄之态，但表现手法又颇有不同。浮华之状，从各个方面层层铺叙："极纤丽""尽柔嘉"，极写服饰食用之精美；"羽盖""玉珂""玳瑁""象牙""金镈履""双莫耶"，无一不是突出日常生活的奢侈，堪称其时豪族人士生活的一幅全景图。轻薄之态，则撷取一观赏歌舞、欢饮无度的典型场面集中描绘：席间男女混杂，喧闹放荡，首饰坠落，冠帽歪斜；"绝缨尚不尤，安能复顾他"，楚王宴饮群臣的典故，更暗示其间充斥荒唐淫乱之事，不必明言。作者职任宰辅，励精图治，对腐朽的社会风气深恶痛绝。诗最后直抒感慨：岁月易逝，浮生若寄，这些所谓的"荣乐"又能享受多久呢？作者为这些醉死梦生之辈感到惋惜悲哀，规劝他们敬畏国法，以礼自守。此处用以警诫的虽仅是"执法吏"和"礼防"，显得软弱无力，但联系到作者其时身处"暗主（惠帝）虐后（贾后）之朝"，还是可以理解的，就当时历史条件而言，仍称得上是一首警世之作。此诗将汉乐府诗常用之铺叙描绘和西汉大赋着意敷陈的手法糅合使用，又借用典故，事类表意，在艺术上是颇为成功的。但由于过分堆砌词藻，"巧用文字，务为妍冶"（钟嵘《诗品》），也就削弱了讽刺的力量。

壮士篇

解 题

本篇《乐府诗集》收入杂曲歌辞。郭茂倩说："燕荆轲歌曰：'风萧萧兮易水寒，壮士一去兮不复还。'《壮士篇》盖出于此。"但从诗具体内容看，似更多受到阮籍《咏怀》之三十九"壮士何慷慨，志欲威八荒"的影响。

【原 文】

天地相震荡，回薄不知穷①。人物禀常格②，有始必有终。年时俯仰过③，功名宜速崇。壮士怀愤激，安能守虚冲④。乘我大宛马⑤，抚我繁弱弓⑥。长剑横九野⑦，高冠拂玄穹⑧。慷慨成素霓⑨，啸咤起清风⑩。震响骇八荒⑪，奋威曜四戎⑫。濯鳞沧海畔⑬，驰骋大漠中。独步圣明世，四海称英雄。

注 释

❶回薄，谓循环相迫，变化无常。穷，尽。这句化用贾谊《鹏鸟赋》："万物回薄兮，振荡相转。"不知穷，一作"不可穷"。　❷禀常格，禀受常规。❸俯仰，指瞬息之间，形容时间短。　❹虚冲，冲虚，虚静淡泊。　❺大宛马，西域产的良马。大宛，古西域国名，在今中亚费尔干纳盆地一带，以产汗血马出名。　❻繁弱，古良弓名。　❼九野，犹言"九天"。《吕氏春秋·有始览》："天有九野，地有九州。"　❽玄穹，天空。按，晋宋人描述壮士形象率皆喜以弓箭为映衬，如刘琨《扶风歌》"左手弯繁弱，右手挥龙渊"即一例。　❾素霓 (ní)，白虹。　❿啸咤，即"呼啸"。按，这两句暗用荆轲刺秦王典故。据《史记·刺客列传》：荆轲入秦，有"白虹贯日"；又其歌曰："风萧萧兮易水寒，壮士一去兮不复还。"　⓫骇，震惊。八荒，八方荒远之地。《说苑·辨物》："八

荒之内有四海，四海之内有九州。"　⓬曜，照耀。四戎，即"四夷"，古代华夏族对四方少数民族的统称。这里泛指外族。　⓭濯鳞，指鱼在水中洗濯。阮瑀《为曹公作书与孙权》："濯鳞清流，飞翼天衢。"

评 析

此诗不是一般地颂美壮士，而是站在生命价值的高度，抒写诗人的理想和抱负。诗人高屋建瓴，先从哲理入笔，揭示出宇宙无穷而人生有限的矛盾。人生转瞬即逝，理应速崇功名，创建事业，岂能枯守老庄恬淡无为之学！这在其时老庄虚无思想泛滥，士大夫热衷于营造一己之安乐窝的晋代，实属难能可贵。接着，诗以浓墨巨椽，塑造了一个叱咤风云的壮士形象："乘我""抚我"，连用两"我"字，豪迈之情宛然若见；"长剑""高冠"，状其英武；"慷慨""啸咤"，见其气势；"震响""奋威""濯鳞""驰骋"，极写其威震四夷八荒、横行沧海大漠的赫赫声威。紧紧抓住壮士的外形风貌、精神气概和功业目标，层层铺排张扬，形象生动而气势磅礴。结束两句，更是对壮士的最高礼赞，显示出作者的人生追求。全诗语言精美，句斟字酌，自"乘我大宛马"以下十句，句句排偶，颇见雕琢锤炼之功。

鲍　照

代出自蓟北门行

解 题

本篇《乐府诗集》收入杂曲歌辞。曲名取自曹植《艳歌行》"出自蓟北门，遥望胡地桑"的诗句。《乐府古题要解》谓："其词与《从军行》同，而兼言燕蓟风物及突骑悍勇之状，与《吴趋行》同也。"写一次边塞战争，表现将士们誓死卫国的决心。代，即拟，仿作之意。蓟，古燕国都城，在今北京西南。

【原 文】

羽檄起边亭^①，烽火入咸阳^②。征骑屯广武^③，分兵救朔方^④。严秋筋竿劲^⑤，虏阵精且强^⑥。天子按剑怒，使者遥相望^⑦。雁行缘石径^⑧，鱼贯度飞梁^⑨。箫鼓流汉思^⑩，旌甲被胡霜^⑪。疾风冲塞起，沙砾自飘扬。马毛缩如猬^⑫，角弓不可张^⑬。时危见臣节，世乱识忠良。投躯报明主，身死为国殇^⑭。

注 释

❶羽檄，紧急的军事文书。古时军中用一尺二寸的木简写公文，如果军情紧急，就插上羽毛，以示疾速。边亭，边塞之亭堠，即今之哨所。❷烽火，古时边境上用来传递警报的烟火，此指战火。咸阳，秦都城，故址在今陕西咸阳东。这里泛指京都。❸征骑，骑兵。屯，驻守。广武，地名，今山西代县西。❹朔方，古郡名，在今内蒙古自治区境内黄河以南地区。❺严秋，肃杀的深秋。筋竿，弓弦和箭杆，泛指弓箭。劲，有力。❻虏阵，敌军阵营。❼遥相望，指一个接着一个，来往不绝。❽雁行，雁飞时常排成队形，此指军队多而整齐。缘，沿着。❾鱼贯，形容军队按次序前进，如鱼群首尾相贯。飞梁，高而悬空的桥。❿箫鼓，指军乐。古时军乐常用箫、鼓这两种乐器。汉思，对汉地家乡的思念。⓫旌甲，旌旗铠甲。被，同"披"，覆盖。胡霜，北方边地的寒霜。⓬缩如猬，刺猬毛短而硬，形容马毛冻硬之状。⓭角弓，用兽角装饰的弓。张，拉开。⓮国殇，为国战死的英雄。

评 析

此诗首次将边塞战争引入乐府创作，虽写历史故事，但显然浸润着多事之秋的时代烙印。首四句写边塞传警，朝廷发兵。"羽檄""烽火"，揭示战况之紧急；"广武""朔方"，点明战事的地点。诗开门见山，入笔擒题，"起""入""屯""救"四动词层层紧扣，一上来就给全诗笼罩上一层严峻紧张的气氛。接着四句，又以敌寇强大和天子震怒，进一步渲染形势的危急。吴伯其谓"天子之怒，固是怒敌，亦是怒将士之不灭此朝食"（《鲍参军集注》引），暗示将士中亦颇有畏葸逡巡之辈，稍作压抑，益显示出敢为国殇者之忠勇可嘉。"雁行"八句，都是描述征途、环境之艰辛："石径"崎岖，"飞梁"险峻，"箫鼓"悲壮，"胡霜"奇寒；疾风狂沙之下，马儿冻得蜷缩颤抖，角弓都无法拉开。不仅选材典型，描绘生动，"分明说出边塞之状"（朱熹《朱子语类》），更可见作者避实就虚、不对战争场面作正面描述，而以环境之险恶来映衬战争残酷的艺术构思。从而引出诗末时危世乱始见臣节、识忠良的议论，以及不惜战死成为国殇的誓言。诗篇幅不长，但意境阔远，叙事抒情，跳荡凝练，正如方伯海之评赞云："短幅中气势奕奕生动，真神工也。"（《文选集评》）

拟行路难（三首）

解 题

《行路难》，本汉代歌谣，晋人袁山松曾变其音调，造新辞。古辞及袁辞俱佚。《乐府诗集》谓此曲"备言世路艰难及离别悲伤之意"，列入杂曲歌辞。现存最早之作即鲍照《行路难》十八首。这十八首诗当非作于一时一地，内容广泛，描述征人役夫之愁、怨女旷妇之悲、孤门贱子之恨，抒写对世道不平的愤懑。其形式在当时堪称新颖，都采用七言和以七言为主的歌行体，突破自曹丕《燕歌行》以来七言诗句句押韵、一韵到底之陈规旧式，隔句押韵，篇中换韵，对七言诗的发展功不可没。陆时雍誉之"如五丁凿山，开人世所未有"（《古诗镜》）。本篇原列第三，写一幽闭深闺、孤寂空虚的女子对爱情幸福的渴望。

（一）

【原文】

璇闺玉墀上椒阁①，文窗绣户垂绮幕②。中有一人字金兰③，被服纤罗蕴芳藿④。春燕差池风散梅⑤，开帏对景弄春爵⑥。含歌揽涕恒抱愁^⑦，人生几时得为乐？宁作野中之双凫^⑧，不愿云间之别鹤^⑨。

注 释

❶璇闺，形容闺房之美。璇，玉石。墀（chí），台阶。椒阁，用香料涂墙的楼阁。　❷文窗，雕刻花纹的窗。文，同"纹"。　❸金兰，《周易》："二人同心，其利断金；同心之言，其臭（同'嗅'）如兰。"诗为女主人公取名"金兰"，显有寓意。　❹纤罗，薄薄的丝绸。罗，丝织品。蕴，含。芳藿，芳香。藿，香草名。蕴，一作"采"。　❺差（cī）池，犹"参差"，不齐的样子。《诗·邶风·燕燕》："燕燕于飞，差池其羽。"按，《鲍参军集》作"参差"。　❻帏，帷幕。春爵，原作"禽爵"，据《鲍参军集》改。爵，同"雀"。　❼含歌，歌声含而不发。揽涕，犹"含泪"。揽，敛。涕，泪。　❽凫，野鸭。　❾别鹤，孤鹤。

评 析

这首闺怨诗没有一般地描述男女相思，而是从物质丰厚不能替代爱情幸福着眼，开掘出令人耳目一新的意蕴。诗中的女主人公金兰，身入豪富之家，生活固然无比优裕，但内心极端痛苦，其原因就是缺乏真正的爱情。宁肯贫贱而获得真爱，并敢于大胆袒露这一追求，这在此前之古代诗歌中从未有过。诗先写闺阁房室，由外到内，层层描绘，突出其富丽华美。次写人物服饰，手法变换，仅以一身绮罗、芳香袭人来映衬其身份之尊贵。接着四句，转而描述人物的行动、情态、心理：欢燕燕之双飞，玩春雀于窗槛，暗示她的寂寞孤独之感；而后"含歌揽涕"，进而写其愁思，一个"恒"字，更强调了她此种心境，已非一日；最终十分自然地归结到她富有理性觉悟的呐喊。诗戛然而止，令人感叹不已，同情不已。全诗迂回曲折而脉络井然，犹如层层剥茧，直至最后才挑明主旨。入情入理，情景俱到。最后两句虽然极为袒露大胆，但因用比喻修饰出之，依然显得委婉含蓄，与全诗温丽婉转的风格保持一致。

（二）

【原文】

对案不能食①，拔剑击柱长叹息。丈夫生世会几时②，安能蹀躞垂羽翼③？弃置罢官去④，还家自休息。朝出与亲辞，暮还在亲侧。弄儿床前戏，看妇机中织。自古圣贤尽贫贱，何况我辈孤且直⑤。

注 释

①此首原列第六，抒写求济世而不能的志士的内心苦闷。案，古时置放食器的小几。这里指酒食。　②会，犹"能"之意。　③蹀躞（diéxiè），小步行走的样子。　④弃置，丢弃搁置，此指不理公事。　⑤孤且直，孤寒而且正直。孤，指寒门势孤，政治上无依靠。

评 析

"上品无寒门，下品无势族"的门阀制度，不允许出身寒门的作者有施展抱负的机会，此诗就是他倾吐怀才不遇的一腔悲愤。诗一开头，愤激之言就喷薄而出。面对佳肴而"不能食"，可见心情烦闷至极。"拔剑击柱"，这一极其形象的细节，更突出了他满腹牢骚郁积于胸而又无可发泄的苦闷。"长叹息"，既是无可奈何的表现，更是一腔悲愤的流露。作者为什么如此呢？只因人生坎坷，壮志难酬，犹如雄鹰之羽翼摧挫不能奋飞。"丈夫"两句用反诘句，益显得不平之气勃郁难抑。"弃置"句，承前启后，诗意转折，一幅弃官归家后的生活图景，天伦之乐，情趣盎然。然而作者的人生目的决不是悠闲终老。最后两句，貌似自我宽解，实则愤扢不平。"孤且直"三字，点出问题症结所在，乃是对门阀制度的强烈抨击。全诗情感突起陡落，起伏跌宕，由压抑而迸发，而归于平静，而又生悲怆。句法上五言、七言句式交替使用，快慢缓急的节奏随着情感的起落而变化，呈现出"发唱惊挺，操调险急"（《南齐书·文学传》）的特色。

（三）

【原 文】

　　君不见少壮从军去①，白首流离不得还。故乡窅窅日夜隔②，音尘断绝阻河关。朔风萧条白云飞③，胡笳哀急边气寒④。听此愁人兮奈何⑤，登山远望得留颜。将死胡马迹，能见妻子难⑥。男儿生世轗轲欲何道⑦，绵忧摧抑起长叹⑧。

注　释

　　❶此首原列第十四，写一白首征夫的怀乡之情。　❷窅窅（yǎo），同"窈窈"，遥远的样子。　❸朔风，北风。　❹胡笳，北方民族的吹奏乐器。　❺这句借用楚辞《九歌·大司命》"愁人兮奈何，愿若今兮无亏"成句。　❻这两句说，将死于边塞外族之地，难以再见到妻儿。能，本作"宁"，据《汉魏六朝百三家集》改。　❼轗轲，同"坎坷"，道路不平。这里比喻人生艰难。　❽绵忧，绵长的忧愁。摧抑，压抑，郁抑。

评　析

　　首两句先总写悲慨。"少壮""白首"，突出时间之久。白发苍苍而犹"流离"不止，愈显得其遭遇之可悲可叹。诗一上来就给人以强烈的震撼。"故乡窅窅""音尘断绝"，离家路遥；"朔风萧条""胡笳哀急"，边地寒寂：四句承前而写环境之严酷。接着由胡笳声生发，声声胡笳逗起老兵之怀乡愁思，但他除了登山远望抒愁，又能做些什么呢？等待他的只能是老死边地，难见妻儿。诗最后两句直抒愤懑，"欲何道""起长叹"，愁肠百结，欲诉无益，无限恨意尽在一声长叹之中。征人役夫之悲，是乐府诗的传统题材，汉乐府《十五从军征》即早期名作。此诗主旨与《十五从军征》类同。所不同的是，《十五从军征》取材老兵返归故里，家园已荡然无存；此诗则描述老兵在戍边时对家人的思念。两诗互为补充，合读之尤可见封建统治阶级穷兵黩武给民众带来的深重苦难。

吴迈远

　　吴迈远（？—474），年岁、籍贯均不详。南朝宋人。曾官奉朝请。明帝泰始（465—471）末，入江州刺史桂阳王刘休范幕，为从事史。《南史·檀超传》载其"好为篇章"，"好自夸而蚩鄙他人，每作诗，得称意语，辄掷地呼曰：'曹子建何足数裁！'"可见其自负。宋元徽二年（474），桂阳王刘休范反，迈远为作符檄，休范兵败被杀，迈远遭族诛。工诗，长于乐府。钟嵘称其"善于风人答赠"（《诗品》），陈祚明谓其"稍有远情""然无全首"（《采菽堂古诗选》）。

长相思

解　题

　　本篇《乐府诗集》收入杂曲歌辞。"长相思"，本汉人诗语，如古诗："客从远方来，遗我一书札。上言长相思，下言久别离。"托名苏武、李陵诗亦有"死当长相思""各言长相思"之句。至六朝始以名篇。

【原　文】

　　晨有行路客①，依依造门端②。人马风尘色，知从河塞还③。时我有同栖④，结宦游邯郸⑤。将不异客子⑥，分饥复共寒。烦君尺帛书⑦，寸心从此殚⑧。遣妾长憔悴⑨，岂复歌笑颜。檐隐千霜树，庭枯十载兰⑩。经春不举袖⑪，秋落宁复看？一见愿道意⑫，君门已九关⑬。虞卿弃相印⑭，担簦为同欢⑮。闺阴欲早霜⑯，何事空盘桓⑰？

注 释

❶行路，《艺文类聚》作"远道"。　❷依依，依恋徘徊。造，往，到。　❸河塞，指黄河以北边塞地区。《艺文类聚》作"关塞"。　❹同栖，指丈夫。　❺结宦，指外出求官。邯郸，古都邑。战国时赵国在此建都，秦汉为邯郸郡治所。故址在今河北邯郸。　❻客子，客人。　❼君，指"行路客"。尺帛书，书信。帛，丝织物，古时用以书写。余参见《孤儿行》注。　❽殚，尽。《玉台新咏》作"单"。　❾遣，《艺文类聚》作"道"。　❿十载，同上作"十年"。　⓫不举袖，言不举手摘花。　⓬愿道意，希望转告我的心意。　⓭九关，犹言"九重"。楚辞《招魂》："魂兮归来，君无上天些。虎豹九关，啄害下人些。"王逸注："言天门凡有九重，使神虎豹执其关闭。"此句谓仕宦已无望。　⓮虞卿，战国时赵国上卿。主张合纵抗秦。后因救魏、齐，弃官离开赵国。　⓯担簦，喻指贫贱劳动生活。簦，有柄的笠，状似后世的伞。　⓰闺阴，犹"闺门"，内室。　⓱盘桓，徘徊。

评 析

　　吴迈远擅长写离情别意，本篇就是一例。这首内容为闺怨的叙事诗，结构看似平常，却见匠心。诗分三层。首八句为一层，写一行路投宿者之容止。晨行，说明他一夜赶路未曾歇息；"依依"，突出他思欲借宿而又畏葸不前。女主人从他满脸风尘之色，猜知他来自北方河塞，又由眼前客子联想起求宦在外的夫君，引起对客子的悲悯之意，慨然允诺客子请求。中间"烦君"八句为第二层，正面写女主人央求客子捎带书信，寄托其相思深情。第三层即最后六句，叙说妇人托客子转告的话，盼望夫君切勿迷恋追求功名利禄，速速归家。诗先用"逆笔"从客子求宿叙起，托客子寄书时，仅述相思之意，直至最后才借求客子面陈之言揭出"望归本意"。迂迂回回,絮絮叨叨,所谓"事理如此方真,章法如此方曲"(张玉谷《古诗赏析》)。诗歌语言既有"人马风尘色"类的道劲之句,更多委婉情深之语,诗末更"用兴、用比,托开结意,尺幅之中春波万里"(王夫之《古诗评选》)。或有谓此诗蕴有寓意,如朱乾云:"托为室思之词,以招朋友,欲其见几而作也。于'虞卿弃相印,担簦为同欢'见之矣。"(《乐府正义》)似乎有求之过深之嫌。

谢　朓

王孙游

解题

本篇《乐府诗集》收入杂曲歌辞。魏晋以降,文人乐府诗大都用汉乐府旧题。本篇越过汉古辞,取题于《楚辞》,写思妇怀人之情。

【原文】

绿草蔓如丝①,杂树红英发②。无论君不归③,君归芳已歇④。

注释

❶蔓,蔓延。　❷红英,红花。　❸无论,犹言"莫说"。　❹芳已歇,春尽花落。暗喻美人迟暮,年岁老去。歇,尽。

评析

"王孙游兮不归,春草生兮萋萋"(楚辞《招隐士》),这一怀人名句之语意，为后世诗人竞相采用，几成俗套。这首创作较早的小诗却不作简单的沿袭，而能于古词中翻出新意。绿草如丝，红花竞放，一派生机勃勃的春天景象。妙龄少女，睹此春景，自然会勾起情思，遥念远人。但诗后两句笔势陡转，不写感叹远人未归，而是反其意而用之，说即便赶着回来，那灿烂群芳亦将凋歇，言外暗示人亦将像绿草红花一样衰老憔悴。将怀人之情与对青春易逝的感伤交融，语浅意深，韵短情长。胡应麟谓唐人"五言短古多法宣城，亦以其朗艳近律耳"（《诗薮·内编》），亦正是指此类作品。

吴　均

吴均（469—520），字叔庠，南朝齐梁间吴兴故鄣（今浙江安吉）人。家世寒贱，少任侠，曾从军。好学善文，为沈约所称赏。天监二年（503），柳恽为吴兴太守，召为主簿。六年，为扬州刺史、建安王萧伟记室。十二年，除奉朝请。曾因私纂《齐春秋》而被免官。后又奉诏撰《通史》，未就，卒。《南史》本传称其"文体清拔，有古气，好事者或敩之，谓为'吴均体'"。然观今存诗，则未见所谓"清拔"者。诗风比较质朴，不为巧丽，其中宣泄牢愁及描写边城诸作较有特色。

行路难

解 题

本篇《乐府诗集》收入杂曲歌辞。作者《行路难》共五首，本篇原列第一。诗描写洞庭湖边一棵桐树的遭遇变化，是一首寓有哲理的咏物之作。

【原 文】

洞庭水上一株桐①，经霜触浪困严风。昔时抽心耀白日②，今旦卧死黄沙中。洛阳名工见咨嗟③，一翦一刻作琵琶④。白璧规心学明月⑤，珊瑚映面作风花⑥。帝王见赏不见忘，提携把握登建章⑦。掩抑摧藏张女弹⑧，殷勤促柱楚明光⑨。年年月月对君子，遥遥夜夜宿未央⑩。未央彩女弃鸣篪⑪，争先拂拭生光仪。茱萸锦衣玉作匣⑫，安念昔日枯树枝。不学衡山南岭桂⑬，至今千载犹未知。

注　释

❶洞庭，洞庭湖。在今湖南省北部、长江南岸。　❷抽心，发芽。此指株干伸长。　❸咨嗟，叹息。名工，原作"名士"，据《玉台新咏》改。　❹翦，修剪。刻，雕琢。　❺白璧，白玉璧。璧，玉器名，扁平，圆形，中心有孔。古贵族用礼器，后用作佩戴的装饰物。　❻风花，风中的花。《南齐书·乐志》："阳春白日风花香，趋步明月舞瑶裳。"这两句是说用白璧、珊瑚作为琵琶之装饰。❼建章，汉宫名，汉武帝太初元年（前104）建造。　❽掩抑，形容声音低沉。摧藏，悲伤。张女弹，古乐曲名。潘岳《笙赋》："辍张女之哀弹。"李善注："闵洪《琴赋》曰：'汝南鹿鸣，张女群弹。'然盖古曲，未详所起。"　❾楚明光，古琴曲名。蔡邕《琴操》谓楚大夫明光被谗谤，见怒于楚王而作此曲。❿未央，汉宫名。汉高祖七年由萧何主持营建。故址在今陕西西安西北长安故城内西南角。　⓫彩女，宫女。篪（chí），古管乐器名，以竹制成，单管横吹，似笛。　⓬茱萸锦衣，上有茱萸图案的织锦匣衣。茱萸锦，古锦名。晋陆翙《邺中记》："锦有……大茱萸、小茱萸……工巧百数，不可尽名也。"匣，指琴匣。⓭衡山，在今湖南省。五岳之一。

评　析

　　此诗虽咏桐木，实为嘲笑那些貌似高贵的显赫权贵，不过是一些枯木朽枝而已。诗首四句叙说桐木的来历，它极为普通，与其他树木一样，尽管有过枝繁叶茂的昨天，但一旦枯死，便可怜地僵卧于黄沙之中。中间一大段叙说它被洛阳名工发现，精雕细刻，制成琵琶，装金镶玉，献入宫廷，从此君王见赏，荣耀至极。最后四句说它锦衣玉盒，已忘却当年是株枯桐，目空一切，连衡山千年老桂也不在其眼下。"咏物诗，齐梁始多有之"（王夫之《姜斋诗话》），但大都标格不高。"征故实，写色泽，广比譬，虽极镂绘之工，皆匠气也；又其卑者，饾凑成篇，谜也，非诗也。……至盛唐以后，始有即物达情之作。"（王夫之《姜斋诗话》）但此诗别具一格，不像其时咏物之作仅重在刻画物之形貌，而是结合叙说故事，突出物之环境身份变化，尤其是借物言志，表达了作者对那些充斥朝廷的枯木朽枝的蔑视。透过冷峻讥诮的口吻，不难体味到作者怀才不遇、感时愤世的心情。

沈　炯

沈炯（502—560），字礼明（一作初明），吴兴武康（今属浙江）人。早年困顿，年届知命，仅任县令之职。旋遭侯景之乱，拒投贼，妻、子皆遭杀戮。后为给事黄门郎，领尚书左丞。西魏陷江陵，为西魏所虏，授以仪同三司。梁敬帝时得放回，任司农卿、御史中丞。陈朝立，陈高祖尝谓其有王佐之才，军国大政多加咨询。文帝重其才用，遣回乡聚兵，以疾卒。沈炯诗不重藻饰，颇为质朴遒劲。刘师培曰："诗歌劲直，习为北鄙之声，而六朝文体，亦自是而稍更矣。"（《南北学派不同论》）其乐府诗唯存《长安少年行》一首。

长安少年行

解题

本篇《乐府诗集》收入杂曲歌辞。魏曹植有《结客篇》云："结客少年场，报怨洛北邙。"后鲍照即以"结客少年场"为题。此曲题又衍生《少年行》《长安少年行》《汉宫少年行》《渭城少年行》等，其内容大都写游侠少年或"轻生重义，慷慨以立功名"（《乐府古题要解》），或"结任侠之客，为游乐之场，终而无成"(《乐府广题》)。本篇别开蹊径，以穷奢极侈的长安少年与一道边衰翁对比，揭示出荣华富贵犹如过眼云烟的人生哲理。

【原文】

　　长安好少年①，骢马铁连钱②。陈王装脑勒③，晋后铸金鞭④。步摇如飞燕⑤，宝剑似舒莲⑥。去来新市侧，遨游大道边。道边一老翁，颜鬓如衰蓬⑦。自言居汉世，少小见豪雄。五侯俱拜爵⑧，七贵各论功⑨。建章通北阙⑩，复道度南宫⑪。太后居长乐⑫，天子出回中⑬。玉辇迎飞燕⑭，金山赏邓通⑮。一朝复一日，忽见朝市空。扶桑无复海⑯，昆山倒向东⑰。少年何假问⑱，颓龄值福终⑲。子孙冥灭尽⑳，乡闾复不同㉑。泪尽眼方暗，髀伤耳自聋㉒。杖策寻遗老㉓，歌啸咏悲翁。遭随各有遇，非敢访童蒙㉔。

注释

　　❶长安，西汉首都。今陕西西安。　❷骢马，即青骢马，颜色铁青而有如钱状圆白斑纹的名种马。这两句化用梁元帝《紫骝马》："长安美少年，金络铁连钱。"　❸陈王，指曹植。曹植于太和六年（232）被封为陈王。脑勒，马络头。❹晋后，晋王司马昭。这两句是说，马络头是陈王曹植所曾使用的，金鞭是为晋王司马昭所铸造的。极言少年穷极奢侈。　❺步摇，步冠。《汉书·江充传》："（充）冠禅纚步摇冠，飞翮之缨。"颜师古注引服虔曰："冠禅纚，故行步则摇，以鸟羽作缨也。"　❻宝剑，一作"剑锷"。　❼衰蓬，枯萎的蓬草。　❽五侯，西汉成帝曾同日封其舅王谭、王立、王根、王逢时、王商为列侯，世称"五侯"（《汉书·元后传》）。　❾七贵，指西汉时以外戚关系先后把持朝政的家族。潘岳《西征赋》："窥七贵于汉庭。"李周翰注："汉庭七贵：吕、霍、上官、丁、赵、傅、王，并后族也。"　❿建章，汉宫名。汉武帝太初元年（前104）建，规模宏大，据说有"千门万户"。故址在今陕西西安长安区西。北阙，《庙记》："建

章宫北门，高二十五丈，建章北阙门也。"（《三辅黄图》引）　⓫复道，宫中楼阁间架空的通道。　⓬太后，指吕雉（吕后），汉高祖刘邦皇后。长乐，汉宫名。本秦之兴乐宫，汉高祖时扩建而成。《三辅黄图》："高帝居此宫，后太后常居之。"　⓭回中，地名，属汉安定郡，在今甘肃平凉地区内。《汉书·武帝纪》："（元封）四年冬十月，（武帝）行幸雍，祠五畤，通回中道。"　⓮玉辇，帝王乘舆，用人力推挽。此泛指宫中车乘。飞燕，赵飞燕。本长安宫人，初学歌舞，以体轻号曰飞燕。成帝召为婕妤，又立为后，专宠十余年。成帝死，哀帝立，尊为皇太后。平帝即位，废为庶人，自杀。见《汉书·外戚传》。　⓯邓通，汉文帝宠臣。尝为文帝吮痈得宠。曾有相士称他脸有饿纹，必当饿死。文帝大怒，谓富贵由我，谁人穷得邓通？遂赏赐其金山（铜矿）一座，准其自铸钱流通。景帝立，尽没收入官，邓通寄死人家。见《汉书·佞幸传》。　⓰扶桑，神话中树名，传说生长于大海，日出其下。《淮南子·天文训》："日出于旸谷，浴于咸池，拂于扶桑，是谓晨明。"无复海，不再有海。　⓱昆山，即昆仑山。《史记·李斯传》："今陛下致昆山之玉，有随和之宝。"在今西藏与新疆之间。这两句即沧海桑田、山谷陵夷之意。　⓲假问，犹"借问""动问"。⓳颓龄，衰老之年。值，正逢。　⓴冥灭，犹"泯灭"，指死亡。㉑乡闾，即"乡里"。　㉒髀（bì），股部，大腿。　㉓杖策，拄着拐杖。遗老，阅历丰富的老人。　㉔童蒙，本指儿童，这里即指长安少年。

评 析

　　汉乐府以叙事见长，魏晋以降，抒情诗独擅胜场，乐府叙事之作日益罕见。此诗主旨世道沧桑，荣华富贵无常，并无新意，但采用故事形式来表述，则颇别开生面。诗前八句叙说一长安少年逸乐游荡，后二十四句写一道边老翁述其亲见之世事变迁及穷老之感慨。写长安少年，仅仅抓住其骑马遨游之场景，夸饰其乘骑之名贵，马饰之豪华，以及来去如飞、洋洋自得的情态，凸现其富贵骄人的气焰。重点突出，笔墨集中。写道边老翁，分为二层。一层历述所见，铺陈排比。无论五侯七贵、天子太后、宠妃嬖臣，"一朝复一日，忽见朝市空"，尽皆归于虚无。语气冷峻，嘲讽之意见于言外。一层诉说遭遇，叹老嗟穷，声泪俱下，辛酸悲伤。两层衔接之处，不置一词，全凭"少年何假问"一句点出老翁之言，表明前文实由少年发问而致。着此一句而使前后两层吻合无间，省下许多笔墨。诗中少年及道边老翁，显然皆出自作者虚构；该老翁竟达五百余岁，更属子虚乌有。诗实是借汉代史事，阐述荣枯兴衰之理。作者虽不置一词议论，不加一句褒贬，而针砭时世之意，昭然若现。

胡太后

胡太后（？—528），北朝魏宣武帝元恪嫔妃胡充华，安定临泾（今甘肃镇原南）人。孝明帝元诩生母，孝明帝立，尊为皇太后，两度临朝听政。性聪慧，多才艺。后为权臣尔朱荣所杀。胡太后能诗，今仅存一首，即乐府诗《杨白花》。

杨白花

解　题

本篇《乐府诗集》收入杂曲歌辞。杨白花，北朝后魏名将杨大眼子。其武艺出众，相貌魁伟。其时正孀居的宣武帝妃胡充华（即临朝称制的胡太后），与之发生私情。杨白花惧祸，逃奔南方梁朝，改名杨华。"胡太后追思之不能已，为作《杨白华》歌辞，使宫人昼夜连臂蹋足歌之，辞甚惋惋焉"（《梁书·王神会传》），当即本篇。唯《乐府诗集》题曰无名氏作，抑或胡原作已佚，此篇系后人所拟。

【原　文】

阳春二三月，杨柳齐作花①。春风一夜入闺闼②，杨花飘荡落南家③。含情出户脚无力，拾得杨花泪沾臆④。秋去春还双燕子，愿衔杨花入窠里⑤。

注　释

❶杨柳，古人习惯以杨、柳连用，"杨"即"柳"，此重言之。齐作花，一起开花。　❷闺闼（tà），妇女所居之内室。　❸杨花，即"柳絮"。南家，此暗指南方梁朝。按，此四句受鲍照《行路难》"中庭五株桃，一株先作花。阳春妖冶二三月，从风簸荡落西家"之影响（参见冯沅君《杨白花及其作者》）。❹臆，胸。　❺窠（kē），鸟巢。

评　析

这首失恋之歌"用笔双关，饶有古趣"（张玉谷《古诗赏析》），读来颇令人感到芬芳悱恻，回肠荡气。首四句暗写与杨华的恋爱。春风"入闺闼"，比喻春心荡漾，萌生爱意；杨花"落南家"，暗指情人舍己而去，南投梁朝。后四句寄托相思情愫。"脚无力"，正是"含情"之注脚，见得失恋女子的娇慵之态；拾得杨花而双泪自流，乃睹物思人，情不自禁。正因为爱深思切，故忽发奇想，盼望秋去春来之双燕子能衔回杨花，将情人带回身边。全诗皆用比兴，诗中之杨花，既是一普通的自然界物象，又是胡太后痛惜忆想的心上人。诗句句写杨花，又句句诉相思，"妙在音容声口全然不露，只似闻闲说耳"（钟惺《名媛诗归》）。连一些持男女礼防偏见的封建诗论家亦不得不承认："胡妇蝶词，乃贤于南朝天子远甚。"（王夫之《古诗评选》）"音韵缠绵，令读者忘其秽亵。"（沈德潜《古诗源》）

温子昇

温子昇（495—547），字鹏举，北朝魏人。晋大将军温峤之后，祖恭之于宋文帝时避难归魏，居济阴冤句（今山东菏泽），子昇即生于济阴。其时家世衰落，北魏时，初为广阳王元渊门下贱客。年22岁，应试中选，补御史，累迁散骑常侍、中军大将军。入东魏，高澄引之为大将军府谘议参军。后涉嫌参与谋害高澄而下狱，饿食弊襦死。子昇为北朝重要作家，与邢劭、魏收合称"北地三才"。所作《韩陵山寺碑》为时人推重，庾信使北，尝谓北人文章"唯有韩陵山一片石堪共语"（《朝野佥载》）。梁武帝至誉之为"曹植、陆机复生于北土"（《魏书》本传）。其诗颇受南朝诗风影响，但又不陷于宫体之纤巧。今存乐府皆五言四句，亦可见其受南朝影响之迹。

结袜子

解 题

本篇《乐府诗集》收入杂曲歌辞。《结袜子》，其曲名来源无可考，现存最早之作即本篇。盖讽刺世人之喜新厌旧。

【原 文】

谁能访故剑①？会自逐前鱼②。裁纨终委箧③，织素空有余④！

注 释

❶访故剑，汉宣帝即位前，曾娶许广汉之女君平。即位后，公卿议立霍光之女为皇后，宣帝乃"诏求微时故剑"。群臣知其意，乃议立许氏为皇后。（《汉书·外戚传》）后世遂以"故剑"指元配之妻。　❷会自，犹"终自"。会，终究。逐前鱼，战国魏王与龙阳君共船而钓。龙阳君突然伤心哭泣，魏王问其故，龙阳君说："臣之始得鱼也，臣甚喜。后得又益大，令臣直欲弃臣前之所得矣。今以臣凶恶，而得为王拂枕席。今臣爵至人君，走人于庭，辟人于途。四海之内，美人亦甚多矣，闻臣之得幸于王也，必褰裳而趋王，臣亦犹曩臣之前所得鱼也！臣亦将弃矣，臣安能无涕出乎？"（《战国策·魏策》）后世因以"前鱼"喻失宠被弃之人。　❸这句用古乐府《怨歌行》诗意。诗写裁纨为扇，追随君侧，但是秋风一起，终于"弃捐箧笥中，恩情中道绝"。　❹这句用古乐府《上山采蘼芜》诗意。诗写一弃妇遇见前夫，询问新妇情况，前夫说："新人工织缣，故

人工织素。织缣日一匹，织素五丈余。将缣来比素，新人不如故。"空有余，即谓徒然能日织五丈有余，而终仍不免遭遗弃。

评 析

　　钟嵘《诗品》反对用典，认为"吟咏性情，亦何贵于用事"，否定抒情诗用典之必要。其实，凡事不可一概而论，如本篇仅四句，却句句用典；且所用之典如"访故剑""逐前鱼""裁纨委箧""织素有余"，又都表达几乎相同之旨意，集中揭示出喜新厌旧是人世间司空见惯之事。更为巧妙的是，这些典故一经穿插"谁能""会自""终""空"等词语来表明作者态度，作者的愤慨之情已寄寓其间。可谓言简意丰，耐人寻味。

杂歌谣辞

　　歌谣并不配乐，此类实际上不属于乐府诗。但因乐府诗原本多采自歌谣配乐演唱，故往往有可互相印证处，《乐府诗集》因连类及之，亦辟为一类加以采录。其中一些名篇，如《敕勒歌》《河中之水歌》等，后人亦习惯径以乐府诗目之。

无名氏

离　歌

解　题

　　本篇《乐府诗集》收入杂歌谣辞。《诗纪》题作《杂歌》。似为汉代作品，是一首女性口吻的诀绝词。

【原　文】

　　晨行梓道中^①，梓叶相切磨^②。与君别交中^③，繣如新缣罗^④。裂之有余丝^⑤，吐之无还期。

注　释

　　❶梓道，两侧种植梓树的路。梓，落叶乔木，树叶往往对生或三枚轮生，故后句谓其叶"相切磨"。　❷切磨，犹"切摩"，交接密切而互相摩擦。　❸别交，犹言分手。　❹繣（huà），破裂声。缣罗，泛指丝绢织品。缣，浅黄色细绢。罗，丝织品。　❺丝，谐音"思"，双关语。这两句意为虽然分手，余思犹存，欲一倾吐，惜再无归期。

评 析

这首情人诀绝之词，极富民歌特色。诗六句，首两句是分手地点，以梓叶"切磨"，隐喻男女双方曾一度耳鬓厮磨、交接情好而又颇多磨擦。次两句写二人诀绝，以丝绸破裂喻无可挽回。最后两句以"丝"谐"思"，双关隐语，写出情人间虽分手而余情犹存的矛盾心态。通篇以比喻手法一以贯之。值得注意的是，用双关谐音抒情达意，在汉诗中极罕见，直至六朝吴声西曲始蔚为一时风气，此诗或堪称为滥觞者。

陇上歌

解 题

本篇《乐府诗集》收入杂歌谣辞。是北方秦陇人民为悼念抗击匈奴贵族战死的晋都尉陈安而作。据《晋书·载记》，陈安一度反复于晋与匈奴族政权前赵刘曜之间，后坚决抗击前赵，拥戴晋室。晋明帝太宁元年（323），兵败而死。"及其死，陇上歌之……曜闻而嘉伤，命乐府歌之。"所歌即为本篇。陇上，指晋秦川陇西，今甘肃陇西。

【原 文】

陇上壮士有陈安①，躯干虽小腹中宽，爱养将士同心肝②。骢骢父马铁瑕鞍③，七尺大刀奋如湍④，丈八蛇矛左右盘⑤，十荡十决无当前⑥。百骑俱出如云浮⑦，追者千万骑悠悠⑧。战始三交失蛇矛⑨，十骑俱荡九骑留⑩。弃我骢骢窜岩幽⑪，天降大雨追者休⑫，为我外援而悬头⑬。西流之水东流河⑭，一去不还奈子何！阿呼呜呼奈子乎，呜呼阿呼奈子何⑮！

注 释

❶壮士，一作"健儿"。有，一作"曰"。　❷这两句谓陈安对部下宽厚爱护。《晋书·载记》："(安) 善于抚接，吉凶夷险，与众同之。"　❸骊骢，青白色相间的骏马。父马，雄马。一作"骏马"。　❹奋如湍，挥动大刀迅疾如流水。形容武艺高强。　❺盘，旋，舞动。　❻荡，冲击。决，溃散。这句意为多次发动冲击，都使敌军溃败，其势不可当。《晋书·载记》：陈安壮健绝人，"左手奋七尺大刀，右手执丈八蛇矛，近交则刀矛俱发，辄害五六；远则双带鞬服，左右驰射而走"。　❼云浮，形容轻驱疾驰如浮云迅掠。　❽悠悠，此处形容追兵众多，绵延不断。《晋书·载记》：太宁元年，刘曜亲征陈安，围安于陇城，安"帅骑数百突围而出……乃南走陕中。曜使其将军平先、丘中伯率劲骑追安。频战败之，俘斩四百余级"。此二句原无，据《太平御览》卷三五三、卷四六五引《赵书》补。　❾三交，三次交锋。《晋书·载记》："平先亦壮健绝人，勇捷如飞，与安搏战，三交，夺其蛇矛而退。"　❿此句原无，据《太平御览》卷三五三引《赵书》补。　⓫我，此歌者用陇上民众口吻。下句"我"同。窜岩幽，《晋书·载记》："会日暮，雨甚，安弃马与左右五六人步逾山岭，匿于溪涧。翌日寻之，遂不知所在。"　⓬此句原无，据《太平御览》卷四六五引《赵书》补。　⓭悬头，指被杀害。《晋书·载记》："会连雨始霁，辅威呼延清寻其径迹，斩安于涧曲。"　⓮西流之水，指陇水，流入洮水，然后又"东流河"，流入黄河。《太平御览》作"西流之水去不还"。　⓯阿呼、呜呼，皆悲痛叹息声。两句原无，据《太平御览》卷四六五引《赵书》补。

评 析

此歌为纪实之作，比照《晋书·载记》所载，堪称人真事真。但作为文艺作品，诗将有关素材加以调整、集中，并注入强烈的感情色彩，故读来形象鲜明而颇为感人。诗共分四层。首三句为第一层，"腹中宽""同心肝"，赞其心胸开阔、体恤士卒之带兵作风。次四句为第二层，写其武艺高强、勇猛过人。骏马铁鞍、奋力湍急、十荡十决，都令人想见其英姿雄风。"百骑"以下七句为第三层，追述其战死之经过。"为我外援而悬头"，这正是民众悼念陈安之关键所在。第四层为末四句，以流水不返喻斯人永逝。阿呼、呜呼，反复回环，"奈子何"凡三叠，一唱三叹，感人尤深。全诗以赋为主，间用比兴。笔墨简练生动，铺叙挥洒自如，转接流畅，一气呵成。对这位一度反复于晋与前赵间的将领，人们的评价自然会有分歧，但其最后坚决抗击匈奴而战死，饱受匈奴贵族欺凌的汉族民众还是怀念他的。故而"及其死，陇上歌之"（《晋书·载记》）。

河中之水歌

解题

本篇《乐府诗集》收入杂歌谣辞，题为梁武帝（萧衍）作。《玉台新咏》《艺文类聚》均作无名氏作，今从之。（参阅《东飞伯劳歌》解题）此诗以莫愁女为题材。莫愁在六朝极为有名，亦有种种不同记载。清商曲中有《莫愁乐》。《旧唐书·音乐志》谓"石城有女子名莫愁，善歌谣"，谓是石城（今湖北钟祥）人。后世又讹传为金陵（今南京）人。此篇则谓其洛阳人。大约是南朝乐府中美女的泛称，如汉乐府中的罗敷一样。

【原文】

河中之水向东流①，洛阳女儿名莫愁。莫愁十三能织绮②，十四采桑南陌头③。十五嫁为卢郎妇④，十六生儿字阿侯⑤。卢家兰室桂为梁⑥，中有郁金苏合香⑦。头上金钗十二行，足下丝履五文章⑧。珊瑚挂镜烂生光⑨，平头奴子擎履箱⑩。人生富贵何所望⑪，恨不早嫁东家王⑫。

注释

❶河，指黄河。洛阳距黄河很近，故以此起兴，引出下句。　　❷绮，有花纹

的丝织品。《正字通》："织素为文曰绮。"　❸南陌头，南边小路旁。　❹卢郎妇，一作"卢家妇"。　❺字阿侯，原作"似阿侯"，据《玉台新咏》《艺文类聚》改。　❻兰室，古代女子居室的美称。犹"兰闺""香闺"。桂为梁，形容居室华贵芳香。桂，桂树，极芳香。梁，屋梁。　❼郁金、苏合，两种名贵的香料。郁金，出古大秦国（古罗马帝国）；苏合，出古大食国（古阿拉伯帝国）。❽丝履，丝织品做的鞋，是古时富有的标志。汉桓宽《盐铁论》即谓今富者常踏丝履。五文章，五色花纹。一说，五，古作"㐅"，有纵横交互之意。亦通"午"，一纵一横交错。　❾挂镜，古代镜子常挂于壁上，故称"挂镜"。　❿平头奴子，不戴冠巾的奴仆。擎，一作"提"。履箱，不详何物。一说为藏履之箱。　⓫望，怨，怨恨。　⓬东家王，指东邻姓王的意中人。按，唐上官仪、元稹、李商隐、韩偓诸人诗文都指实"东家王"为王昌。元稹《筝》："莫愁私地爱王昌。"李商隐《代应》："本来银汉是红墙，隔得卢家白玉堂。谁与王昌报消息，尽知三十六鸳鸯。"据《襄阳耆旧记》："王昌字公伯，为东平相散骑常侍，早卒。妇是任城王曹子文女。"而详诗意，此"东家王"当非富贵者，唐人谓是王昌恐出附会。

评 析

　　吴闿生谓此诗"以收束制胜"（《古今诗苑》）。诗之立意与鲍照《拟行路难》"璇闺玉墀上椒阁"颇相似，诗中莫愁虽嫁入富贵之家，却不迷恋富贵，依然渴求着真正的爱情。所不同的是，此诗采用的是欲擒故纵、卒章明旨的手法。全诗十四句中，连用十二句铺叙其生活环境之优裕无比，简直让人艳羡不已，感叹"人生富贵"至此无以复加。然而就在读者可能产生错觉误解之时，诗笔突然急转，一句"恨不早嫁东家王"点明题旨。诗的民歌风味极浓。首句以河水东流起兴引出洛阳女儿，饶有趣味。述莫愁经历，排比铺叙，同《焦仲卿妻》兰芝"十三能织素"一段颇有渊源。语言通俗明快、流走自然，更见民歌特色。陆时雍谓之："亦古亦新，亦华亦素，此最艳词也。所难能者，在风格浑成，意象独出。"（《古诗镜》）胡应麟评曰："寓古调于纤词，晋后无能及者。"（《诗薮·内编》）陈祚明赞云："风华流丽，调甚高古，竟似汉魏人词。"当均因其蕴有乐府本色所致。

敕勒歌

解 题

　　本篇《乐府诗集》收入杂歌谣辞。据《乐府广题》，北齐高欢攻周玉壁城（今山西稷山西南），大败，"士卒死者十四五"，欢忧愤疾发，军心动摇。遂"勉坐以安士众，悉引诸贵，使斛律金唱《敕勒》，神武（高欢）自和之。其歌本鲜卑语，易为齐言，故其句长短不齐"。大约是一首北方少数民族的牧歌，经翻译而流传下来。敕勒，古代北方少数民族，又名铁勒。匈奴族后裔，后归属突厥。北齐时居于甘肃、内蒙古一带。

【原 文】

　　敕勒川①，阴山下②。天似穹庐③，笼盖四野④。天苍苍⑤，野茫茫⑥，风吹草低见牛羊⑦。

注 释

　　①川，平川、平原。　②阴山，山名，在今内蒙古自治区中部。　③穹庐，北方游牧民族居住的圆顶毡帐，今俗称"蒙古包"。穹，物体中间隆起、四周下垂的样子。《汉书·匈奴传》颜师古注："穹庐，旃帐也。其形穹隆，故曰穹庐。"　④笼盖，笼罩。四野，四周的原野。　⑤苍苍，青蓝色。　⑥茫茫，辽阔深远的样子。　⑦见（xiàn），同"现"，呈现，显露。

评 析

　　这首短歌，出色地再现了北方草原的辽阔壮美，历来多受赞赏。乔亿《剑溪说诗》曰："南北朝短章，《敕勒歌》断为第一。"诗先以自豪语气交代敕勒人民生活之地域。接着如椽之笔，横扫天地。"穹庐"之喻，巧妙而不落痕迹，且富于北方游牧民族之色彩，写出寥廓恢宏之蓝天和蓝天下一望无际的草原。最后三句直接描写草原风光。"天苍苍""野茫茫"，仍是写天、写野；但"天似穹庐"两句重在写草原之"形"，此则重在写草原之"色"。"苍苍""茫茫"两个叠字叠韵形容词，更给人一种如临其境的真切感受。"风吹草低见牛羊"，是全诗的关键之句，使诗境由静态一转而为动态，正因有此，诗中之山川、天宇、平野等孤立的描写才融为一体，映衬成趣，组成一幅完整的北方草原图。诗之妙处还在能于景中见人。由天到地、由远及近的描写，皆是从人的视线中逐一展开，末句一个"见"字，更是点明如此苍茫辽阔之景全是由人之主观感受才被发现的。读此诗，一个身骑骏马、手执长鞭、壮健豪放、引吭高歌的牧马人形象岂不恍如在目。《敕勒歌》正体现了敕勒族人民的豪放性格和审美意识。全诗音调抑扬顿挫，语意浑朴自然，语句不假雕琢，真可谓千古绝唱。金代诗人元好问《论诗绝句》赞之曰："慷慨歌谣绝不传，穹庐一曲本天然。中州万古英雄气，也到阴山敕勒川。"

梁　鸿

梁鸿，生卒不详。字伯鸾，东汉右扶风平陵（今陕西咸阳西北）人。早年家贫，博学多才，曾牧猪于上林苑中，后与其妻孟光隐居霸陵山中。尝"东出关，过京师，作《五噫》之歌"（《后汉书·逸民列传》），为汉章帝不满，欲治其罪，改换名姓避走齐鲁，后又移居吴地。病卒。

五噫歌

解题

本篇最早见于《后汉书·梁鸿传》。《乐府诗集》收入杂歌谣辞。原诗无题，后人因诗中有五"噫"字，故称《五噫歌》。是作者经过洛阳，目睹宫室侈丽有感而作。噫，嗟叹之声。

【原 文】

　　陟彼北邙兮^①，噫！顾瞻帝京兮^②，噫！宫阙崔嵬兮^③，噫！民之劬劳兮^④，噫！辽辽未央兮^⑤，噫！

注 释

　　❶陟，登，升。北邙，即芒山，又作邙山、北山，在今河南洛阳北。兮，语助词。　❷顾瞻，转头观望。瞻，一作"览"。　❸崔嵬，高峻雄伟的样子。❹劬（qú），劳，劳苦。　❺辽辽，犹"遥遥"，远。未央，未尽。

评 析

　　此诗斥责汉统治者穷极奢侈，劳民伤财。首句登上北邙，次句眺望京城，为叙事。第三句叹宫室高峻雄伟，承前"顾瞻帝京"，启后句"民之劬劳"，一转。最后哀叹民众劳苦遥遥无期，点明主题。诗用对比手法，简洁直截。每句后缀一"噫"字，反复感叹，愈显出其忿忿不平之意。东汉统治者一向标榜"节俭"为先，所谓皇城宫室，"奢不可逾，俭不能侈"（班固《东都赋》），而实不过是装饰门面而已。此诗让"宫阙崔嵬"的事实讲话，可谓击中要害，难怪为汉章帝"闻而非之"（《后汉书·逸民列传》），欲治其罪了。

刘 琨

　　刘琨（271—318），字越石，晋中山魏昌（今河北定州东南）人。少以雄豪著名。惠帝元康六年（296），为司隶从事，历任著作郎、尚书左丞、司徒左长史等职。以奉迎惠帝于长安之功而得封广武侯。永嘉元年（307），任并州刺史。时北方少数民族相继入侵，他招抚流亡，抗击匈奴刘聪、羯人石勒，兵败，父母被害。愍帝时，拜司空，都督并、冀、幽三州军事，旋为石勒所败，投幽州刺史鲜卑族段匹碑，为段所害。琨值国破家亡之际，志在靖乱，不复属意于诗文；然偶有所作，慷慨悲凉，自成佳作，深受后人推重。钟嵘评曰："琨既体良才，又罹厄运，故善叙丧乱，多感恨之词。"（《诗品》）元好问《论诗绝句》曰："曹（植）刘（桢）坐啸虎生风，四海无人角两雄。可惜并州刘越石，不教横槊建安中。"（《遗山集》）

扶风歌

解题

本篇《乐府诗集》收入杂歌谣辞。题作"扶风歌九首"。《文选》《诗纪》皆作一首，《诗纪》并注曰："乐府每四句一解，凡九解。"则可知所谓"九首"即"九解"，而诗实为一首。永嘉元年（307）九月，作者出任并州刺史，抗击北方少数民族军队的南侵，此诗即写他率军转战并州途中的艰难历程。扶风，郡名。曹魏以右扶风改名，治所槐里（今陕西兴平），西晋移治池阳（今陕西泾阳西北）。此诗内容与"扶风"无关，当系用乐府旧题创作。

【原文】

朝发广莫门①，暮宿丹水山②。左手弯繁弱③，右手挥龙渊④。顾瞻望宫阙⑤，俯仰御飞轩⑥。据鞍长叹息，泪下如流泉。系马长松下，发鞍高岳头⑦。冽冽悲风起⑧，泠泠涧水流⑨。挥手长相谢⑩，哽咽不能言。浮云为我结⑪，归鸟为我旋⑫。去家日已远⑬，安知存与亡？慷慨穷林中⑭，抱膝独摧藏⑮。麋鹿游我前，猿猴戏我侧。资粮既乏尽⑯，薇蕨安可食⑰？揽辔命徒侣⑱，吟啸绝岩中。君子道微矣⑲，夫子故有穷⑳。惟昔李骞期㉑，寄在匈奴庭。忠信反获罪，汉武不见明。我欲竟此曲㉒，此曲悲且长。弃置勿重陈，重陈令心伤。

注 释

❶广莫门，晋都洛阳北门。刘琨赴任并州，并州位于洛阳北，故出广莫门。❷丹水山，一名丹珠岭，丹水发源处，在今山西高平北。　❸弯，拉弓。繁弱，古良弓名。《荀子·性恶》："繁弱、巨黍，古之良弓也。"　❹龙渊，古宝剑名。《战国策·韩策》："龙渊、太阿，皆陆断马牛，水击鹄雁，当敌即斩。"　❺顾瞻，回头看。　❻俯仰，犹"高低"，形容驾车时颠簸起伏状。御，驾车。飞轩，奔驰如飞的车子。　❼发鞍，卸下马鞍，让马休息。高岳，高山。按，张云璈《选学胶言》："《晋书·袁瓌传》言'魏武身亲介胄，务在武功，犹尚废鞍览卷，投戈吟咏'，此'发鞍'或作'废鞍'，与上'系马'句合。"亦可备一说。　❽冽冽，寒冷的样子。一作"烈烈"。　❾泠泠，形容声音清越，此状泉水声。按，悲风冽冽，涧水泠泠，正是九月深秋景象。　❿谢，告辞。　⓫结，凝聚。　⓬旋，盘旋。　⓭去，离，离开。　⓮穷林，深林。　⓯摧藏，极度伤心。　⓰资粮，指军中粮草。　⓱薇蕨，两种野草名，贫苦者常用其嫩叶来充饥。　⓲揽辔，挽住马缰绳。徒侣，随从，此指军中士卒。　⓳微，衰落。⓴夫子，指孔子。《论语·灵公》："（孔子）在陈绝粮。从者病，莫能兴。子路愠，见曰：'君子亦有穷乎？'子曰：'君子固穷，小人穷斯滥矣。'"故，一作"固"。　㉑李，指汉李陵。骞，通"愆"，超过期限。西汉武帝天汉二年（前99），李陵率步卒五千出塞，被匈奴主力八万人包围，陵力战，终不敌，降。其家遭武帝诛灭。司马迁曾为之辩解，谓陵"常奋不顾身，以殉国家之急"，"身虽陷败，彼观其意，且欲得其当而报汉"（《报任安书》）。下"忠信反获罪，汉武不见明"两句，即本此而言。　㉒竟，终。

评 析

作者在赴并途中曾上表云："道崄山峻，胡寇塞路。辄以少击众，冒险而进。顿伏艰危，辛苦备尝。"又，《晋书》本传载："并土饥荒……荆棘成林，豺狼满道。"比照而读，更可知此诗确是"实录"，堪称事真、景真、情真。诗用顺叙，"朝"发洛阳而"暮"至丹水，表明军情急迫，行军迅疾；"弯繁弱""挥龙渊"，大将风采，宛然可见。然顾瞻城阙，"叹息"而"泪下"，暗示国步艰难，前途莫测，感情由豪迈转而为悲慨。接下去二十句，极力描摹行军途中的所见所思。洛阳赴并沿途，由于连年战争，民众"流移四散，十不存二"（《请粮表》），故人烟稀少，所见者无非麋鹿、猿猴之类。这与曹操"白骨露于野，千里无鸡鸣。生民百遗一，念之断人肠"（《蒿里行》）可谓异曲同义。由于朝政腐败，动辄牵肘，中原瓦解之势已难逆转，君子道微、夫子固穷，正道出他"知不可为而为之"的决心。诗结末用李陵之典，包含了自己无限悲凉的复杂心境。叶矫然说："刘琨此语，足为李陵、司马迁吐气。较桓伊之曲，尤见悲忱。"（《龙性堂诗话》）其实，作者之意并非为李陵翻案，不过借古人以浇胸头块垒。此诗情感激越，慷慨悲凉，然"拉杂繁会，哀音无次"（陈祚明《采菽堂古诗选》），粗疏处间亦有之。作者志在靖难，诗文余事，自非词流雕琢求工者，正如沈德潜所说："（琨）英雄失路，万绪悲凉，故其诗随笔倾吐，哀音无次，读者乌得于语句间求之。"（《古诗源》）成书更说："苍苍莽莽，一气直达，即此便不可及，更不必问字句工拙。"（《多岁堂古诗存》）是也。